FVA

J. R. BECHTLE

HOTEL VAN GOGH

ROMAN

FRANKFURTER VERLAGSANSTALT

1. Auflage

Herstellung und Umschlaggestaltung: Laura J Gerlach
Umschlagmotiv: Auberge Ravoux, Auvers-sur-Oise
Satz: psb, Berlin
Druck und Bindung: GGP Media GmbH, Pößneck
Printed in Germany
ISBN: 978-3-627-00190-2

Für Nancy

I.

Tod in Auvers

Und hätte ich Deine Freundschaft nicht,
man würde mich ohne Gewissensbisse
zum Selbstmord treiben
und so feige ich auch bin.
Am Ende würde ich es gar tun.

Brief von Vincent van Gogh an Theo van Gogh
vom 30. April 1889 aus Arles

1.

Hirschig hat Tränen in den Augen, als er früh am Montagmorgen die Galerie am Boulevard Montmartre betritt. Der junge holländische Maler bringt kein Wort heraus. Theo van Gogh hatte ihn in das Nachbarzimmer seines Bruders in der Herberge in Auvers-sur-Oise eingemietet, damit jemand dort ein wachsames Auge auf Vincent hat. Als hätte sich das Unheil nicht schon seit langem angekündigt.

Hastig reißt Theo den Brief von Dr. Gachet auf, den ihm Hirschig mitgebracht hat. In seiner Ungeduld schneidet er sich am Umschlag in den Daumen. Beim Lesen zieht sich eine Blutspur über das Papier. Die Worte verschwimmen ihm vor den Augen. Aber sein Bruder lebt! Und nur darauf kommt es an.

Warum, warum gerade jetzt, inmitten dieses prächtigen Sommers, wo sich das Tal der Oise und die Landschaft um Auvers von ihrer anmutigsten Seite zeigen?

Als ob Hirschig darauf eine Antwort hätte. Als ob Theo die Antwort nicht besser als jeder andere wüsste. Theos eigene Existenz ist in allem auf Vincent zugeschnitten. Ohne Vincent würde auch sein Leben jeden Sinn verlieren.

»Ist mein Bruder bei Bewusstsein?«

Hirschig blickt ihn mit müden Augen an.

»Herr Vincent starrt vor sich hin, er spricht mit niemandem, nicht einmal mit Dr. Gachet. Ich habe die Nacht über bei ihm gesessen.«
Anscheinend steckt die Kugel unterhalb des Herzens, schreibt Gachet. Er muss einen seiner Anfälle erlitten haben, wie sonst ließe sich das erklären? Seine Anfälle erschüttern Vincent wie kleine Beben, denen er dann hilflos ausgeliefert ist.
Zu dieser Zeit befindet sich Theo noch allein in der Niederlassung der Kunsthandlung Goupil. Vor genau einer Woche hatte er endlich die klärende Aussprache mit seinen beiden Vorgesetzten, den Herren Boussod und Valadon. Im Ergebnis besser als er je gehofft hatte. Er würde zum Partner und Mitinhaber aufsteigen und dann wäre es ihm gestattet, in größerem Umfang auch seine eigenen Künstler in der Galerie auszustellen, die Impressionisten, Pissaro, Monet oder Bernard. Und vor allem Vincent. Ums Geld brauchte er sich keine Sorgen mehr zu machen, endlich wäre er in der Lage, die Bedürfnisse seiner Familie mit dem kränkelnden Sohn und die nicht endenden Ansprüche seines Bruders zu befriedigen. Ein solches Gefühl von Leichtigkeit hatte er seit Ewigkeiten nicht verspürt. Und schon ist der Traum vorbei, aus, geplatzt wie eine Seifenblase.

Wenn er sich sofort auf den Weg machen würde, könnte er den Zug um 10 Uhr 25 nach Auvers-sur-Oise noch erreichen. Besser wäre es sicherlich, seine Vorgesetzten über den Grund seiner plötzlichen Abwesenheit persönlich in Kenntnis zu setzen, aber hier geht es um Leben und Tod. Wie lange wird Vincent durchhalten?

Sein großer Bruder! Theo hat es im Pariser Kunsthandel zu einer anerkannten Stellung gebracht, dennoch blickt er zu Vincent trotz all seiner Katastrophen als dem großen Bruder auf. Widerspruchslos erfüllt Theo ihm jeden seiner Wünsche nach Farben und Leinwänden und was er sonst zum Leben braucht. Seit Jahren schleppt er ihn finanziell mit, ein Fass ohne Boden. Als Dank ermahnt ihn Vincent in seinen Briefen, direkt oder versteckt, wie er sein Leben zu gestalten habe, was er für seine Gesundheit tun oder wie er sein Kind richtig aufziehen solle. Aus der Irrenanstalt von St. Rémy übermittelte ihm Vincent Ratschläge zu seinem Tagesablauf in Paris, und Theo, was niemand versteht, nimmt sich jeden seiner Hinweise zu Herzen! Man sollte sich über ihn wundern statt über Vincent.

Gelegentlich hat er seinen Bruder schon als eine gewaltige Belastung empfunden. Aber für Theo stand immer außer Zweifel, dass Vincents Stern eines Tages groß aufgehen würde. Kein Maler der Gegenwart hat sich weiter vorgewagt, in den Farben, den Gefühlen oder der Unmittelbarkeit des Ausdrucks. Der Forscher, der ins Unbekannte vordringt, ist sich der ständig um ihn herum lauernden Gefahr bewusst. Wie oft hat Vincent dieser Gefahr unmittelbar ins Auge geblickt, nur um sich in einem letzten Kraftakt noch einmal zurück zu der schillernd gelbroten Sonne oder in die leuchtend violett funkelnde Nacht zu retten.

Schwitzend sitzt Theo im Zug. Er kann sich an keinen heißeren Sommer erinnern. Ob die Hitze seinen Bruder zum Äußersten getrieben hat? In der Hitze drehen die Leute durch, das ist bekannt.

»Ist Ihnen in den letzten Tagen nichts Ungewöhnliches an ihm aufgefallen?«

Hirschig, der im Zug neben ihm sitzt, schüttelt stumm den Kopf. Mit seiner Staffelei habe Vincent vor dem Abendessen die Herberge verlassen, um den Abendhimmel über den Weizenfeldern zu malen. Niemand wisse genau, wie er an die Pistole des Wirts gekommen sei, jedenfalls habe er mit dieser auf sich geschossen. Nach seiner Rückkehr sei er schweigend durch die Gaststube gegangen, zwar unsicher in seinen Bewegungen, aber niemand habe etwas geahnt. Bis der Wirt auf Drängen seiner Frau später nachsah und Vincent in seinem Bett in einer Blutlache fand.

Theo blickt Hirschig schweigend von der Seite an. Unerklärlich, dass niemand, insbesondere auch nicht Dr. Gachet, die sprunghaften Änderungen in Vincents Verhalten aufgefallen sind. Aber möglicherweise wirkte er nach außen auch völlig normal, dagegen fühlte er sich in seinem inneren Durcheinander von aller Welt abgeschnitten und plötzlich sah er keinen anderen Ausweg.

Rückblickend war es ein Fehler, dass er und Johanna Vincent am Sonntag vor drei Wochen nach Paris eingeladen hatten. Der Lärm und das verwirrende Durcheinander der Städte hatten Vincent seit jeher verstört und aufs Tiefste verunsichert. Insbesondere das unbändige Paris, obwohl es gleichzeitig eine außergewöhnliche Anziehungskraft auf ihn ausübte. Eindringlich hatte Vincent ihn damals angefleht, ihn aus der Anstalt

von St. Rémy heraus nach Paris zu holen, um diesen Irren und vor allem diesem prachtvollen und doch so unheimlichen Süden zu entfliehen. In Paris wollte er die von einer nächtlichen Gasbeleuchtung erhellte Buchhandlung in der Nähe von Theos Wohnung malen. Eine Oase der Ruhe in der unstet treibenden Großstadt. Die beruhigende Macht des Gelbs. Aber bevor er mit seinem milden Gelb die rastlose Stadt besänftigen konnte, hatte ihn das aufregende Paris bereits wieder vertrieben.
Vincent war an jenem Sonntag vor drei Wochen allerdings nur wenige Stunden bei ihnen zu Besuch. Zum Mittagessen hatte er noch mit Toulouse-Lautrec über einen Leichenbestatter gescherzt, dem sie im Treppenhaus begegnet waren. Vincent war bester Laune gewesen. Die fatale Wirkung des Besuchs musste sich erst später eingestellt haben, als er allein in den Weizenfeldern von Auvers über Theos unbeständige Gesundheit und seine berufliche Unsicherheit nachdachte, sollte er die Anstellung bei der Kunsthandlung verlieren; eine Schlinge, die sich immer enger zuzog. Irgendwann wurde sich Vincent bewusst, wie sehr dadurch auch seine eigene Existenz bedroht war, die regelmäßigen Zuschüsse des Bruders, die er jahrelang so selbstverständlich hingenommen hatte.
Vincent spürte mit einem Mal, wie anfällig seine und damit ihre gemeinsame Basis war, der Sturm, der sich um ihn und Theos Familie zusammenbraute. Genauso hatte er es in einem Brief nach dem Besuch beschrieben: seine Angst vor dem Leben und die Unsicherheit, wie es weitergehen sollte. Düstere Wolken und dunkle

Raben, die unheilvoll ihre Kreise über den brachliegenden Weizenfeldern ziehen. Je länger Vincent in dieser brütenden Julihitze grübelte, umso mehr muss ihn das Gefühl der völligen Ohnmacht überkommen haben. Nichts, das er selbst zur Lösung der Krise hätte beitragen können, außer stapelweise neue unverkäufliche Bilder zu malen, deren Lagerung auch nicht gerade billig war.
Ich hätte Vincent nie mit meinen Geldproblemen belasten dürfen, denkt Theo, bei seiner zerbrechlichen Veranlagung! Alles ist meine Schuld!
Er blickt zu Hirschig, der neben ihm übernächtigt dahindöst. Niemand sieht seine Tränen.

Vincent hatte nie eine wirkliche Chance, vom Pariser Kunstmarkt anerkannt zu werden. Erst vor zehn Jahren hatte er sich der Malerei zugewandt, nachdem er zuvor als Kunsthändler und dann als Missionar kläglich gescheitert war. In einem Alter, in dem sich andere längst einen Namen gemacht hatten. Der Markt vergibt nicht. Späteinsteiger bleiben als Dilettanten abgestempelt, umso mehr als Vincent kompromisslos sich allen Konventionen der akademischen Malerei verweigert hatte. Niemand weiß dies besser als Theo. Trotzdem bietet er unverdrossen mit einer fast messianischen Überzeugung Sammlern die Gemälde seines Bruders an. Mittlerweile zeigen sich auch erste Erfolge. Vor wenigen Wochen war es Theo gelungen, eins von Vincents Bildern an die mit ihnen befreundete belgische Malerin Anna Boch zu verkaufen. Endlich konnte er Vincent einen Verkaufserfolg melden, das ersehnte Zeichen be-

ginnender Anerkennung! Jedoch anstatt sich darüber zu freuen, warf ihm Vincent vor, dass er zu viel für das Bild verlangt habe.
Außerdem veröffentlichte Georges-Albert Aurier, der bedeutendste Pariser Kunstkritiker, kürzlich einen Artikel, der an Begeisterung nichts zu wünschen übrig ließ. Aber Vincent wies diese öffentliche Auszeichnung zurück, das Lob gebühre anderen, Künstlern wie Gauguin. Im tiefsten Inneren fürchtete er sich vor dem Erfolg. Es war nie leicht gewesen, es ihm recht zu machen. Aber den Durchbruch sieht Theo nun zum Greifen nah. Und dann dieser Akt des Wahnsinns!

Nach einer Stunde erreicht der Zug Auvers. Theo rüttelt Hirschig wach. Während der Fahrt durch die sonnendurchfluteten Felder hatte dem Geschehen immer noch etwas Unwirkliches angehaftet. Aber als er die einsame Gestalt von Dr. Gachet auf dem Bahnsteig sieht, weiß er, dass alles so ist, wie es Hirschig geschildert hat. Und dass keine Hoffnung mehr besteht.
Auch Dr. Gachet macht einen übermüdeten Eindruck. Sein Gesicht ist fahl, keine Spur der Lebensfreude, die er sonst ausstrahlt. Alles an ihm wirkt grau. Er ist fast doppelt so alt wie Vincent. Sein Arzt und gleichzeitig sein bester Freund hier in Auvers. Dr. Gachet leide ebenfalls an einer Nervenkrankheit, er sei mindestens so verrückt wie er selbst, hatte Vincent Theo nach seiner ersten Begegnung mit dem Arzt geschrieben. Nach einigen Wochen in seiner Behandlung hatte Gachet Vincent für gesund erklärt. Natürlich musste ein Verrückter einem anderen Verrückten als normal erscheinen.

Wie konnte er seinen Bruder nur diesem Arzt anvertrauen!

»Ich bin froh, dass Sie sofort gekommen sind. Es steht nicht gut um Herrn Vincent.«

»Aber er lebt?«

»Er liegt auf seinem Bett und raucht. Die Kugel lässt sich nicht entfernen, der Eingriff wäre zu riskant und ohne jede Aussicht auf Erfolg.«

»Konnte man die Krise nicht voraussehen?«

»Er litt in letzter Zeit unter Gemütsschwankungen, aber ich glaube nicht, dass er im Wahn gehandelt hat.«

»Wie ist mein Bruder überhaupt an die Pistole gekommen?«

»Als er am vergangenen Wochenende zum Mittagessen kam, trug er die Pistole bereits bei sich. Ich hätte natürlich etwas unternehmen sollen. Im Nachhinein ist man immer klüger.«

Nach kurzer Fahrt auf der holprigen Landstraße erreichen sie das in der Dorfmitte von Auvers gelegene Gasthaus Ravoux. Vorbei an den zum Teil bereits abgeernteten Weizenfeldern, die Vincent in den verschiedensten Stimmungen gemalt hat, bis sich in den letzten Arbeiten unvermittelt sein strahlendes Gelb in ein trauriges und unheilvolles Gelb wandelte.

Als habe er damit alles gesagt, denkt Theo, als habe er jede Farbe und jede Stimmung erfasst. Als gebe es nichts mehr hinzuzufügen. Die Felder abgeerntet, der Kreis hat sich geschlossen.

Für jede Handlung gibt es eine Erklärung. Aber als er aus dem grellen Sommerlicht draußen in das Dunkel

des Gastraums tritt, schwindet auch die letzte Zuversicht. Die Gespräche verstummen, alle Augen richten sich auf ihn.
Theo trägt seine Pariser Bürokleidung. Sein Anzug ist verschwitzt. Er fühlt sich elend und schwach. Mit seiner eigenen Gesundheit steht es nicht zum Besten, aber wer kümmert sich schon um ihn?
Wenn das Ganze nur schon ausgestanden und es mit ihm endgültig vorbei wäre!
Theo erschrickt, als er sich bei diesem Gedanken ertappt. Schuldbewusst blickt er in die stummen Gesichter und die gesenkten Köpfe, bevor er die ausgetretene Holztreppe nach oben zu der Mansarde steigt, in der sein Bruder liegt.

Theo kennt die Dachkammer von einem früheren Besuch, die Armseligkeit, die ihn dort erwartet, ist erschreckend. Er ist auf alles vorbereitet. Doch als er die Tür aufstößt, prallt ihm der Gestank wie von einem verwesenden Tier entgegen. Es ist unerträglich heiß, das Fenster in der Dachluke geschlossen. Seine Knie wanken, er muss sich am Türrahmen festhalten.
Vincent liegt auf dem Rücken, den Körper gekrümmt, vielleicht um den Druck auf die Schusswunde in seiner linken Seite zu mindern. Er starrt vor sich hin ins Leere. Aber als er Theo erkennt, entspannt sich sein Gesicht. Theo kämpft gegen seine Tränen. Vor ihm sein großer Bruder, eingezwängt in dem für seinen schweren Körper viel zu engen Holzbett. Tatsächlich macht er einen besseren Eindruck, als Theo nach den Schilderungen von Hirschig und Dr. Gachet erwartet hatte.

»Theo, um Himmels willen, wie siehst du aus? Als predigte ich dir nicht schon seit Ewigkeiten, dass dieses verfluchte Paris nichts für dich ist. Du brauchst die Natur! Du und ich, wir sind Landmenschen, wir sind nicht für das Leben in der Großstadt geschaffen.«
Vincent spricht Niederländisch mit ihm, langsam, als prüfe er jedes Wort erst sorgfältig. Unvermittelt schöpft Theo Hoffnung. Es wäre nicht der erste aussichtslose Kampf, den Vincent gewonnen hat. Mit seiner unverwüstlichen Konstitution hat er die Ärzte noch jedes Mal überrascht.
»Die Hitze, Vincent, dieses Jahr setzt sie mir ganz besonders zu. Und du?«
»Solange ich zu rauchen habe, lässt sich alles ertragen. Ich bin froh, dass du hier bist.« Vincent macht eine Pause, blickt ihm in die Augen: »Hinter uns liegt ein langer Weg, Theo. Ohne dich hätte ich längst aufgegeben. Ohne deine Hilfe hätte ich es nie so weit gebracht.«
»Wir sind mehr als nur Brüder, hast du einmal gesagt, und du hattest recht, die Lebensumstände haben uns zu Schicksalsgenossen gemacht.«
»Wir beide hätten eine Person sein sollen, du mit deinem gesunden Kopf und ich mit meinem kräftigen Körper. Stell dir vor, was alles möglich gewesen wäre.«
Vincent deutet auf eine noch feuchte Leinwand. Abgeerntete Weizenfelder unter einem aufgewühlten Himmel, wie die, an denen Theo bei seiner Ankunft vorbeigekommen ist. Ein Unwetter, eine Katastrophe kündigen sich an.
»Siehst du die Raben, wie sie vom Himmel stürzen? Ich

habe Angst, Theo! Wo ist das Schwarz hergekommen? Was ist passiert, wo haben wir nicht aufgepasst? Bald wird alles schwarz sein. Meine Farben, was ist mit meinen Farben geschehen?«

Warum musste Vincent sich das antun? Er scheint vollkommen klar zu denken. Und jetzt siecht er in diesem Loch dahin wie ein Aussätziger.

»Erinnerst du dich, Theo, damals in Arles, als ich den nächtlichen Himmel über dem Café Terrace in Ultramarin und Schattierungen von Violett und Grün gemalt habe, ohne ein einziges Mal Schwarz zu verwenden? Nie hat ein Nachthimmel in dieser Farbigkeit geleuchtet. Da wusste ich, dass ich ein Tor aufgestoßen hatte. Aber das Schwarz ist zurückgekehrt, hinterrücks hat es sich eingeschlichen.«

»Soll ich das Fenster öffnen, damit etwas frische Luft hereinkommt?«

»Lass alles, wie es ist, Theo. Meine Welt, ich will nichts mehr und ich brauche nichts mehr. Außer Tabak.«

Als Theo Dr. Gachet in der Tür bemerkt, winkt er ihn herein. Vincent verstummt augenblicklich. Solange sich der Arzt in der Dachstube aufhält, spricht Vincent kein Wort. Das Essen, das ihm Gachet gebracht hat, rührt er nicht an. Gachet bleibt nicht lange bei ihnen.

»Jeder will doch nur dein Bestes, Vincent! Hast du Schmerzen, was kann ich für dich tun?«

»Ach Theo, ich habe einmal mehr versagt. Unfähig, mein Herz zu treffen. Als ob ich auch gar nichts richtig machen könnte! Die Schmerzen halte ich aus, ich habe Schlimmeres im Leben durchgestanden. Erzähl mir von meinem Neffen! In diesem stickigen Paris, im vierten Stock eines Wohnhauses, ohne frische Luft. Du musst dich mehr um seine Gesundheit kümmern!«

Der Geruch in der Kammer ist kaum auszuhalten, Theo wird in Wellen von Brechreizen überrollt. Wie soll er da einen klaren Gedanken fassen? Und dann der erregbare Bruder, der sich gerade eine Kugel in den Körper gejagt hat, und ihm nun vorhält, wie er sein Kind aufzuziehen habe. Er hatte seinen Sohn nach Vincent benannt, aber hat er damit auch die dunkle Seele des Bruders auf ihn geladen?

»Johanna und Vincent Willem sind noch in Leyden bei unserer Schwester Wil. Es geht ihnen gut, alle erkundigen sich nach dir.«

»Warum bist du nicht auch länger in Holland geblieben, Theo? Musstest du unbedingt nach ein paar Tagen schon wieder nach Paris zurück?«

»Du weißt doch, diese offenen Fragen über meine Zukunft in der Galerie. Aber das hat sich zum Glück nun alles geklärt. Ich werde in der Galerie bleiben und in Kürze neben Boussod und Valadon zum Partner aufsteigen. Finanziell brauchen wir uns keine Sorgen mehr zu machen, Vincent. Damit ist auch deine Zukunft gesichert.«

Theo spricht ganz bewusst die Zukunft an. Ein kleiner Stein auf dem anderen. Aber Vincent blickt ihn wortlos aus rot unterlaufenen Augen an, als habe er nicht verstanden, wovon Theo spricht. Die Zukunft? Vincent versucht zu schlucken, dabei dringt ein erstickendes Röcheln aus seinem Hals. Theo reicht ihm Wasser, jedoch weist ihn Vincent mit einer schroffen Handbewegung ab.

»Ich brauche nichts!«
Theo schweigt, zurechtgewiesen vom großen Bruder, einmal mehr. Als hätte er nicht überstürzt alles stehen und liegen lassen, um ihm in diesen schweren Stunden beizustehen. Wie es seine Pflicht ist, nicht erst seit heute, sondern schon immer, von Anfang an.
»Diese verfluchte Krankheit, Theo! Jetzt ist es zu spät, meine Reise geht zu Ende.«
»Du hast dich weiter vorgewagt als jeder andere. Du warst deiner Zeit voraus, doch nun holt dich die Zeit ein. Glaube mir, der Erfolg ist zum Greifen nah gerückt, so viel verstehe ich von meinem Geschäft.«
Vincent schweigt, als hänge er anderen Gedanken nach. Theo ist sich nicht sicher, dass sein Bruder ihn überhaupt gehört oder verstanden hat. Wahrscheinlich wäre es nie so weit gekommen, wenn er Vincent nicht über all die Jahre finanziell gefördert hätte. Ihre Partnerschaft war ja ursprünglich seine Idee gewesen: Er würde Vincent monatlich das zum Leben notwendige Geld vorstrecken und ihn mit Leinwänden und Farben versorgen, damit er frei von jeder materiellen Belastung arbeiten könne. Dafür überstellte ihm Vincent jedes seiner Werke, bis eines Tages sämtliche Kosten durch die Verkäufe wieder abgedeckt sein würden. Ohne seine Hilfe hätte Vincent die Malerei längst aufgegeben und sich auf etwas anderes gestürzt, wie immer. Ohne Theo wären Vincent die herben Enttäuschungen durch den Markt, die Absagen der Galeristen und Sammler, erspart geblieben. Er wäre nie dem Wahnsinn verfallen.
»Hast du dich mittlerweile wenigstens um die Bilder gekümmert, die du bei dem alten Tanguy eingelagert

hast? In diesem feuchten und verschimmelten Raum? Am liebsten wäre es mir, wenn du die Leinwände aus dem Rahmen nehmen und sie zusammengerollt nach Auvers schicken würdest. Ich lasse sie dann am Bahnhof von einem Gepäckträger abholen. Hier bei mir sind sie auf alle Fälle besser aufgehoben.«
Theo übergeht die Vorwürfe. Er klammert sich an das Positive, dass Vincent Pläne schmiedet, zumindest für seine Bilder. Nur wenn er noch einen Sinn im Leben sieht, für den es sich zu kämpfen lohnt, besteht Aussicht auf Besserung.
»Ich kümmere mich darum, Vincent, verlass dich auf mich.«
»Das sagst du immer, aber was geschieht dann schon! Meine Arbeiten sind nicht die besten, aber schlecht sind sie auch nicht. Überhaupt geht es mir in erster Linie um die Bilder von Gauguin und Guillaumin und Cézanne und all den anderen, mit denen wir über die Jahre getauscht haben. Das verrottet nun beim alten Tanguy! Was verlange ich schon viel von dir!«
»Wo willst du sie denn hier lagern, Vincent? Außerdem müssen deine Bilder in Paris greifbar sein, gelegentlich erkundigen sich Sammler und möchten sie sehen.«
Vincent raucht stumm vor sich hin. Vielleicht stellt er sich diese fremden Menschen in Theos Galerie beim Betrachten seiner Bilder vor.
»Mein neuestes Bild von Daubignys Garten halte ich übrigens für eines meiner besten überhaupt. Die Wiese rosa und grün, ein Nussbaum mit violetten Blättern und einige zurechtgestutzte gelbe Linden. Das Haus in Rosa mit bläulichen Ziegeln. Im Vordergrund schleicht

diese schwarze Katze, aber meine Farben erdrücken das Schwarz der Katze. Meine Farben sind stärker als das Schwarz. Was hältst du davon?«
Theo blickt sich um, ohne das beschriebene Bild im Durcheinander der zum Trocknen aufgestellten Leinwände zu entdecken. Überall die gelbbraunen Landschaftsbilder mit den Weizenfeldern, über denen bedrohlich schwarze Raben schweben.
»Du gehst mit den Worten wie mit Farben um, wenn du deine Bilder beschreibst.«
Theo hat den Eindruck, als komme es Vincent auf seine Antworten gar nicht an oder als sei er mit seinen Gedanken bereits weitergezogen. Unvorstellbar, dass er keine Schmerzen hat. Aber darüber klagt er nicht.
»Man muss mehrere meiner Bilder nebeneinander sehen, um sie zu verstehen. Etwa ein hellrosa Bild neben einem in Hellgrün oder Gelbgrün, also in den Komplementärfarben zu Rosa. Irgendwann werden die Leute diese merkwürdigen Beziehungen verstehen. Nicht anders als unterschiedliche Seiten der Natur, die sich gegenseitig erklären.«
Theo wird von einem weiteren Brechreiz befallen. Er geht in die Gaststube hinunter, um etwas zu trinken, außerdem braucht er dringend frische Luft. Vincent starrt abwesend vor sich hin, als bemerke er nicht, dass Theo das Zimmer verlässt.
Dr. Gachet reicht ihm unaufgefordert ein Glas trübbraunen Apfelschnaps, der wie Feuer durch Theos Körper brennt. Seine Augen tränen, aber der Brechreiz legt sich. Alle blicken ihn erwartungsvoll an.
»Mein Bruder unterhält sich mit mir, er spricht vor

allem über seine Bilder, über die Farben und Stimmungen, um die es ihm dabei geht. Allerdings weigert er sich, über seinen Zustand zu sprechen. Als wisse er nicht, was vorgefallen ist. Ist wirklich nichts zu machen?«
Dr. Gachet schüttelt den Kopf. Wie soll man ihn retten, mit der Kugel direkt unter dem Herzen?
»Ich muss zurück, man darf ihn jetzt nicht allein lassen.«

Jeder Schritt nach oben fällt ihm schwer. Der unmenschliche Gestank in der Kammer, Theo muss einen neuerlichen Brechreiz unterdrücken. Vincent blickt kurz zu ihm auf und schweigt. Manchmal verzerrt sich sein Gesicht, wahrscheinlich vor Schmerzen. Aber seine Augen haben ungebrochen ihre eindringliche und beschwörende Kraft.
Wenn ich es hier schon nicht aushalte, wie will es Vincent dann in seinem Zustand schaffen, denkt Theo. Aber körperlich war er mir immer überlegen. Diese Stärke bleibt unsere einzige Hoffnung, doch nicht die Ärzte!
»Früher oder später werde ich meine eigene Ausstellung in einem Café bekommen. Ich hoffe, du hast recht, dass es nur noch eine Frage der Zeit ist.«
Vincent folgt Theos Blick zu einem gegen die Wand gelehnten Selbstporträt. Das einzige Bild, das Vincent aus St. Rémy mit nach Auvers gebracht hat. Gegen den in blauen und lila Tönen gehaltenen Hintergrund hebt sich das in Hellgrün gemalte Gesicht mit dem roten Bart und den roten Haaren ab. Vincents hohe Stirn, die

stechenden Augen, die markige Nase und seine zusammengepressten Lippen. Hinter dem gefassten Äußeren brodelt der innere Sturm. Ein Mensch, der mit Elektrizität geladen ist.

»Dieses Porträt hat mir damals sofort gefallen. Mit deinem herausfordernden Blick, aber auch, als ob du der Sache nicht ganz traust.«

»Für mich besteht kein Zweifel, dass meine Bilder trotz aller Verwirrung Bestand haben werden.«

Welche Verwirrungen spricht er jetzt an, überlegt Theo: die sozialen und politischen Verwirrungen der Zeit, mit denen sich Vincent unablässig auseinandersetzt, oder die Verwirrungen der Kunst, den Umsturz der alten verbrauchten Traditionen durch die neuen Maler, oder die Verwirrungen des im Gestern erstarrten Kunstmarkts? Oder die seiner eigenen Existenz? Die in seinem Kopf?

»Du bist zum Glück nicht wie andere Kunsthändler, Theo. Ich setze für meine Arbeit mein Leben ein, aber der Kunsthandel versteift sich blind auf die tote Kunst und behandelt die neuen Künstler wie Irre. Das muss einen doch um den Verstand bringen!«

Er denkt klar, seine Beobachtungen zur Situation der Künstler, die die Malerei zu verändern suchen, schneidend wie immer.

»Wir brauchen eine Vereinigung derjenigen Maler, die alle dasselbe Ziel verfolgen und trotz des Widerstands und der Ablehnung durch den Markt weiterarbeiten, ohne aufzugeben. Warum halten sich die andren Maler, was sie auch davon denken, instinktiv von Besprechungen über den Zustand an den Akademien und den heutigen Handel fern? Gauguin und ich haben es jedenfalls

versucht. Ob ein nochmaliger Versuch unter veränderten Vorzeichen Erfolg haben könnte?«
Theo blickt auf. Er hat die Frage des Bruders nicht verstanden, war mit seinen Gedanken woanders.
»Gauguins neuestes Bild aus der Bretagne, das ich bei dir in Paris gesehen habe, gefällt mir gut. Am liebsten würde ich mit ihm dort ein paar Wochen arbeiten, um einige gemeinsame Sachen fertig zu machen, die uns in der Provence wahrscheinlich auch noch gelungen wären.«
»Das würde dir guttun, zusammen mit Gauguin und de Haan in ihrem Haus in der Bretagne.«
Theo klammert sich gegen alle Vernunft an diesen Fetzen Optimismus, den Blick in die Zukunft.
»Auf alle Fälle muss ich mit Gauguin seine Madagaskarpläne besprechen. Ich stimme mit ihm überein, dass die Zukunft der Malerei in den Tropen liegt, in Java oder Martinique, und nicht hier. Aber es erscheint mir kopflos, ohne eine gesicherte Beziehung zum Kunsthandel in Paris einfach drauflos zu fahren.«
Warum hat er sich das Leben nehmen wollen? Vincent steckt mitten in den Auseinandersetzungen der Gegenwartskunst. Aber dann bemerkt Theo die sich dehnenden Pausen, den immer häufiger stockenden Fluss der Worte.
»Gauguin begreift meine Bilder, er weiß, warum die Farben so sind, wie sie sind, und nicht anders sein können. Gauguin und noch ein paar andere Menschen. Du gehörst natürlich auch dazu, Theo. Daher müssen Gauguin und ich unbedingt besprechen, was als Nächstes zu tun ist.«

Wenn sich die Uhr nur zurückdrehen ließe, denkt Theo, wenn man das Zerwürfnis zwischen Vincent und Gauguin in Arles einfach vergessen könnte, die beiden wieder zusammen arbeiteten in ihrem unermüdlichen Willen, die akademische Malerei aufzubrechen. Aber dafür ist es zu spät, das müsste Vincent doch auch wissen. Immerhin hat Theo kürzlich eines der Bretagne-Bilder von Gauguin verkauft, aber das verschweigt er Vincent lieber, um ihn nicht unnötig aufzuregen. Freundschaft und Neid liegen gerade bei Künstlern eng beieinander.
»Zugleich frage ich mich immer wieder, warum ich eigentlich weitermache, wo uns die Sache so viel kostet und nichts einbringt. Ich lebe seit Jahren mit Gewissensbissen, dass ich dein Geld ausgebe. Das Schlimme ist, dass es in meinem Alter verflucht schwer ist, eine neue Beschäftigung zu finden. Also bleibt mir nichts anderes übrig, als weiter zu malen. Arbeit und Geduld, einen anderen Weg gibt es nicht.«
Theo meint, in Vincents Blick plötzlich ein Lächeln zu erkennen.
»Dieses Handwerk ist wie ein Spinngewebe, in dem man gefangen sitzt. Aber ich kann und muss mit meinen Bildern Geld verdienen! Wenigstens genug, um meine Ausgaben zu decken. Warum ist das so schwer?«
»Glaube mir, wir stehen vor dem Durchbruch!«
»Ich mache dir ja keine Vorwürfe, Theo, allenfalls mir selbst. Aber das Geld, das uns die Malerei kostet, muss zurückkommen. Nur unter dieser Bedingung bin ich bereit, weiterzuarbeiten.«
»Wir haben viele Schwierigkeiten überwunden, Vincent, am Ende wird der Erfolg dir recht geben.«

»Ich fühle nur, wie brüchig meine Existenz ist. Mein Leben ist an der Wurzel angegriffen. Und dabei bleibt so viel noch zu tun.«

Rauchend verfällt Vincent in ein undurchdringliches Schweigen. Theo döst vor sich hin. Als er nach einiger Zeit aufblickt, sieht er, dass Vincent die Augen geschlossen hat. Aber er atmet!

Ein weiterer Schwächeanfall überkommt ihn, und Theo verlässt geräuschlos die Mansarde. Er tastet sich unsicher die Treppe hinunter. Seit Stunden hat er nichts gegessen. Wortlos löffelt er die Suppe und trinkt den Rotwein, den man ihm reicht.

Er hört, wie hinter seinem Rücken Dr. Gachet dem Wirt, Monsieur Ravoux, zuflüstert:

»Mir als Arzt macht Theo genauso viel Sorgen wie sein Bruder. Erschreckend, wie er aussieht!«

2.

Paris schläft. In der Nacht zum 17. Juni 2003 machen sich die Einheiten der Elitepolizei des Innenministeriums und ein Spezialkorps der französischen Terrorabwehr auf den Weg nach Auvers und umliegende Dörfer im Tal der Oise. Die Aktion gegen iranische Terroristen dort wurde seit langem unter absoluter Geheimhaltung vorbereitet. Alle Fäden laufen an oberster Stelle beim Chef des für die Terroristenüberwachung zuständigen Geheimdiensts DST in Paris zusammen.
Deckname »Theo«. Die Eingeweihten finden dies clever. Unverfänglicher als der ursprünglich ins Auge gefasste Deckname »Vincent«. Journalisten, denen jemand unbefugterweise den Namen des vertraulichen Projekts zugesteckt hätte, könnte durchaus der Rückschluss von Vincent auf Auvers-sur-Oise gelingen.
Allerdings, wer in Paris weiß schon, dass Vincent van Gogh in Auvers-sur-Oise gestorben ist, die meisten glauben, er habe sich in der Anstalt in St. Rémy oder in Arles erschossen: Erst schneidet er sich dort das Ohr ab und einige Zeit später jagt er sich die Kugel in den Leib.
Es ist die bisher umfassendste Razzia der Terrorabwehr auf französischem Boden. Dabei steht der eigene Ruf auf dem Spiel. Man hat auch den Amerikanern etwas

zu beweisen: Terroristenbekämpfung ja, Irak-Krieg nein.
Im Morgengrauen soll laut Plan im Handstreich die gesamte Infrastruktur der Terroristen ausgelöscht werden. Die Polizei von Auvers hat man im Vorfeld nicht über die Aktion unterrichtet, auch den Bürgermeister nicht. Man weiß in Paris zu wenig über deren Verhältnis zu den Iranern, die schließlich dort seit Jahren mit ihren Familien leben. Das Risiko, dass Informationen durchsickern könnten, ist zu hoch.
Jean-Yves Rampal, Kommandant eines Kontingents der Elitepolizei, ist für die Erstürmung des zentralen Büro- und Siedlungskomplexes der Terroristen zuständig. In den vergangenen Tagen hat er unauffällig die örtlichen Gegebenheiten auskundschaften lassen. Das Gelände liegt am Dorfrand von Auvers. Ein hoher Betonzaun schirmt eine Anlage von Containergebäuden, in der sich die Kommandozentrale der Iraner und einige Wohnungen befinden, gegen die Außenwelt ab. Niemand weiß genau, wie viele Menschen dort leben, obwohl es in Frankreich eine Meldepflicht gibt! Zumindest die Lage der Container auf dem Grundstück ist durch zentimetergenaue Luftaufnahmen bekannt. Der einzige Zugang führt über die Rue des Gords, für die Polizei also kein besonderes logistisches Problem.
Rampal unterstehen drei Hundertschaften Polizei und Sicherheitsbeamte. Im Schutze der Dunkelheit haben die Mannschaften am Eingang der Rue des Gords Position bezogen. Weitere Einheiten sind während der Nacht in der Nähe anderer bekannter Stützpunkte der Terroristen im Oise-Tal aufgefahren.

Im ersten Morgendämmern zieht sich ein zartes Rosa über den wolkenlosen Himmel. Rampal bespricht letzte Einzelheiten mit seinen Offizieren. Die Truppen stehen schwer bewaffnet bereit. Spätestens seit dem 11. September weiß jeder, dass ein solcher Einsatz gegen Terroristen lebensgefährlich ist.

Kurz vor dem verabredeten Zeitpunkt meint Rampal einen Schuss zu hören, aus entgegengesetzter Richtung von der Zentrale der Iraner. Ob eine der anderen Einheiten zu früh losgeschlagen hat und auf Widerstand gestoßen ist? Eigentlich undenkbar. Er muss sich geirrt haben, denn sofort herrscht wieder geisterhafte Stille. Rampal schaut auf seine Uhr, um Punkt fünf gibt er den Befehl zum Sturm auf die Containeranlage. Gleichzeitig greifen andere Truppen ihre Ziele in der Umgebung an. Angriffshubschrauber der Terrorabwehr schweben dröhnend über dem Dorf.

Rampals Einsatztruppen brechen das hohe Eingangstor zum Hauptquartier der Volksmudschahedin auf. Wie Ameisen überziehen die Polizisten in ihren schwarzen Sturmuniformen und Schutzhelmen das Gelände, dringen in die Wohnungen und Büros ein, Gewehr im Anschlag, auf jeden Widerstand vorbereitet. Aber es gibt keinen Widerstand. Die wachgerüttelten Bewohner werden in kürzester Zeit überwältigt, abgeführt und in die bereitstehenden Militärtransporter verfrachtet. Eine alte Frau, von einem Polizisten angerempelt, ist gefallen und blutet am Knie. Sonst gibt es keine Verletzten. Unter den Verhafteten befindet sich auch die selbsternannte Präsidentin des iranischen Widerstandsrats, Maryam Radjavi.

Noch vor dem ersten Sonnnenstrahl ist die planmäßig abrollende Aktion vorüber. Jean-Louis Bruguière, der für sein unerbittliches Vorgehen gegen Terroristen bekannte Anti-Terror-Richter, berichtet kurz darauf über den Einsatz vor der Presse:
»Der Eingriff heute Morgen kam unmittelbar bevorstehenden Anschlägen der Terroristen gegen iranische Ziele auf französischem Boden zuvor. 160 Verdächtige wurden in und um Auvers-sur-Oise gefasst, ohne dass ein einziger Schuss gefallen ist.«
Kommandant Rampal verfolgt die Ausführungen im Rundfunk. Er wendet sich seinen Kollegen zu: »Hat einer von euch nicht auch einen Schuss gehört?«
Immer neue Informationen über die Volksmudschahedin werden bekannt. Die Gruppe MEK, Mujahedin-e Khalq, ist den Amerikanern ein Dorn im Auge, seit sie an der Besetzung der amerikanischen Botschaft nach dem Sturz des Schahs im Iran beteiligt war. Sie hat den Tod einiger Amerikaner zu verantworten. Im Jahr 1997 setzten die USA sie auf die Liste der terroristischen Vereinigungen. Im vergangenen Herbst tat die EU dasselbe. Seitdem werden ihre Aktivitäten vom französischen Sicherheitsdienst beobachtet.
Später am Vormittag informiert ein sichtlich zufriedener Innenminister Sarkozy die Bevölkerung über die Aktion. Die gesamte Führungsspitze sei festgenommen worden, außerdem habe man Bargeld im Wert von zehn Millionen Dollar konfisziert. Pläne für ein mutmaßliches Attentat in Paris würden momentan ausgewertet werden.
Der iranische Präsident Chatami lobt den französischen

Schlag gegen die Terroristen. Er lässt durchblicken, dass man den kürzlich beim Besuch von Außenminister Villepin in Teheran von französischer Seite geäußerten Wunsch nach engerer wirtschaftlicher Zusammenarbeit wohlwollend prüfen werde, und fordert die sofortige Auslieferung aller Verhafteten an den Iran.
Anerkennung für das entschlossene Vorgehen Frankreichs kommt auch aus Washington. Selbst wenn man in der Frage des Irakkriegs unterschiedlicher Meinung sei, so stünden Frankreich und die USA in der Terrorbekämpfung doch Seite an Seite. Bei der MEK handle es sich um eine im Kern marxistisch-islamistische Gruppe, die mit Khomeini am Sturz des Schah-Regimes zusammengearbeitet habe.
Der Bürgermeister von Auvers, Jean-Pierre Béquet, widerspricht den Darstellungen aus Paris und Washington aufs Heftigste. Maryam Radjavi und ihr seit einigen Monaten im Irak verschollener Ehemann Massoud lebten seit zwanzig Jahren mit ihren Anhängern gesetzestreu und unbescholten in ihrem Ort. Eine solche militärische Aktion gegen die Bevölkerung sei unvertretbar. Viele der Iraner seien in Auvers zum Teil schon in zweiter Generation ansässig, ihre Kinder gingen hier zur Schule, sie beteiligten sich am öffentlichen Leben.
»Bei diesen Leuten handelt es sich nicht um engstirnige Islamisten, sondern um Muslime, die in ihrer Politik für eine Trennung von Staat und Religion eintreten. Warum hat mich niemand vorher gefragt? Was heute Morgen hier ablief, ist ein katastrophaler Fehler und eine Schande für Frankreich und unsere Ausländerpolitik«, erklärt der Bürgermeister vor der Presse.

Ein Bäcker von Auvers erwähnt gegenüber einem Reporter, er habe am frühen Morgen entgegen der Angaben der Polizei Schüsse gehört, zumindest einen. Aber niemand sonst bestätigt dies. Der Bäcker sei bekannt für seine Erfindungen. Und überhaupt, was bedeutet ein Schuss beim Umfang der Aktion.

3.

Sabine Bucher greift verschlafen zum Telefon auf dem Nachttisch. Dabei streift ihr Blick den Wecker, es ist kurz nach acht. Vergangene Nacht ist es spät geworden und heute, an ihrem ersten Urlaubstag, wollte sie erst einmal gründlich ausschlafen. Sie hat gleich ein ungutes Gefühl.

»Madame Bucher?«

Der Mann spricht Französisch. Büscher. Einer ihrer Mandanten hat wohl Probleme in Frankreich, denkt sie, während sie sich im Bett aufrichtet. Als ob man damit nicht bis zu einer christlicheren Zeit warten könnte! Als Anwältin ist man ja schließlich auch noch Mensch.

»Hier ist die Polizei von Auvers-sur-Oise, Gendarm Crosnier. Ich hoffe, ich störe Sie nicht. Kennen Sie einen Arthur Heller?«

»Ja, mein Onkel. Aber warum rufen Sie mich an?«

Sie hat mit ihm jeden Kontakt verloren, seit er vor zehn Jahren in eine Lebenskrise geriet und sein Unternehmen verkauft hat, um Schriftsteller zu werden.

Er lebt in Paris, soviel sie weiß.

»Er wurde hier heute Morgen tot aufgefunden. Es tut uns leid, Ihnen diese Mitteilung zu machen. Er trug Ihre Anschrift bei sich. Wir bräuchten möglichst schnell einige Hinweise zur Person. Ja und könnten Sie bitte nach Auvers-sur-Oise kommen, um ihn zu identifizieren, am besten noch vor der Obduktion.«

Sabine ist plötzlich hellwach.

»Das kommt etwas unerwartet, entschuldigen Sie, aber woran ist er gestorben?«

»Wie es aussieht, hat er Selbstmord begangen. Die Untersuchungen laufen erst an.«

»Und wo in Frankreich liegt denn dieser Ort, und warum rufen Sie nicht seine Frau an?«

»Wir haben nur Ihren Namen bei ihm gefunden. Natürlich können wir auch seine Frau anrufen, wenn Sie uns freundlicherweise ihre Adresse geben.«

»Sie sind seit langem geschieden, ich weiß nicht, wo sie wohnt und ob sie überhaupt noch lebt.«

»Dann müssen Sie uns weiterhelfen: Auvers liegt in der Nähe von Paris. Die Sache ist ungewöhnlich, weil Ihr Onkel im Sterbezimmer von Vincent van Gogh gefunden wurde. Wir haben deshalb ein Interesse, den Fall schnell aufzuklären. Das Restaurant und das Museum im Van-Gogh-Haus bleiben bis auf weiteres geschlossen. Außerdem benötigen wir die Entscheidung der Angehörigen, was mit dem Leichnam zu geschehen hat.«

»Er wollte eingeäschert werden, jedenfalls hatte er das erwähnt, als er mich vor Jahren zu einigen testamentarischen Angelegenheiten um Rat gefragt hat. Allerdings war das, bevor er nach Paris umsiedelte. Also, äschern Sie ihn ein. Das geht ohne mich.«

»Ein Angehöriger muss ihn identifizieren.«

»Und wenn Sie mich nicht gefunden hätten?«

»Wir haben Sie gefunden. Madame Bucher. Und bitte, es geht um einen Toten, das ist ihre Pflicht als nahe Angehörige.«
Aber was habe ich mit ihm zu tun?, denkt sie verzweifelt. Wenn es morgen passiert wäre, wäre ich auf Sylt gewesen und dann hätten sie dies auch ohne mich erledigen müssen.
»Wie kommt denn mein Onkel in das Sterbezimmer van Goghs?«
»Er ist vor einem Jahr Mitglied der Stiftung des Van-Gogh-Hauses geworden. Wenn man einen bestimmten Betrag stiftet, erhält man die Schlüssel zum Haus und zu dem Zimmer. Es stand zu befürchten, dass früher oder später jemand dem Beispiel van Goghs zum Selbstmord an dieser Stätte folgen würde. Was war Ihr Onkel von Beruf?«
»Unternehmer.«
»Von einem Unternehmer hätten wir das zu allerletzt erwartet.«
»Eigentlich war er Schriftsteller. Obwohl mir nicht bekannt ist, dass er jemals etwas veröffentlicht hätte.«
»Also doch, ein erfolgloser Nachahmer, der auf diese Weise in der Öffentlichkeit auf sich aufmerksam machen will! Wir sollten die Presse aus der Sache heraushalten. Wann können wir Sie erwarten, Frau Bucher, heute am Nachmittag?«
»Das trifft mich völlig unvorbereitet. Wie komme ich überhaupt dorthin, mit dem Zug oder Flugzeug? In der Nähe von Paris, sagten Sie?«
Wenn Sabine Bucher eine Verpflichtung ihrem Onkel gegenüber verspürt, dann allenfalls eine anwaltliche.

Aber ihr ist klar, dass sie sich der Angelegenheit annehmen muss.

Drei Stunden später sitzt sie im Flugzeug nach Paris. Den Weiterflug von Paris hat sie gleich nach Hamburg gebucht. Sollte alles nach Plan verlaufen, wird sie bis zum Abend auf Sylt sein. Eine Woche Urlaub, viel ist das sowieso nicht, da zählt jeder Tag. Überhaupt ist sie gewohnt, selbst über ihr Leben zu bestimmen und sich nichts von anderen vorschreiben zu lassen. Ihrer Selbständigkeit willen ist sie unverheiratet und kinderlos geblieben. Aber damit ist sie zufrieden. Den Urlaub auf Sylt verbringt sie mit Peter, einem englischen Investmentbanker, mit dem sie seit Jahren befreundet ist. Er leitet in Frankfurt das M&A-Geschäft einer Großbank. Hin und wieder übernachtet er bei ihr, aber ihre Unabhängigkeit würde sie für ihn nicht opfern. Und Peter ebenso wenig die seine.
Sie freut sich auf das Meer. Dabei genügt ihr die eine Woche, zu viel Natur hat sie seit je beunruhigt. Sie ist ein Großstadtmensch, in Frankfurt aufgewachsen und hat dort immer gelebt. Vor die Wahl zwischen Glastürmen und Bäumen gestellt, würde sie sich, ohne auch nur einen Augenblick zu zögern, für die Hochhäuser entscheiden. Vor einigen Monaten hat sie in großem Stil ihren Vierzigsten gefeiert. Erfolgreich, unabhängig und mit einem breitgefächerten Freundeskreis, sie würde mit niemandem tauschen.
Sabine ist als Einzelkind aufgewachsen, was in gewisser Weise ihre Lebenseinstellung geprägt hat. Vor einigen Jahren hat sie beide Eltern kurz hintereinander durch

Krebs verloren. Arthur Heller, der um viele Jahre jüngere Bruder ihrer Mutter, der Nachzügler, wie ihn ihre Mutter gelegentlich nannte, ist tatsächlich ihr nächster Verwandter. Auch er blieb kinderlos. Nach seiner Scheidung trieb er wie von einer Welle mitgerissen von der Familie fort.

Wir beide sind Einzelgänger, Arthur Heller und ich. Ihr Onkel muss dieses Band zwischen ihnen ebenfalls gespürt haben. Warum sonst hätte er ihre Adresse nach all den Jahren bei sich getragen?

Ob ihr Onkel glücklich war? Selbstmord steht am Ende einer langen Kette von Enttäuschungen. Hierin zeigt sich die verwundbare Seite des Einzelgängers, dem ein Mensch fehlt, dem er sich anvertrauen und der ihm doch noch einen Weg aus der Ausweglosigkeit weisen könnte.

Arthur Heller war nach Paris gegangen, um dort losgelöst von allem einen Roman zu schreiben. Mit dem Selbstmord erklärt sich, was daraus geworden ist.

Niemand konnte sich damals einen Reim auf seine Entscheidung machen, obwohl er seine Umgebung stets vorgewarnt hatte, er werde mit vierzig als Unternehmer alles hinschmeißen, um nur noch Bücher zu schreiben. Er war achtundvierzig, als er schließlich diesen Schritt wagte.

Er hatte Ingenieurwissenschaften studiert und sich frühzeitig auf Elektronik spezialisiert. Kaum dreißig, gründete er in Heidelberg eine Sensorikfirma, die er zum weltweiten Marktführer für Näherungsschalter aufbaute, Sensoren, die man im Produktionsbereich zur Messung von Temperaturen und Entfernungen ein-

setzt. Die technischen Details hatte Sabine allerdings nie verstanden.
Von einem Tag auf den anderen hatte Arthur Heller damals zum Erstaunen aller die Firma an Siemens verkauft. Finanziell brauchte er sich danach keine Sorgen mehr zu machen, obwohl seiner Frau bei der Scheidung, die fast zeitgleich erfolgte, ein erheblicher Teil des Verkaufserlöses zufiel. Niemand war von der Scheidung überrascht. Arthur Hellers Frau lebte am Ende dieser Ehe bereits ein Leben ohne ihn, im Winter in Kitzbühel und im Sommer in Antibes, in einer Glamour-Welt, der er nichts abgewinnen konnte. Von seiner Frau hatte Sabine nach der Scheidung nie mehr etwas gehört, es würde sie nicht überraschen, wenn auch ihr Onkel jeden Kontakt zu ihr verloren hätte.

Beim Flug fällt Sabine Buchers Blick auf die sonnendurchflutete Landschaft unter ihr. Mitte Juni, die ideale Jahreszeit für Paris, allerdings nicht, wenn man wegen des Selbstmordes eines Verwandten hierher beordert wird. Dieser Formalismus, als ob die Polizei das nicht ohne sie erledigen könnte!
Sie hat das Notwendigste im Handgepäck dabei, falls sich die Angelegenheit aus irgendeinem Grund hinauszögern sollte, und sie doch eine Nacht in Auvers-sur-Oise verbringen müsste. Ihr Feriengepäck nimmt Peter im Auto nach Sylt mit.
Dass van Gogh sich bei Paris umgebracht hatte, war für sie neu. Natürlich wusste sie von seinem Selbstmord, und auch, dass ihm zu seinen Lebzeiten der Erfolg als Maler versagt geblieben war.

Zuletzt war sie vor drei Jahren in Paris gewesen, zu einer Konferenz über neueste Entwicklungen im europäischen Kartellrecht. Bei ihrem Onkel hat sie sich nicht gemeldet, sie wusste ja nicht einmal, wo er wohnte, und hatte auch keine Telefonnummer von ihm. Ehrlich gesagt wäre es ihr nie in den Sinn gekommen, bei ihm anzurufen.

Am Flughafen nimmt sie sich einen Mietwagen, die Identifizierung eines Toten kann nicht lange dauern. Als sie dann Auvers auf einer Karte findet, schätzt sie die Entfernung auf höchstens eine halbe Stunde, sie hätte leicht ein Taxi nehmen können, aber nun hat sie das Auto.

Schon etwas seltsam, so eben nur für ein paar Stunden nach Frankreich. Sie betrachtet sich im Rückspiegel. Ihr erhitztes Gesicht glänzt in der Sonne, als sie mit gespreizter Hand durch ihr rostbraunes Haar streicht. Sie hat sich bewusst elegant und neutral gekleidet, ein leichter hellbeiger Hosenanzug, eine weiße Bluse und ein rosa Halstuch, das sie, sollte es unpassend wirken, unauffällig abstreifen kann. Wie für die Kanzlei, es handelt sich im Grunde auch um eine anwaltliche Angelegenheit.

Die Landstraße führt vom Flughafen Richtung Auvers mitten durch eine beschauliche Landschaft an der Oise entlang. Bei der Ortseinfahrt stößt Sabine auf mehrere Polizeitransporter, die Beamten in schwarzer Sturmuniform. Langsam fährt sie in Richtung Ortsmitte weiter. Die Durchfahrtsstraße windet sich zu dem Platz vor dem ländlich idyllischen Rathaus, genau wie es ihr der Gendarm am Telefon beschrieben hatte. Ein Jeep rast mit hoher Geschwindigkeit an ihr vorbei. Um den Rathausplatz stehen Übertragungswagen verschiedener Fernsehsender, deren Antennen über die Platanen und die umliegenden Häuser ragen. Hatte ihr Onkel es doch in Frankreich zum Erfolg gebracht, und nun ist der Selbstmord des Dichters im Sterbezimmer van Goghs die Pressesensation?

Auf der im Vergleich zum Rathaus unscheinbaren Polizeistation tritt ihr ein Polizist entgegen: »Entschuldigen Sie, Madame, Sie sind von der Presse? Für alle Informationen ist das Innenministerium in Paris zuständig, Sie müssen sich dorthinwenden.«

»Ich habe einen Termin mit Monsieur Crosnier.«

Crosnier empfängt sie achselzuckend in seinem Büro: »Man ist nicht mehr Herr im eigenen Haus. Seit heute Morgen herrscht hier der Ausnahmezustand, unser Ort wird von der Elitepolizei aus der Hauptstadt und von Geheimdienstagenten und Beamten des Innenministeriums belagert. Eine Großrazzia gegen eine angebliche muslimische Terrorzelle, es geht zu wie im Krieg. Über hundert Iraner aus Auvers, die seit Jahren friedlich und ohne Probleme bei uns leben, sind jetzt in Paris in Untersuchungshaft. Ohne jede Rechtfertigung, das sage ich Ihnen gleich.«

Crosnier muss Luft holen. Er ist untersetzt und übergewichtig, hat schwarzes lockiges Haar und einen gestutzten Schnurrbart. Seine kräftige Nase sticht aus dem vernarbten Gesicht. Schweißtropfen haben sich auf der Stirne gebildet, es ist warm in seinem biederen Büro, und der Trubel setzt ihm offensichtlich zu. Er blickt Sabine wie um Hilfe suchend an.

»Und dann dieser Selbstmord im Van-Gogh-Haus, unserer wichtigsten Touristenattraktion! Madame Bucher, es tut mir leid, dass ich Sie wegen dieser Angelegenheit nach Auvers bitten musste. Aber Sie sind unser einziger Kontakt. Womit wollen Sie beginnen?«
»Ich soll doch meinen Onkel identifizieren! Gibt es sonst noch etwas?«
»Seine Sachen müssen in dem Gasthaus, in dem er übernachtet hat, abgeholt werden. Ein schönes Gasthaus, sehr zu empfehlen. Darüber hinaus hat Auvers-sur-Oise einiges zu bieten, Besucher aus aller Welt strömen hierher, auf den Spuren van Goghs.«
Sie gehen zu Fuß den kurzen Weg zu der gegenüber vom Rathaus gelegenen Auberge Ravoux. Der Polizist erzählt ihr, nicht ohne Stolz, dass die Auberge ursprünglich von Auguste Crosnier, einem seiner Vorfahren, gebaut worden war. Die Crosniers seien seit Generationen in Auvers-sur-Oise ansässig und hätten immer wichtige Posten im Ort eingenommen, so wie er jetzt.
Im Erdgeschoss befindet sich ein Restaurant mit altmodischen weißen Spitzenvorhängen. Eine Gruppe amerikanischer Touristen zieht enttäuscht ab, nachdem sie die handgeschriebene Mitteilung am Eingang: *Heute geschlossen* gelesen hat. Alles wegen meines Onkels, denkt Sabine.
Crosnier klingelt mehrmals, bis Gérard Dechaize, der Besitzer des Hauses, erscheint. »Mein aufrichtiges Beileid, Madame«, begrüßt sie Dechaize. »Arthur Heller und ich saßen hier gestern noch beim Wein zusammen. Wir sprachen über das Schicksalhafte dieses Ortes, wie

auch mein Leben durch van Gogh verändert wurde. Er war nicht bedrückt, ganz im Gegenteil. Ich kann mir keinen Reim auf den Vorfall machen. Als die Putzfrau ihn heute Morgen entdeckte, war es bereits zu spät, vielleicht eine halbe Stunde früher, und der Notarzt hätte ihn noch retten können.«

Gérard Dechaize hat volles sandfarbenes Haar, einen krausen Bart, freundliche Augen. Er hätte sich zweifelsohne lieber mit ihr über van Gogh unterhalten anstelle über Selbstmord und all die Unannehmlichkeiten, die dies für sein Haus bedeutet.

»Wir haben Glück, dass die Presse nichts von der Angelegenheit mitbekommen hat. Die sind nur an den Terroristen interessiert. Wenn der Vorfall an die Öffentlichkeit käme, würde dies möglicherweise noch weitere Leute mir Selbstmordabsichten auf den Plan rufen, und das hatten wir mit unserer Erinnerungsstätte wahrlich nicht beabsichtigt.«

Dechaize führt sie an der Gaststube vorbei zu einer abgetretenen Holztreppe. Das Innere des Hauses wirkt altertümlich, dabei macht alles einen sauberen und gepflegten Eindruck.

»Wir haben versucht, den Zustand, in dem sich das Haus zu Zeiten van Goghs befand, naturgetreu wiederherzustellen. Es war zu seiner Zeit die billigste Bleibe in Auvers. Jetzt ist hier das beste Restaurant weit und breit.«

Im oberen Stock befindet sich eine Gedenktafel. Die Holztür zu der Mansarde ist geschlossen und mit einem Plastikstreifen versiegelt.

»Es tut mir leid, Madame Bucher, dass wir Ihnen das

zumuten müssen, aber es bleibt uns nichts anderes übrig.«
Der Gendarm sieht sie betroffen an. Als sei es seine Schuld, die Vorschriften, die ihn dazu zwingen, sie in diese unangenehme Geschichte zu verwickeln.
»Ich bin Anwältin, und er ist nicht mein erster Toter, Monsieur Crosnier.«
Innerlich erregt sie sich umso mehr, als hätte Dechaize den Toten nicht identifizieren können, er kannte ihren Onkel besser als sie.
Die Wände der engen Stube in schäbigem Braun, aus einer Luke in dem schräg abfallenden Dach fällt weiches Licht. Der Raum ist unmöbliert. Vor ihr auf dem nackten Holzboden liegt der von einem Leintuch überdeckte Körper. Unwillkürlich streift sie ihr rosa Halstuch ab. Ihre Atmung hat sich beschleunigt. Wie immer, wenn sie aufgeregt ist, atmet sie durch ihren ein wenig geöffneten Mund. Das Ende eines Lebens, die dringliche Mahnung an das Vergängliche allen Seins. Dabei fallen ihr ohne erkenntlichen Grund die iranischen Terroristen ein, die hier heute Morgen von der Pariser Polizei aus dem Schlaf gerissen und abgeführt wurden.
Durch leichtes Achselzucken deutet Sabine ihr Einverständnis an. Daraufhin hebt Crosnier das Leintuch hoch. Ihr Onkel liegt vor ihr auf dem Boden. Sie ist erstaunt, wie wenig er sich verändert hat. Für sein Alter sieht er jugendlich aus, braunes Haar ohne graue Strähnen, eine glatte, sonnengebräunte Haut. Ein zufriedener Eindruck auf seinem Gesicht, als sei er mit sich selbst im Reinen.

»Es ist Arthur Heller.«
»Gut, dann wäre das erledigt.«
Crosnier bedeckt den Leichnam wieder mit dem Leintuch.
»Hat er sich hier erschossen?«
»Es steht nicht genau fest, wo es geschehen ist, wir haben auch die Waffe noch nicht gefunden. Jedenfalls ist er hier verblutet, bevor man ihn entdeckt hat. Er hatte ja die Schlüssel zu dem Zimmer. Sobald sich der Wirbel um die Terroristen gelegt hat, werden wir uns der Sache annehmen. Wir halten Sie auf dem Laufenden. Was soll nun mit dem Leichnam geschehen?«
Plötzlich ist sie sich nicht sicher, über ihn zu bestimmen. Sicherlich hat er in Paris ein aktuelles Testament aufgesetzt, das diesen Punkt regelt.
»Wir sollten damit warten, bis seine letzten Verfügungen bekannt sind. Ich nehme an, dass er entsprechende Anweisungen getroffen hat.«
Mit einem Mal fühlt sie sich elendig müde. Als sie aus dem Haus tritt, fährt gegenüber vor dem Rathaus der Pulk der Fernsehübertragungswagen ab. Die Pariser Eliteeinheit hat das Polizeirevier verlassen. Sommerliche Ruhe kehrt nach Auvers-sur-Oise zurück. Unvorstellbar, dieses ländliche Idyll, und dann der Selbstmord ihres Onkels und die Terroristen.

In dem kleinen Gasthaus, in dem Arthur Heller übernachtet hat, hat man sein Gepäck bereits aus dem Zimmer geholt. Beim Anblick seiner Sachen denkt sie wehmütig an die hochgesteckten Träume ihres Onkels. Irgendwo muss er einen Abschiedsbrief hinterlassen haben, das mindeste, was man von einem Schriftsteller erwarten sollte.

»Was bin ich für das Zimmer schuldig?«

»Das ist erledigt, er hatte bei seiner Ankunft die Übernachtung mit Kreditkarte im Voraus gezahlt.«

Die Frau am Empfang lächelt verlegen. Arthur Heller hat erst noch seine letzte Rechnung beglichen, um niemandem zur Last zu fallen. Sich dann stillschweigend einfach davonzumachen. Hat er dabei übersehen, dass die Polizei sie von Frankfurt hierher zitieren würde?

4.

Theo schreckt beim ruckartigen Anfahren des Zuges auf dem Bahnhof von Auvers-sur-Oise wie aus tiefem Schlaf auf. Aber es war kein Traum. Vincent ist tot. Und damit ist auch seinem eigenen Leben der Sinn genommen.

Jetzt erinnert er sich nur noch verschwommen an Einzelheiten. Irgendwann in der Nacht sagte Vincent in die erdrückende Stille: »Wenn ich nur einfach so dahingehen könnte.« Theo redete ihm zu: »Du musst durchhalten, Vincent, noch diese Nacht, dann haben wir es geschafft!« Vincent hat nicht geantwortet. Sie wussten beide, dass es aussichtslos war. Was der eine wusste, wusste immer auch der andere. Sie waren eine Einheit. Auch jetzt noch, in diesem letzten Augenblick. Besonders da.

Waren das Vincents letzte Worte? Theo war selbst am Bett des Bruders eingeschlafen, und als er aufwachte, lag Vincent gegen ihn gelehnt. Er hatte gehofft, dass Vincent im Schlaf neue Kraft finden würde, bis er bemerkte, dass sein Bruder nicht atmete und sein Körper schlaff und leblos auf ihm lastete.

Er hatte sich von Vincent nicht verabschiedet. In dem entscheidenden Moment, als Vincent die Schwelle ins Reich der gelb strahlenden Sonnenblumen überschritt, hatte er ihn sich selbst überlassen.

Hirschig und Paul Gachet, der Sohn des Doktors, waren in der Wirtsstube, als Theo benommen die Treppe herunterkam. Sie blickten zu ihm auf, ohne Fragen zu stellen. Theo hatte Tränen in den Augen. Er ging langsam durch den Raum und lehnte sich ans Fenster, das Rathaus gegenüber im fahlen Licht einer Laterne: Vincents Lieblingsstimmung, weiches Gelb in der Stille der Nacht. Theo schluchzte hemmungslos, seine Schultern zuckten.

»Soll ich meinen Vater rufen?«

»Es ist zu spät, lassen Sie ihn schlafen. Für alles ist es zu spät.«

Beim ersten Tageslicht betrat Louise Ravoux, die Frau des Wirtes, die Gaststube. Paul Gachet war nach Hause gegangen. Hirschig schlief in seinem Zimmer neben Vincents Kammer. Theo war an einem Gasttisch eingeschlafen, sein Kopf auf den überkreuzten Armen. Die Nacht hatte wenig Abkühlung von der Hitze gebracht. Die Wirtin weckte Theo mit heißem Kaffee, frischem Brot und Honig. Er war plötzlich hungrig, wann hatte er zuletzt etwas gegessen?

»Mein Beileid, Herr Theo. Jeder hier mochte Ihren Bruder.«

»Er fühlte sich bei Ihnen wie zu Hause.«

»Wie haben Sie sich nun das Weitere vorgestellt?«

»Darüber habe ich mir noch keine Gedanken gemacht.«

»Gibt es ein Familiengrab in Holland, oder wollen Sie ihn in Paris bestatten?«

»Mein Bruder war ein Wanderer. Er war nirgends zu Hause, außer bei seiner Malerei. Sein Weg hat ihn hier-

her geführt, dies war seine letzte Herberge, warum nicht hier?«
»Gut, wenn Sie das so wollen. Bei diesem Wetter muss die Bestattung schnell stattfinden, spätestens morgen. Erwarten Sie Verwandte oder Gäste?«
»Wahrscheinlich einige Freunde aus Paris.«
»Seltsam, von Freunden hatte er nicht gesprochen. Er erzählte von seiner Familie, von seinem Neffen und seiner Schwägerin. Und vor allem von Ihnen.«
Theo blickte schweigend vor sich hin.
»Mein ganzes Leben war auf ihn ausgerichtet. Was soll ohne ihn werden?«
»Fürs Erste bleibt Ihnen wenig Zeit zum Nachdenken, Sie müssen sich um eine Menge kümmern: die Beurkundung seines Todes auf dem Bürgermeisteramt, die Vorbereitung der Bestattung, Benachrichtigung der Freunde und so weiter.«
Theo vermisste in diesem Augenblick seine Frau. Johanna würde die anstehenden Probleme ebenso direkt angehen wie diese praktische Wirtsfrau. Die Überlegenheit der Frauen in den Dingen des täglichen Lebens. Und waren die nicht wichtiger als die abstrakten Gesellschaftsveränderungen und das radikale Umkrempeln des Kunstbetriebs, womit Vincent und er das Leben verbracht hatten?
Adeline Ravoux, die Tochter der Wirtsleute, blickte schüchtern zu Theo. Stumm half sie ihrer Mutter bei der morgendlichen Arbeit. Vor einem Monat hatte Vincent ein Porträt, blau in blau, von Adeline gemalt und es ihr geschenkt. Wohin nun damit, dem Bild von der Hand eines Selbstmörders? Außerdem hatte es doch

keinerlei Ähnlichkeiten mit ihr, hatte sie gesagt, als Vincent ihr das Bild überreichte. Dabei mochte sie den ruhigen Maler mit seinen eindringlichen Augen, obwohl er gleichzeitig etwas Unheimliches ausstrahlte. Im Grunde hatte sie Mitleid mit ihm.

Kurz darauf erschien Dr. Gachet. Verstört und blass, sein Gesicht eingefallen. Der Arzt, von dem Theo sich die Genesung Vincents versprochen hatte. Von seiner sonst so sprühenden Lebensfreude war nichts geblieben.

»Mein Beileid, Herr Theo. Aber es war nichts zu machen.«

Theo nickte und schwieg. Plötzlich standen seine Augen wieder voller Tränen.

Er ging mit dem Arzt nach oben in Vincents Kammer. Das Öffnen der Dachluke brachte keine Erleichterung. Der Arzt erlitt einen Hustenanfall.

»Entschuldigen Sie, ich bin zwar einiges gewohnt, aber das ist selbst für mich etwas viel hier oben.«

Dr. Gachet blickte stumm auf den Toten. Dann legte er ihm die Hand auf die Stirn, fasste das schlaffe Handgelenk, wie um doch noch nach einem Puls zu suchen. Er schüttelte den Kopf, als er zu Theo aufblickte.

»Ich habe ihn nie so friedlich gesehen. Wenn Sie mir gestatten, würde ich gerne ein Kohleporträt von ihm anfertigen.«

Theo beobachtete Dr. Gachet, als er, auf dem Holzstuhl vor dem Bett sitzend und die Beine übereinandergeschlagen, mit kurzen Strichen seinen Bruder skizzierte. Ein alter Mann mit zerfurchtem Gesicht und hängenden Schultern. Doppelt so alt wie Vincent. Das Leben ist ungerecht. Und was war er überhaupt für ein

Arzt, ein Homöopath, ein Heilkünstler, der unter seiner eigenen nervlichen Unbeständigkeit litt. Er verschrieb seinen Patienten heilende Wasser, aber hier ging es um einen operativen Eingriff! Keine Frage, in Paris hätte man Vincent retten können.
Plötzlich machte sich Theo Vorwürfe. Ich habe die Sache mit Dr. Gachet eingefädelt. Vincent hat sich blind auf mich verlassen und damit trifft mich die Verantwortung für alles, was danach folgte.

Im Untergeschoss hatte Madame Ravoux ein süßliches Parfum versprüht. Sie überredete den Schreiner im Ort, einen einfachen Holzsarg zu bauen, als späten Dank für das Porträt, das Vincent von seiner kleinen Tochter gemacht hatte. Dagegen weigerte sich der Pfarrer von Auvers, seine Dorfkirche, die Vincent vor kurzem noch als eine von einem unheimlichen Blau bedrohte, unstet wankende Festung gemalt hatte, für den Selbstmörder freizugeben. Er gestattete auch nicht die Benutzung des Leichenwagens, um den Toten zum Friedhof zu bringen. Während die Männer ratlos in der Wirtsstube zusammensaßen, fand Madame Ravoux Hilfe beim Pfarrer von Méry auf dem gegenüberliegenden Ufer der Oise. Vincent war krank, meinte der, wie könne man da von Selbstmord reden!
Abends bedrängten die Wirtsleute Theo, wenigstens ein paar Stunden zu schlafen, er brauche alle Kraft für den kommenden Tag. Aber Theo bestand darauf, die Nacht bei seinem Bruder am offenen Sarg im Hinterzimmer der Wirtsstube zu wachen. Eine Kerze brannte. Auf Vincents Gesicht lag ein entspannt ruhiger Ausdruck.

Theo trieb haltlos wie ein Zweig im Wind zwischen Wachen und Träumen. Was war er ohne Vincent? Seine Gedanken rasten. Im Schlaf war er Vincent näher als in den wachen Momenten.
Morgens konnte er sich nicht erinnern, was er vor dem Sarg mit seinem Bruder gesprochen oder ihm versprochen hatte. Aber plötzlich trat ein einziger Gedanke in aller Klarheit hervor. Mitten in der Nacht hatte er laut in die erdrückende Stille des Raumes die Frage gestellt: Wer war dein Bruder? In diesem Augenblick war Theo wach, überwach, denn so konnte man nicht träumen. Vincent ist der Maler mit der wichtigsten künstlerischen Botschaft unserer Zeit, beantwortete er seine Frage. Ein von seinem Sendungsbewusstsein angetriebener Träumer, ein Utopist, der allein von Ideen und Hoffnungen lebte. Seine Bilder würden über seinen Tod hinaus wirken, und damit hatte sein Leben einen Sinn.

Am nächsten Morgen wurde Theo vom Lauf der Dinge mitgerissen. Das Ehepaar Ravoux bestand darauf, den Sarg sofort zu schließen, bei dem Geruch könne man unmöglich bis zur Ankunft der Freunde aus Paris warten. Dr. Gachet erschien übermüdet mit einem Arm voller Sonnenblumen, mit denen er den Sarg bedeckte. Vincents Leinwände der vergangenen Wochen wurden an den Wänden aufgehängt und um den Sarg herum aufgestellt. Die Natur in aufregend berstenden Farben. Wie ein Heiligenschein um den Sarg, bemerkte Émile Bernard, Vincents junger Malerfreund, der am Vormittag angereist war.
Im Kreis der vertrauten Freunde aus Paris hoffte Theo,

seine innere Ruhe zu finden, aber das Gegenteil war der Fall. Er fühlte sich verlassen und allein, als er mit der kleinen Gruppe der Trauernden hinter dem Leichenwagen der Nachbargemeinde zum Friedhof von Auvers ging. Auf eine unbestimmte Weise beneidete er den Bruder. Vincent hatte sich davongestohlen, während Theo wie in einer Berg- und Talfahrt der Gefühle das Geschehen in seiner unerträglichen Wirklichkeit durchzustehen hatte.

Der kleine Trauerzug trottete unter einem milchig blauen Sommerhimmel an den gelben Weizenfeldern vorbei. Die aufgewühlten Wolken und die Raben hatten sich verzogen. Vincent hatte seinen Frieden gefunden.

Schweigend kehrte die Gruppe ins Dorf zurück. Später in der Herberge bot Theo aus einer plötzlichen inneren Regung den Freunden an, sich jeweils eins von Vincents Bildern auszuwählen. Lucien Pissaro, Charles Laval, Émile Bernard, seine Jünger, die Wissenden, die sein Werk verstanden. Als er sie bei der Auswahl beobachtete, schien es ihm, als teilten sie Vincent unter sich auf. Er bemerkte auch, dass sich der junge Paul Gachet heimlich mehrere Bilder nahm, aber hätte er in diesem Augenblick einschreiten sollen?

Theo brachte keinen Bissen hinunter. Er trank einige Gläser Wein. Die Vorstellung einer weiteren Nacht in diesem Haus baute sich zunehmend wie ein grauenvoller Alptraum vor ihm auf. Als hätte Madame Ravoux seine Gedanken gelesen.

»Nehmen Sie den späten Zug nach Paris, Herr Theo. Wir werden seine Sachen packen und Ihnen nach Paris senden.«

»Wer soll sich um seine Bilder kümmern, zum Teil sind die Leinwände ja noch gar nicht getrocknet? Grausam, der Gedanke, wenn mein Bruder wüsste, dass ich hier alles stehen und liegen lasse.«

»Herr Hirschig kennt sich damit aus.«

Theo blickte zu Hirschig, der gerade Émile Bernard eines seiner Bilder mit ihrer typisch holländischen Dunkelheit erklärte, von denen Vincent nie viel gehalten hatte.

»Wenn, dann verlasse ich mich auf Sie, Madame. Ich bin Ihnen zu tiefstem Dank verpflichtet.«

Im Abendzug nach Paris sitzt Theo neben Andries Bonger, dem Bruder seiner Frau und seinem besten Freund. Auf den Knien hält er das Selbstporträt, das Vincent aus der Anstalt in St. Rémy nach Auvers mitgebracht hatte. Und nun das einzige von Vincents Bildern, das Theo mit sich nach Paris nimmt. Auf Vincents Gesicht liegt ein ernster Ausdruck. Tiefe Falten um die Augen, die Wangen eingefallen, die Brauen grübelnd zusammengezogen. Die dünn zusammengepressten Lippen von einem roten Bart umrandet. Wie zur Schonung hat Vincent den schmerzvollen Kopf in wellig weiches Hellblau und Lila gebettet. Erschrocken erkennt Theo in Vincents Ausdruck denselben Schmerz, der in seinem Inneren brennt. Als sollte Vincent einmal mehr recht behalten, die Leiden des einen bleiben die des anderen. Nie hat Theo dies so klar empfunden wie jetzt beim Blick in das verstörte Gesicht des Bruders: Ihrem Leben war ein gemeinsames Schicksal bestimmt. Mit Vincents Tod endet diese Gemeinsamkeit.

5.

Sabine Bucher verstaut Arthur Hellers Gepäck in ihrem Mietwagen, seine Aktentasche stellt sie neben sich auf den Beifahrersitz. Sie setzt ihre Sonnenbrille auf, schaltet die Klimaanlage an, die Hitze draußen war unerträglich geworden, und blickt erleichtert in den blauen Himmel. Den Flug nach Hamburg wird sie mühelos erreichen und dann die Woche mit Peter auf Sylt und alles auf der Welt vergessen.
Warum hat sie eigentlich dem Einäschern nicht an Ort und Stelle zugestimmt? Jetzt bleibt es an ihr hängen, was mit der Leiche zu geschehen hat. Aber gleichgültig ob Einäscherung oder Begräbnis, Selbstmord ist Mord, zuerst muss die Obduktion erfolgen, so lauten die Vorschriften, nicht nur im formalistischen Frankreich, das wäre in Deutschland nicht anders.
Und dass es ein Selbstmord war, steht fest.
Ihr Blick streift Arthur Hellers Aktentasche. Hellbraunes abgenutztes Leder, liebgewonnen über viele Jahre. Möglicherweise finden sich darin Unterlagen, die Aufschluss über ihn geben, sein Tagebuch, der Entwurf einer Geschichte oder eines Romans, an dem er gerade arbeitet. Die letzten Aufzeichnungen des Schriftstellers. Aber war er wirklich Schriftsteller? Selbst das weiß sie nicht mit letzter Sicherheit. Wie, wenn er sich unter dem Vor-

wand, Schriftsteller zu werden, aus seiner bürgerlichen Existenz in Heidelberg davongestohlen hätte, um dann in Paris ein völlig anderes, freies, vielleicht sogar pervertiertes Leben zu führen? Am Ende hat er sich umgebracht, weil er eingesehen hat, dass sein Leben die falsche Richtung genommen hatte.

Sie hält den Wagen am Straßenrand an. Einen Augenblick zögert sie mit dem Öffnen der Aktentasche. Er hat die Welt, in die sie nun eindringt, sorgfältig vor seiner Vergangenheit abgeschirmt. Aber was soll's, denkt sie, ich handle in erster Linie als Anwältin, Sentimentalitäten sind völlig fehl am Platz.

Vergeblich sucht sie nach einem Abschiedsbrief. Sie findet einen Schlüsselbund und ein in schwarzes Leder gebundenes Notizbuch. Kein Portemonnaie oder Ausweise, die er bei sich getragen haben muss, wie wäre die Polizei sonst an sie gekommen?

Sie nimmt ein Buch heraus: *Van Gogh's Table at the Auberge Ravoux*. Auf dem Umschlag ist der Gastraum abgebildet, in dem sie gerade noch mit Crosnier und Dechaize war. Auf der Innenseite eine handgeschriebene Widmung:

Meinem Freund Arthur – wenn man sein Ziel einmal kennt, darf man nicht aufgeben. Der Erfolg stellt sich ein, oft unerwartet und wie von selbst. In Zuversicht, Gérard Dechaize, Oktober 2002.

Das klingt nicht so, als ob ihrem Onkel bis zum Oktober vergangenen Jahres der Durchbruch als Schriftsteller gelungen wäre. Er muss mit Dechaize darüber gesprochen haben, hier im Schicksalshaus van Goghs. Aber warum hat Dechaize, sein Freund und Vertrauter, den Selbstmord nicht voraussehen können? Nachdenklich steckt sie das Buch in die Aktentasche zurück, dabei fällt ihr ein kurzer Text in einer Klarsichtmappe in die Hände.

Der Absinthtrinker

Irgendwann kommt jeder vor dieser Wand an, hinter der unermesslich die Unendlichkeit liegt, durch die sich alles erklärt. Die Grenze zwischen dem Hier und dem Dort. Das Dort außerhalb jeglicher unserer Vorstellungen.
Nachdem ich zwei Gläser Absinth getrunken habe, erkenne ich van Gogh vor der Wand zur Ewigkeit. Ich sehe, wie er immer wieder vor dem entscheidenden nächsten Schritt zurückweicht. Plötzlich stehe ich auch an dieser Stelle, ein Gefühl, das mit nichts zu vergleichen ist. Ich trommle mit den Fäusten gegen die Wand, die sich nur ein einziges Mal, zum vorgegebenen Zeitpunkt, für jeden von uns öffnet. Aber unversehens gibt die Wand nach. Ich stehe wie geblendet vor einem übernatürlich hellen Raum. In der Mitte des Raums blüht eine riesengroße Sonnenblume: die Blume der Ewigkeit. Wahrheit und Sinn, jede Frage erübrigt sich.
Ich verharre regungslos vor der Sonnenblume. Plötzlich beginnt sie anzuschwellen, bis der Raum völlig in Gelb getaucht ist. Aber das Gelb erdrückt mich nicht, ganz im Gegenteil, ich fühle mich frei, freier als je zuvor in meinem Leben. Niemals habe ich ein Gelb so wohltuend und beruhigend empfunden.
Wenn ich malen könnte, sage ich laut in den Raum, ohne zu wissen, ob mir jemand zuhört, würde ich Sonnenblumen malen. Aber was soll ich schreiben, in der Sprache der Sonnenblume?
Arthur Heller, 16. Juni 2003, Auvers-sur-Oise

Erst gestern hat er diesen Text verfasst, der mit einem Fragezeichen endet. Ich hoffe, dass er dort dieses erlösende Gelb gefunden hat, denkt Sabine, und nicht das schmerzvoll unruhige Gelb, das es hinter dieser Wand ebenso geben muss.
Langsam fährt sie Richtung Flughafen. Ein Einsatzwagen der Polizei überholt sie. Ob ihr Onkel die Razzia gegen die iranischen Terroristen noch mitbekommen hat? Wahrscheinlich nicht, sonst wäre er den Polizisten doch aufgefallen, verletzt auf dem Weg zum Van-Gogh-Haus. Denn die Schusswunde hat er sich außerhalb des Hauses zugefügt, jedenfalls hat das so die Polizei rekonstruiert, wenn auch sonst über den Tatablauf nur wenig feststeht. Wenn man die Waffe gefunden hätte, die irgendwo noch herumliegen muss, wüsste man mehr.
Unvermittelt empfindet sie Mitleid mit ihrem Onkel. In seiner letzten Stunde war er allein und verlassen, und nun überlässt sie, seine nächste Verwandte, der örtlichen Polizei, was mit ihm zu geschehen hat.
Aber wenn er in Selbstmordabsicht hierhergekommen ist, und davon muss man ausgehen, schließlich hat er die Waffe mitgebracht, dann muss er auch eine letzte Nachricht hinterlassen haben. Möglicherweise enthält sein Notizbuch einen entsprechenden Eintrag. Bei der nächstbesten Möglichkeit hält sie erneut an. Sie nimmt das Buch aus der Aktentasche, der erste Eintrag darin vom 1. Januar 2003. Jedes Jahr ein neues Tagebuch, wie es sich für einen ordentlichen Schriftsteller geziemt, denkt sie. Die zehn Jahre Paris chronologisch in einem Regal in seinem Arbeitszimmer aufgereiht. Sie schlägt den letzten Eintrag auf:

16. Juni, Auvers-sur-Oise
Ziba, der Augenblick, auf den wir so lange gewartet haben, ist gekommen. Endlich wirst du dein Versprechen einlösen. Unser langer Weg vom Traum zur Wirklichkeit. Das gemeinsame Leben vor uns. Noch diese Nacht und dann für immer.

Eine Frau, die er in der Nacht vor seinem Selbstmord erwartete, und die dann doch nicht gekommen ist? Sabine blättert eine Seite zurück und findet einen früheren Eintrag vom selben Tag:

16. Juni, Auvers-sur-Oise
Ich bin nicht Ihr typischer Erstlingsautor, ich brauche einen mutigen Verleger. Das habe ich ihm natürlich nicht gesagt. Dieses Mal ist es sowieso anders nach der Einführung durch Michael Baumann, der mit ihm befreundet ist. Dr. Zapf vom Zwei-Falken-Verlag in Frankfurt war mir bei unserem Treffen sofort sympathisch. Endlich jemand, der mein Manuskript tatsächlich gelesen hat. Nun liegt ihm die Überarbeitung vor. Seine Antwort erwartet mich in Paris. Aus irgendeinem Grund, manchmal weiß man so etwas eben, bin ich überzeugt, dass er das Manuskript annehmen wird.
Das Ende meiner Sisyphos-Zeit, nach zehn Jahre langem Marsch durch das Tal der Niederlagen und Enttäuschungen.
Und wenn es anstelle des Briefes von Dr. Zapf mit dem Vertrag wieder nur die kurze ablehnende unpersönliche Zeile eines Assistenten sein sollte? Ich weiß nicht, was dann. An einem bestimmten Punkt muss man aufgeben. Das trifft auf jeden noch so Besessenen zu, selbst einen Vincent van Gogh.

Wer ist Ziba? Sabine ist überrascht, dass Dechaize nichts von einer Frau gesagt hat. Oder handelt es sich bei Ziba um eine seiner Romanfiguren? Bei Schriftstellern kann durchaus die Grenze zwischen Fiktion und Wirklichkeit verschwimmen, wenn das Leben ihrer Protagonisten und ihr eigenes zeitgleich nebeneinander verlaufen. Niemand in dem Gasthaus, in dem er übernachtete, hatte etwas von einer Frau erwähnt. Es gab auch kein Gepäck einer Frau dort. Ziba gehört ins Reich seiner schriftstellerischen Phantasie. Arthur Heller war allein in Auvers-sur-Oise gewesen.
Damit liegt der einzig plausible Grund für seinen Kurzschluss bei dem Verleger, der dann doch das Manuskript abgelehnt hat. Seine Hausgehilfin oder Sekretärin muss ihm aus Paris mitgeteilt haben, dass ein Umschlag aus Deutschland mit dem Manuskript eingetroffen sei. Die Absage war zu viel für ihren Onkel. In seiner Tagebuchnotiz spielt er auf Sisyphos an, es handelte sich offensichtlich nicht um die erste Absage.
In seiner Verzweiflung ist er der wahnwitzigen Idee verfallen, durch den Selbstmord im Sterbezimmer van Goghs auf sich aufmerksam zu machen, und auf diese Weise den Grundstein für wenigstens einen postumen Erfolg zu legen.

Unvermittelt klingelt ihr Handy. Ob Monsieur Dechaize ihr nun mitteilen wird, was er in Gegenwart des Polizisten nicht ansprechen wollte? Aber sie hatte ihm doch ihre Handynummer gar nicht gegeben! Jetzt spinnst du auch schon, schüttelt sie über sich den Kopf.
»Hallo Sabine, ich stecke hinter Kassel im Stau! Wenn

es so weitergeht, schaffe ich es bis zur Ankunft deiner Maschine nicht nach Hamburg. Tut mir leid, aber du wirst warten müssen. Wie läuft es sonst bei Dir?«
Peter auf der Fahrt in den gemeinsamen Urlaub. Ihr eigenes Leben kommt ihr mit einem Mal in weite Ferne gerückt vor.
»Schon alles erledigt, eine reine Formsache. Ich bin beim Flughafen, muss den Mietwagen noch abgeben und die Sache wäre ausgestanden.«

Unschlüssig steht sie mit Arthur Hellers Koffer und der Aktentasche am Flugschalter. Als Handgepäck kann sie dies neben ihrer eigenen Reisetasche nicht auch noch mitnehmen. Warum hat sie sein Gepäck nicht überhaupt bei der Polizei in Auvers gelassen? Sein Auto, wenn es eines gab, muss dort auch noch stehen.
Es bleibt ihr noch über eine Stunde bis zum Abflug. Sie entschließt sich, vor dem Einchecken in seiner Wohnung anzurufen, in der Hoffnung, dass ihr dort jemand diese ungewollte Last abnimmt. Aber niemand antwortet. Es dämmert ihr, dass es ihr nicht erspart bleiben wird, seinetwegen noch einmal nach Paris zu fliegen und erneut einen oder sogar mehrere Tage zu opfern, je nachdem, was an Verpflichtungen auf sie zukommt. Eigentlich wäre es mit dem geringsten Zeitaufwand verbunden, wenn sie sofort in die Wohnung fahren und sich einen Einblick verschafften würde. Der heutige Tag ist auf alle Fälle verloren, wer weiß, wann Peter in Hamburg sein wird. Wenn sie morgen früh den ersten Flug nach Hamburg nimmt und dann mit dem Hubschrauber weiter nach Sylt, käme

sie vielleicht noch vor ihm dort an. Sie wählt seine Handynummer.
»Peter, ich überlege, eine Nacht in Paris zu bleiben, um dort jemandem alles Weitere zu übertragen. Es muss doch jemanden in seinem Leben gegeben haben!«
»Mach das, Sabine, heute läuft sowieso nichts mehr. Ich stecke immer noch in diesem Wahnsinnsstau, seit einer Stunde hat sich nichts bewegt. Gut, dass du nicht hier bist, bei deiner Ungeduld. Also dann bis morgen, Brunch am Meer! Und viel Spaß in Paris, wenn ich das jetzt sagen kann.«
Sie atmet erleichtert auf. Dieses Gefühl aus Neugierde und Verpflichtung, davon hätte sie sich auf Sylt nicht so ohne weiteres befreit. Sie ist mittlerweile in das Schicksal ihres Onkels tiefer verstrickt, als sie sich einzugestehen bereit ist.
Auf seinem Kofferanhänger findet sie seine Adresse. Der Taxifahrer kennt die Gegend, beste Lage in St. Germain-des-Prés, in der Nähe der Seine. Sie hat wenig Lust, sich mit ihm zu unterhalten, all die ungelösten Fragen, die ihr durch den Kopf schwirren. Aber der Fahrer, der gerade am Charles-de-Gaulle-Flughafen drei Stunden auf seinen nächsten Kunden warten musste, ist froh, endlich jemanden zum Reden zu haben. Auf seine Frage, wo sie herkomme, antwortet sie fast trotzig:
»Auvers-sur-Oise.«
Sie bemerkt, wie der Fahrer sie im Rückspiegel mustert.
»Auvers-sur-Oise, da wurde heute ein Haufen Terroristen auf einen Schlag geschnappt. Waren Sie deswegen dort?«

»Ich hatte im Van-Gogh-Haus zu tun.«
Erneut der durchdringende Blick des Taxifahrers, als reiche ihm die Antwort nicht aus, als müsse mehr dahinterstecken.
»Man spricht über nichts anderes als diese Aktion der Polizei. Alles hervorragend geplant, die Terroristen waren völlig überrascht. Wenn man sich das vorstellt, nicht nur eine kleine Zelle von fünf oder sieben Personen, sondern ein ganzes Dorf! Sie hatten Anschläge auf iranische Ziele in Frankreich geplant. Dass man von diesen Mudschahedins vorher nie gehört hat! Ihre Anführerin ist eine Frau, viele der Gefangenen sind Frauen. Ich war schon immer der Meinung, dass das mit den Terroristen erst richtig gefährlich wird, wenn da Frauen mitmachen, verschleiert in ihren langen Roben und Kopftüchern. Niemand weiß, was sich unter diesen Zelten verbirgt. Man hört ja immer wieder, dass islamistische Attentäter nach ihren Anschlägen in Frauenkleidung entkommen oder in diesen Gewändern als lebende Bomben rumlaufen. Man kann gar nicht hart genug eingreifen, wenn man unsere Zivilisation retten will. Und die steht auf dem Spiel!«
»Die Aktion lief am frühen Morgen ab. Als ich in Auvers ankam, war alles vorbei, die Polizei zog bereits ab.«

Vor ihr taucht der Arc de Triomphe auf. Als sie die Champs-Élysées entlangfahren, kommt es ihr vor, als erwache sie aus einem Traum. Paris statt Sylt, unvorstellbar, wie das geschehen ist.
Das Gebäude in der Rue Bonaparte liegt gegenüber

dem Eingang zum Innenhof der École des Beaux-Arts. Sie klingelt bei seinem Apartment, blickt erwartungsvoll am Haus hoch. Aber auch nach mehrfachem Klingeln antwortet niemand, keine Ehefrau, keine Freundin. Schließlich gelingt es ihr, mit einem der Schlüssel die schwere Holzeingangstür zu öffnen.
Ihre Erregung steigert sich, als sie vor der Wohnungstür angekommen ist. Ein eigentümliches Gefühl, so einfach diese für sie fremde Wohnung zu betreten. Keine Alarmanlage, als sie die Tür aufschließt, bleibt alles ruhig. Ein großzügiges Apartment, hell und modern möbliert, angenehm kühl, an den Wänden moderne Kunst mit kräftigen Farben. Auf dem Empfangstisch in der Diele neben einem Strauß frischer roter Rosen die ungeöffnete Post, wohl von einer Hausgehilfin dort für ihn hingelegt. Sollten die Rosen für Ziba sein? Nichts deutet auf einen Abschied für immer, ganz im Gegenteil, als werde er jeden Augenblick zurückerwartet.
Vor wenigen Stunden stand Sabine vor seinem Leichnam, und nun dringt sie in die Welt ein, die sich ihr Onkel neu aufgebaut hat. Sie spielt kurz mit dem Gedanken, den Koffer und seine Aktentasche einfach im Flur abzustellen, mit einer kurzen Nachricht, und die Wohnung wieder zu verlassen. Doch beim Blättern durch die Post stößt sie auf einen Brief des Zwei-Falken-Verlags. Wieso ein Brief und nicht das Manuskript?, denkt sie. Ungeduldig reißt sie den Briefumschlag auf.

Lieber Herr Heller,
Ihre überarbeitete Fassung von SARAHS PARIS hat in unserem Haus großen Anklang gefunden. Es ist uns daher eine

besondere Freude, Ihnen anzubieten, Sie in unser Herbstprogramm aufzunehmen. Ihr Einverständnis voraussetzend schlagen wir vor, dass Sie uns zur vertraglichen Regelung dieser Angelegenheit baldmöglichst in Frankfurt besuchen. Wir beabsichtigen, SARAHS PARIS als wichtige Neuerscheinung auf der kommenden Frankfurter Buchmesse vorzustellen.
Wir sehen der künftigen Zusammenarbeit mit Ihnen, lieber Herr Heller, mit großen Erwartungen entgegen und hoffen, bald von Ihnen zu hören.
Mit freundlichen Grüßen
Ihr Dr. Werner Zapf, Verleger

Benommen starrt sie auf den Brief. Vor zehn Jahren hatte er Deutschland den Rücken gekehrt, mit diesem Traum, sich neu zu erfinden. Vom Unternehmer zum Schriftsteller. Und nun, ans Ziel gelangt, erschießt er sich?
Sie hat von der Angst des Künstlers vor dem Erfolg gehört. Aber warum dann diese Besessenheit, dieser lange einsame Kampf? Der Marathonläufer, der, als Erster vor der Ziellinie angekommen, zum Erstaunen aller anhält und seitlich abtritt. Den niemand versteht.
Sabine Bucher ist für ein solches Verhalten zu nüchtern veranlagt. Wozu diese Dramatik? In ihren Augen hat er sich damit endgültig zum Verlierer abgestempelt. Auf sein Buch kommt es nicht mehr an.
Langsam geht sie durch die Zimmer. Sie erinnert sich nicht, dass er sich vor seiner Pariser Zeit für moderne Kunst interessiert hätte. Die grellen Farben der Bilder stehen im krassen Gegensatz zu der kargen asiatischen Möblierung und der betonten Ordnung in der Woh-

nung. Erst Ingenieur und dann Künstler, ganz kann man eben doch nicht vor sich selbst davonlaufen. Sie bleibt vor den Erinnerungsfotos im Bücherregal des Wohnzimmers stehen. Er muss viel gereist sein, denkt sie, San Francisco, Südfrankreich und New York. Immer andere Personen, Männer und Frauen, niemand, der sich besonders heraushebt. Wahrscheinlich hat er doch allein gelebt. Eine überdimensionale Arbeitsplatte wie bei einem Architekten oder Designer beherrscht das Büro, die Atmosphäre unordentlich kreativ, im krassen Gegensatz zu dem betont gepflegten Rahmen der anderen Zimmer.

Vergeblich sucht sie nach einem Schreiben, in dem er seinen tragischen Schritt rechtfertigen würde. Der Schreibtisch macht eher den Eindruck, als werde er jeden Moment zurückkommen, um dann genau an der Stelle fortzufahren, an der er seine Arbeit vor der Fahrt nach Auvers unterbrochen hat.

Sie nimmt auf dem schwarzen Arbeitsstuhl am Schreibtisch vor seinem Computer Platz. Von allen Seiten drängt sich seine Gegenwart auf. Sie scheut sich, seine Unterlagen anzutasten. Plötzlich hat sie das Gefühl, als ob sie doch nicht allein in der Wohnung wäre. Sie lauscht angestrengt in die Stille. Aber nichts, kein Ton.

An der Ecke des Schreibtischs steht silbergerahmt das Foto einer Frau. Volles schwarzes Haar fällt um ihr Gesicht, Jüdin vielleicht oder Araberin. Sabine spürt, dass diese Frau in seinem Leben eine besondere Rolle gespielt haben muss. Um ihren Hals trägt sie ein türkisfarbenes seidenes Tuch. Ihr Blick ist selbstsicher, offen, gleichzeitig auch fragend. Auf den Lippen ein verhaltenes Lächeln. Das krasse Gegenteil zu seiner blonden Exfrau. Wie alles hier im Gegensatz zu seinem früheren Leben steht.

Unschlüssig blickt sie sich um. Die Stille wirkt erdrückend. Sie ruft Crosnier in Auvers an, aus dem plötzlichen Bedürfnis, mit jemandem zu sprechen.

»Nein, in der Sache Ihres Onkels gibt es nichts Neues, Madame, die Ergebnisse der Obduktion erhalten wir frühestens morgen. Haben Sie entschieden, was nun mit dem Leichnam zu geschehen hat?«

Um sie die Spuren seines Lebens, sein Duft in diesen Räumen, in denen er vor kurzem noch gearbeitet hat.

»Sie müssen sich gedulden, bis ein Testament auftaucht. Übrigens, wissen Sie, ob sein Auto vor dem Gasthof oder sonst wo in Auvers gefunden wurde?«

»Die Iraner halten uns beschäftigt, wir kommen zu sonst nichts. Auvers wird nun von Sympathisanten überrannt, wir haben Verstärkung aus Paris angefordert. Und diese Hitze!«

»Hatte mein Onkel eine Adresse von jemandem hier in Paris bei sich, etwa die seines Anwalts?«

»Dann hätten wir auch dort angerufen und nicht nur bei Ihnen in Deutschland.«

»Haben Sie von einer Frau namens Ziba gehört? Allerdings kenne ich ihren Nachnamen nicht.«

Sie blickt zu dem Porträt der Frau. Als fühle sie sich von ihr beobachtet.

»Ziba, ein iranischer Name, wie kommen Sie darauf?«

»Nur so, mein Onkel war Schriftsteller, in seinem Tagebuch taucht dieser Name auf.«

Sie ist unzufrieden, dass sich diese Polizei nicht richtig um den Fall kümmert. Auch von ihrem Besuch in seiner Wohnung hatte sie sich mehr erhofft. Jedenfalls war es nicht die Absage des Verlegers, derentwegen sich ihr Onkel erschossen hat. Diese einfache Erklärung fällt weg.
Ihr graut vor der Nacht in seiner Wohnung. Sie entscheidet sich, auf dem Sofa im Arbeitszimmer zu übernachten, der Gedanke, in seinem Bett zu schlafen, ist ihr unheimlich, und in dem kleinen Zimmer am Ende des Gangs herrscht eine seltsame Unordnung.

6.

Immer wieder steht Theo vor derselben Frage: warum nur, warum? Jeder findet eine andere Antwort, am Ende aber läuft es auf dasselbe hinaus: der Wahnsinn und die verzehrende Dunkelheit, die sich dahinter verbirgt. Zum Alleinsein verdammt, hat sich die Schlinge enger und enger um Vincent zusammengezogen. Früher oder später musste ihm die Luft ausgehen.
Aber Vincent war nicht wahnsinnig, ganz im Gegenteil! Feinfühlig hat er die Entwicklungen der Zeit und ihre tiefen gesellschaftsverändernden Auswirkungen mit wachem Bewusstsein verfolgt. Als Außenseiter und Weltverbesserer kämpfte er gegen die engstirnigen und unnachgiebigen Beschränkungen um sich. Dabei wusste er besser als jeder andere, dass sich zu seinen Lebzeiten niemand für seine Bilder interessieren würde. An diesem einsamen Kampf ist er zugrunde gegangen.
So ist es geschehen. Er lebte einzig und allein für die Kunst. Bis er sich bis aufs Letzte aufgebraucht hatte.
Aber Vincent war nie allein! Theo stand ihm bedingungslos zur Seite, seit Vincent sich mit der ihm eigenen Hartnäckigkeit der Kunst verschrieben hatte. Zehn Jahre lang, jeden Monat 150 Francs, komme, was wolle, gelegentlich mehr, aber niemals weniger. Gleichgültig, welchen materiellen Schwierigkeiten sich Theo selbst

ausgesetzt sah. Ihre brüderliche Vereinbarung widerstand den Wirren der Zeit ebenso wie allen Streitigkeiten, die es unweigerlich auch zwischen ihnen gegeben hat.

Sein Abenteuer mit der Kunst war ein einziges Risiko. Aber Vincent hat nie ein Risiko gescheut. Im Ringen um die künstlerische Anerkennung erduldete er die erniedrigendsten Demütigungen. Jedoch hat ihm sein Sendungsbewusstsein über jede noch so ausweglos erscheinende Situation hinweggeholfen. Deswegen hätte ihn auch nicht die finanzielle Unsicherheit, die ein Ausscheiden Theos aus der Kunsthandlung für ihn bedeutet hätte, zum Äußersten getrieben. Darum ging es nicht. Er hatte in seinem Leben Schwierigeres gemeistert.

Mit Geld lässt sich nichts erklären.

Und auch nicht mit Wahnsinn. Vincent war bei seinem verzweifelten Schritt klar im Kopf, klar wie der nachtblaue Himmel, den er über alles liebte. Der wirkliche Grund war, dass seiner Empfindsamkeit, seinem Scharfsinn nichts entging.

Und Vincent hatte erkannt, dass Theo, von dem er in vielfacher Weise abhing, unaufhaltsam einem Abgrund entgegentrieb. Es ging nicht um seinen eigenen Wahnsinn, mit dem er zu leben gelernt hatte, außerdem befand er sich ja in der Obhut von Dr. Gachet. Es ging um Theos Wahnsinn. Die Krankheit seines Kindes oder die gelegentlichen Schwächen von Johanna, damit konnten die Ärzte fertigwerden. Natürlich war es ein Verhängnis, dass all diese Probleme gleichzeitig zusammentrafen. Doch auf Theos Krankheit fehlte den Ärzten die Antwort.

Und es war ja nicht, als ob Vincent seinen Bruder nicht gewarnt hätte: *Ich fühle, wie der Sturm sich auf mich herabsenkt, der dich bedroht*, hatte er ihm vor kurzem geschrieben. Es ging um den Sturm, der sich um Theo zusammenbraute, der ihre Einheit sprengen würde und ihm, Vincent, letztlich keinen anderen Ausweg ließ.

Vincent war der Einzige, der Theos Angst um sich selbst und die Unentrinnbarkeit seiner Situation erkannt hatte. Er verstand, die Zeichen zu lesen. Die gesundheitliche Anfälligkeit von Theo, die Müdigkeit seiner Bewegungen, die blasse Hautfarbe, die wässrigen, ängstlichen Augen. Nicht erst seit heute. Theo hat stets unter der einen oder anderen Krankheit gelitten. Je mehr er sich dagegen sträubte und anderes vorzuspielen suchte, umso schwerer fiel es ihm, seinen körperlichen Verfall zu vertuschen. Mitunter peinigten ihn die Schmerzen so sehr, dass sich sein Gesicht verzerrte. Er wurde von nicht enden wollenden Hustenanfällen geschüttelt. Und Vincent sah, dass es sich bei dieser Krankheit nicht um eine vorüberziehende Wolke handelte.

Für Vincent war Theo die wichtigste Konstante in seinem Leben. Nur durch ihn würden seine Bilder je den Weg in die Öffentlichkeit finden, ohne Theo war seine Kunst zum Schweigen verurteilt. Ohne Theo würde es keine sternengefüllten Nächte und keine Sonnenblumen mehr geben. Um leben und arbeiten zu können, brauchte Vincent einen gesunden Bruder. Als für Theo keine Hoffnung mehr bestand, wusste er auch, dass es für seine Farben keine Zukunft geben würde. Dass sein Schaffen umsonst und zur Sinnlosigkeit verdammt war.

Als er Theos unabwendbaren Verfall erkannt hatte, blieb ihm keine andere Wahl, als sein Werk an dieser Stelle abzubrechen.

Jetzt, allein in der Galerie in Paris in dem nachmittäglich drückend heißen August, nach einem kurzen Aufenthalt bei seiner Familie in Holland, gesteht sich Theo ein, dass Vincent seinen Zustand richtig eingeschätzt hatte. Seine Gedanken treiben richtungslos, nirgends findet er Halt. Er ist entsetzt, wie sehr seine Kräfte in letzter Zeit nachgelassen haben. Er stemmt sich dagegen, schon seiner Frau und dem Kind zuliebe, aber dann überrollt ihn der nächste Schwächeanfall.
Ich bin doch viel zu jung! Vincent war älter als ich, und was er geleistet hat, ist die Leistung eines vollen Lebens. Was kann ich demgegenüber schon vorweisen?
Ein Glück, dass Johanna und das Kind in Holland geblieben sind und mich nicht in diesem Zustand erleben.
Und doch, wenn nur Johanna bei mir wäre, um mir in dieser schweren Situation beizustehen.
Die Klingel an der Eingangstür schreckt ihn auf. Verstört weiß er momentan nicht, wo er sich befindet. Er war eingeschlafen, Alpträume, kein Wunder, bei der Hitze. Die beiden Partner sind in den Süden verreist, und für den Nachmittag waren keine Kunden angesagt. Im Sommer wird nichts verkauft, das weiß jeder in diesem Geschäft, schon gar nicht an Kundschaft von der Straße.
Zwei Besucher haben die Galerie betreten. Als Theo aufsteht, wird er von einem Hustenanfall geschüttelt, seine Augen tränen, mit beiden Armen auf das Pult gestützt

sieht er nur noch Schwarz. Minuten vergehen, bis er wieder gleichmäßig atmet.
Die beiden Besucher schauen sich ohne jedes Interesse die ausgestellten Salonbilder und großformatigen dunklen Landschaftsbilder an. Vor einem Corot bleiben sie kurz stehen. Amerikaner, die sich in die Galerie verirrt haben, um für einen Augenblick Abkühlung zu finden. Der Mann trägt ein hellblau und weiß gestreiftes Jackett und einen Strohhut, die Frau einen bis zum Knöchel reichenden Seidenrock und eine dunkle Bluse. In der Hand hält sie einen Sonnenschirm.
»Uns wurde gesagt, dass Ihre Galerie Claude Monet vertritt?«
Theo hatte Monet gegen den Willen seiner Vorgesetzten vertraglich an ihre Galerie gebunden. In den vergangenen Monaten hat er das eine oder andere seiner Bilder verkauft, gerade auch an Amerikaner. Sofort drängt sich der Gedanke auf, dass, wer sich für Monet interessiert, auch für Vincent offen sein muss. Aber er hat nichts von Vincent in der Galerie vorrätig, das haben ihm die Eigentümer ausdrücklich noch nicht gestattet. Wenigstens kann er den Besuchern drei Landschaftsbilder von Monet zeigen, Flussszenen mit sommerlichen Wiesen und hängenden Weiden.
»Im Moment ist das alles, aber wir erhalten laufend neue Arbeiten. Monet steht bei uns unter Vertrag.«
»Wann planen Sie eine Einzelausstellung?«
»Wir stellen Monet bisher nur in der Gruppe aus.«
Der Amerikaner blickt ihn verständnislos an. Er kauft schließlich einen der Monets, Weidenbäume von Sonnenstrahlen durchflutet.

Ein Verkaufserfolg mitten im Sommer! Der unvoreingenommene Blick aus der Neuen Welt. Darum geht es, man muss frei und offen sein, um die Gegenwartskunst, die sich den Problemen, den Gefühlen und Ängsten unserer Zeit stellt, zu schätzen und zu begreifen. Nur dass man dazu in Paris nicht bereit ist.
Theos Niedergeschlagenheit ist sofort verflogen. Er schreibt noch in der Galerie einen Brief an Johanna, zieht eine Parallele von dem Monetverkauf zu Vincents künftigen Erfolgen. Mit Genugtuung stellt er sich seine Vorgesetzten vor, die sich vehement gegen die Verpflichtung von Monet gesträubt hatten. Nun verkauft sich Monet wie von selbst, ein Traum, und mit Vincent wird es am Ende genauso sein.
Man muss nur Geduld haben. Und Zeit. Aber Theo spürt, wie ihm die Zeit verrinnt. Mit dem nächsten Hustenanfall schwindet das trügerische Hochgefühl. Sein Kopf schmerzt, die Nerven, die ihn schon als Kind geplagt haben, schnüren ihn ein. Wo sind die Freunde, wenn man sie einmal wirklich braucht? Paris ist wie leergefegt, seine Maler, Bernard, Guillimin, Toulouse-Lautrec und Pissaro, alle sind vor der Augusthitze aufs Land geflüchtet, selbst der alte Père Tanguy, in dessen Laden sich Vincents Leinwände türmen, hat die Stadt verlassen.
Am späten Nachmittag schleppt sich Theo von der Galerie am Boulevard Montmartre zu seiner Wohnung in der nahen Rue Pigalle. Er hält mehrfach erschöpft an. In den Rinnsteinen verkommt der Abfall, vom Verwesungsgeruch wird ihm übel. Kraftlos lehnt er gegen eine Hauswand. Ein Trauerbild, der Händler der Im-

pressionisten, auf den sie all ihre Hoffnung setzen, denkt er entsetzt.

Er sitzt lange wie benommen im Wohnzimmer. Nur ganz allmählich löst sich seine innere Spannung. Wo er hinblickt, die Bilder seines Bruders: lebensbejahende, über jeden Zweifel erhabene Farben, die mutig jedem Dunkel trotzen. Theo fällt das amerikanische Paar ein. Wenn sie für die Natürlichkeit Monets offen sind, dann werden sie erst recht die Überwirklichkeit der Farben von Vincents Weizenfeldern und Landschaften verstehen!

Seine Gedanken sind mit einem Mal wieder scharf und verlässlich. Vincents Zeit ist gekommen, jetzt muss man dem Betrachter mit einer Gesamtdarstellung diese einzigartig prächtige Farbenwelt öffnen. Wenn ihm seine Vorgesetzten dies nicht in ihrer Galerie erlauben, muss er eben einen anderen Weg finden. Er unterhält beste Beziehungen zu Durand-Ruel, dem angesehenen Galeristen, dessen Räumlichkeiten sich sogar noch besser für Vincents Bilder eignen würden. Eine Ausstellung dort – und ganz Paris würde aufhorchen!

Jedoch hat Durand-Ruel wie alle für die Sommermonate Paris verlassen. Es gibt auch für Theo nichts zu tun. Einige Tage später reist er zu seiner Familie nach Leyden. Die Pläne der Ausstellung spornen ihn an. Er nimmt die sorgenvollen Blicke um sich nicht wahr, während sich sein gesundheitlicher Zustand von Tag zu Tag verschlechtert. Er ist wie besessen, dieselbe Besessenheit, die Vincent angetrieben hat und die ihm den Blick für alles andere verstellt hat.

Die gewohnte Hektik in Paris nach der Sommerpause scheint Theo besser zu bekommen als die Ruhe Hollands. Er nimmt sofort Kontakt mit Durand-Ruel auf. Künstlerfreunde besuchen ihn und Johanna, um sich bei ihnen Vincents Bilder anzusehen. Pissaro schlägt ein Tauschgeschäft vor. Als breche die Saat endlich auf. Auch Dr. Gachet sagt sich zu einem Besuch in der Wohnung an.

»Nach seinem aufreibenden Kampf gegen die Akademien und gegen sich selbst hätte Ihr Bruder die Anerkennung verdient.«

»Ich habe Aurier beauftragt, einen Beitrag für den Ausstellungskatalog zu schreiben.«

»Hat Durand-Ruel denn schon zugestimmt?«

»Er muss zustimmen.«

Als Dr. Gachet für einen Moment mit Johanna allein ist, flüstert er mit gedämpfter Stimme: »Ihr Mann macht mir Sorgen. Wenn ich Ihnen helfen kann, bitte, jederzeit!«

Erst versagt er bei ihrem Schwager, und nun soll sie ihm ihren Mann anvertrauen? Sie wird auf alle Fälle dem Rat der holländischen Ärzte folgen, denkt Johanna bei sich. Seit ihrer Rückkehr nach Paris hat sich Theos Zustand tatsächlich verbessert. Tags darauf kündigt Durand-Ruel seinen Besuch an. Theo triumphiert.

Durand-Ruel erscheint vornehm gekleidet in einem leichten, hellen Sommeranzug, wie es sich für einen der führenden Pariser Galeristen gebührt. Zigarre rauchend betrachtet er schweigend die Bilder. Theo erläutert ihm ungefragt Vincents Absichten beim Malen einzelner Bilder, bis er wegen einem vom Zigarrenrauch erregten

Hustenanfall ins Nebenzimmer flüchtet. Als er zurückkommt, blickt Durand-Ruel auf die Uhr. Theo spürt, dass das nichts Gutes bedeutet.
»Einige seiner wichtigsten Werke sind bei Père Tanguy gelagert, besonders alles, was er in Auvers-sur-Oise gemalt hat. Tanguys Laden liegt ganz in der Nähe.«
»Das müssen wir auf ein andermal verschieben.«
»Was haben Sie denn für einen Eindruck?«
»Ihr Bruder ist zweifellos ein großes Talent. Aber er ist der Zeit voraus, selbst für meine Galerie. Ich muss mir das in Ruhe überlegen. Vor einer endgültigen Entscheidung werde ich mir noch die übrigen Sachen ansehen.«
Nach dem Besuch sinkt Theo in einen Sessel, plötzlich von allen Kräften verlassen. Nur ein Schatten seiner selbst, denkt Johanna erschrocken.
»Die Aufregungen hier in Paris sind zu viel für dich, Theo. Wir hätten länger in Holland bleiben sollen.«
»Was soll ich in Holland? Ich muss mich um die Ausstellung kümmern, in der Galerie gibt es eine Menge zu tun, mein Gott, was alles an mir hängt! Durand-Ruel wird zusagen, sobald er die Bilder aus Auvers gesehen hat.«
Auf dem Weg zur Galerie atmet Theo erleichtert auf. Als flüchte er vor seinem Bruder, dessen Gegenwart in der Wohnung unerbittlich auf ihm lastet. Aber in der Galerie beengt ihn die langweilige Akademiekunst umso mehr. Aus Vincents Bildern strömt Leben. Das muss man doch sehen! Ein Durand-Ruel muss doch die Glut dieser überlebendigen Farben spüren!
Einige Tage später begibt sich Theo zum Laden von Père Tanguy. Die winzige Hoffnung, an die er sich

klammert, jedoch Durand-Ruel hat sich bisher noch nicht zu einem Besuch angesagt.

»Ich befürchte, damit hast du seine Antwort«, bemerkt Johanna.

»Was verstehst du von meinem Geschäft, halte dich gefälligst aus diesen Angelegenheiten heraus!«

Theo hat sich nie mit Johanna gestritten, aber neuerdings fährt er sie ohne jeden Grund unbeherrscht an, verlässt das Zimmer bei der kleinsten Unruhe des Kindes oder verfällt in Phasen abweisenden Schweigens. Er vernachlässigt die Arbeit in der Galerie und richtet alle Energie auf Vincents Ausstellung. Es gibt für ihn nur noch dieses eine Ziel.

Unter fadenscheinigen Gründen hält er sich in der Nähe von Durand-Ruels Galerie auf, in der Hoffnung, ihm zufällig auf der Straße zu begegnen. Tatsächlich trifft er auf Durand-Ruels Sohn.

»Hat Ihr Vater mit Ihnen über die Ausstellung von Vincent gesprochen? Aurier arbeitet bereits an einem Essay für den Katalog, vielleicht können Sie ihm das ausrichten.«

»Unsere nächsten Termine sind fest verplant. Sie wissen doch selbst, wie das läuft, mindestens eine Saison im Voraus. Mein Vater erwägt einen Raum gegen Ende des Winters für Ihren Bruder, jedoch keinesfalls die ganze Galerie.«

»Ein Raum, was lässt sich da schon zeigen! Ihr Vater muss sich unbedingt noch Vincents späte Bilder von Auvers ansehen, er wird seine Meinung ändern, verlassen Sie sich drauf!«

»Jeder andere wäre über einen Raum in unserer Galerie glücklich. Und wie gesagt, versprechen kann ich Ihnen das sowieso nicht!«

Letztlich eine Absage. Theo hatte mit Durand-Ruel eine umfassende Gesamtausstellung besprochen. Unmöglich, dieses Werk, das die gängige Malerei in allem überholt, in einem Raum darzustellen.

Und selbst dann, sechs Monate zu warten und vielleicht noch länger, bis Durand-Ruel sich bequemt. Theo weiß, dass er einen anderen Weg finden muss. Er weiß auch, dass es ein Rennen gegen die Zeit geworden ist. Und es geht um seine Zeit, die sich mehr und mehr durch Halluzinationen und Angstträume verdüstert.

Als er erfährt, dass eine größere Wohnung in ihrem Gebäude in der Rue Pigalle frei wird, greift Theo sofort zu. Der Umzug gestaltet sich zu einem weiteren Alptraum. Seine Nerven sind zum Zerreißen gespannt.

»Theo, ich verstehe ja, was dir Vincents Ausstellung bedeutet, aber warum alles auf einmal, kann das nicht ein paar Monate warten? Sei doch vernünftig, in deinem Zustand!«

Johannas gutgemeinte Ermahnungen versetzen Theo nur in zusätzliche Erregung.

»Erkennt denn niemand die Bedeutung des Werks, das Vincent hinterlassen hat?«

»Aber du musst doch nicht alles selbst machen. Lass dir wenigstens von Émile Bernard helfen!«

Theo blickt erstaunt auf. Warum er nicht selbst auf diesen Gedanken gekommen ist? Émile Bernard, Vincents treuer Malerfreund, mit jedem Detail seiner Arbeit vertraut. Der versteht, worum es geht, und insbesondere die Eile, die geboten ist. Kunst ist immer auch eine Frage der Zeit. Vincents Zeit ist gekommen. Deswegen auch Theos Ungeduld.

Émile Bernard sagt spontan seine Hilfe zu, seinem Freund und Mentor zuliebe. In tagelanger mühsamer Arbeit hängt er in den neuen Wohnräumen die Bilder auf und hängt sie so lange um, bis sie thematisch, farbig und zeitlich im richtigen Zusammenhang zueinander stehen. Anfangs unterstützt ihn Theo, nach einer Weile gibt er vom Sessel aus Anweisungen, schließlich schaut er nur noch teilnahmslos zu.

Unvermittelt fühlt sich Theo alt. So alt wie ihm Vincent am Ende erschien. Das Leben läuft weiter, die Jugend kommt ohne ihn aus.

Das Interesse an der Ausstellung ist groß. Theos Stimmung schlägt auch sofort um, bis es ihn ermüdet, die Bilder immer wieder aufs Neue zu erklären. Er überlässt es Johanna, die Besucher durch die Räume zu führen. Beim Besuch von Doktor Gachet ist er kaum in der Lage, sich aus dem Sessel zu erheben. Der Arzt sieht ihn prüfend an.

»Befindet sich Ihr Mann in ärztlicher Behandlung?«, fragt er Johanna.

»Er nimmt die Medizin gegen den Husten, die ihm der Arzt in Holland verschrieben hat. Anfänglich hat das Mittel ja geholfen, aber seit einiger Zeit geht es mit ihm immer mehr bergab.«

Dr. Gachet rät dringend, die Medizin abzusetzen. Theos Zustand verbessert sich daraufhin schlagartig. Johanna schöpft Hoffnung, das Schlimmste überstanden zu haben. Theo geht wieder regelmäßig zur Arbeit in der Galerie, abends führt er Besucher durch die Ausstellung in ihrer Wohnung. Das Kind ist gesund. Ihr Leben in Paris erscheint Johanna plötzlich wie eine Insel der Ruhe nach einem verwüstenden Orkan.

Aber der Friede ist nicht von Dauer. Theos nervliche Anspannung kehrt zurück, seine Stimmung wechselt zwischen Niedergeschlagenheit und aufbrausender Streitsucht. An einem Nachmittag Anfang Oktober erscheint er ungewöhnlich früh zu Hause.
»Ich habe ihnen die Kündigung hingeschmissen, den Herren Boussod und Valadon! Sie behandeln mich wie einen Lehrjungen, dabei bin ich der Einzige in der Galerie, der etwas von Kunst versteht! Denen werde ich es zeigen, denen und allen anderen! Ab sofort betreibe ich meine eigene Kunsthandlung, hier in diesen Räumen, niemand wird mir je wieder etwas vorschreiben. Ich bin frei, Johanna, unser langgehegter Traum, endlich geht er in Erfüllung!«
»So plötzlich, Theo, hast du dir das gründlich überlegt? Ich habe Angst!«
»Angst, wovor? Ich bin seit über zehn Jahren in diesem Geschäft, jeder kennt mich, ich habe einen guten Ruf. Auf diesen Moment haben wir hingelebt. Wir haben Grund zum Feiern!«
»Aber nach allem, was wir gerade durchgemacht haben?«
»Dies ist die beste Entscheidung meines Lebens! Du wirst stolz auf mich sein.«
Natürlich haben sie von der Selbständigkeit geträumt, haben immer wieder von der eigenen Galerie gespro-

chen. Aber gesundheitlich angeschlagen wie er ist, scheut Johanna jetzt ein weiteres Risiko. Sie versucht, mit Vernunft auf Theo einzuwirken, schließlich ist es ihnen trotz der vielen Besucher bisher nicht gelungen, auch nur ein einziges von Vincents Bildern zu verkaufen. Aber Theo weist sie grob ab.

»Zehn Jahre hat mein Bruder gekämpft, während ich die schlimmsten Erniedrigungen durch meine Vorgesetzten erdulden musste. Und nun lässt du mich im Stich!«

Am Tag darauf bricht Theo zusammen. Ihr Arzt verordnet Ruhe. Einige Zeit später kann er sich nicht mehr an den Vorfall erinnern. Sein Zustand verschlechtert sich von Tag zu Tag. Er verlässt die Wohnung nicht mehr. An einen Neuanfang mit der eigenen Galerie ist nicht zu denken. Zeitweilig ist er geistig weggetreten, das Wasserlassen fällt ihm schwer. Wenn Johanna ihm gut zuredet, braust er wütend auf.

Ihr Bruder Andries rät ihr, Theo ins Krankenhaus einzuliefern.

»Allein wirst du mit ihm nicht mehr fertig, Johanna, das übersteigt deine Kräfte.«

»Nur ich kann ihm aus diesem Zustand heraushelfen.«

»Du musst dich um das Kind kümmern. Alles bleibt an dir hängen. Theo braucht dringend ärztliche Hilfe.«

»Wenn er einmal im Krankenhaus ist, werden sie ihn nicht mehr rauslassen.«

Aber es gelingt ihr nicht, ihren Bruder zu überzeugen. Hilflos sieht sie zu, wie Andries und Émile Bernard ihren Mann ins Krankenhaus bringen. Theo sträubt sich nicht, als nehme er nicht wahr, was mit ihm vorgeht.

Nach kurzem Krankenhausaufenthalt wird Theo in eine geschlossene Anstalt überwiesen. Johanna ist verzweifelt, sie bedrängt die Ärzte, dass ihr Mann nur zu Hause unter ihrer Obhut noch eine Chance habe, er brauche Ruhe, Ruhe sei die einzige Medizin in seinem Zustand, das liege doch auf der Hand. Für Ruhe sei es zu spät, geben ihr die Ärzte zu verstehen, sein geistiger und körperlicher Verfall sei zu weit fortgeschritten. Sie könnten ihr beim besten Willen keine Hoffnung machen.

Vor gerade sechs Monaten ist Vincent nach seiner Behandlung in der Anstalt in St. Rémy zu ihnen nach Paris gekommen, und nun hält man Theo in einer ähnlichen Anstalt eingesperrt. Vom Wahnsinn befallen, die van Goghs, der eine wie der andere, munkelt man bereits in der Kunstszene hinter vorgehaltener Hand.

Die Ärzte verbieten Johanna, Theo zu besuchen, um jede Erregung zu vermeiden. Entmutigt sitzt sie in der viel zu großen neuen Wohnung, umgeben von Vincents Bildern. Aber mit einem Mal spürt sie, wie die Helligkeit und Kraft der Farben in ihre düstere Stimmung vordringen. Nun erkennt sie auch, dass dies keine unnatürlichen Farben sind, wie die Besucher gelegentlich geäußert hatten, Farben des Wahnsinns, sondern Farben des Lichts, durch die die wahrnehmbare Wirklichkeit auf eine gefühlsmäßig höhere Stufe angehoben wird.

Es fällt ihr schwer, sich vorzustellen, dass diese überschwenglichen Farben Vincents dunklem, grüblerischem Geist entsprungen sind, bis sie die Einsamkeit bemerkt, die von den Farben überdeckt wird. Vielleicht weil sie plötzlich derselben Einsamkeit ausgesetzt ist.

Seltsam, dass Theo nie diese Empfindung angesprochen hat, für ihn zählte allein die Gegenwärtigkeit der Aussage. Was würde sie geben, dies mit ihm zu besprechen! Umso schmerzlicher fühlt sie seine Abwesenheit. Diese Ungerechtigkeit, warum war ihnen nur eine solch kurze Zeit für ein gemeinsames Leben vergönnt?
Dabei hatte sich Vincents unheilvoller Schatten von Anfang an zwischen sie und Theo gedrängt. Als sie ihre Verlobung bekannt gaben, verstümmelte sich Vincent in Arles, offensichtlich im Streit mit Gauguin, aber ging es dabei nicht in Wirklichkeit um seine Angst, Theo zu verlieren? Später, als Theo ihm die Geburt ihres Sohnes mitteilte, der sein Patensohn werden sollte, verfiel Vincent, der damals in der Anstalt in St. Rémy eingeschlossen war, in ein quälend langes Schweigen, als wollte er Theo nicht erneut mit jemand anderem teilen. Und war es Zufall, dass sein Selbstmord erfolgte, als sich Theo ernsthaft damit beschäftigte, nach zehn Jahren die Galerie zu verlassen, um sich selbständig zu machen? Auf jede ihrer Lebensentscheidungen reagierte Vincent mit der ihm eigenen Dramatik.
Vincent war nie bereit, Theo mit ihr zu teilen. Theo war die Kehrseite seiner selbst, daher musste er ihn allein besitzen. Aber nun, als man ihr Theo entreißt, spricht ihr Vincent aus seinen Bildern neuen Lebensmut zu.
Sie ist entsetzt bei der Vorstellung, dass so ihr Schicksal aussehen soll. Nein, Theo gehört mir, er wird gesund werden, wieder nach Hause kommen, seine Galerie eröffnen, und dann Vincents Werk in aller Welt berühmt machen!

Später entdeckt sie in Theos Nachttisch einen Brief von Vincent, ohne Datum, aber mit Theos handschriftlichem Zusatz: Diesen Brief trug Vincent am 29. Juli bei sich. Der Tag, an dem er sich in Auvers erschossen hat. Johanna hatte den Brief nie gelesen, nach seinem Tod wollte sie Vincents verzweifelte Hilfeschreie nicht mehr hören. Jedoch der Brief klingt nicht verzweifelt, eher sprunghaft und leidenschaftlich, aber daran ist nichts ungewöhnlich, Vincents Briefe waren oft weitschweifig und belehrend. Beim Lesen der letzten Sätze hält sie den Atem an:

Nun, meine Arbeit gehört dir. Ich setze dafür mein Leben ein, und meine Vernunft ist dabei zur Hälfte draufgegangen.

Es war von Anfang an ihr gemeinsames Projekt. Sie sind zusammen gegen das Unmögliche angestürmt, und in seiner letzten bewussten Handlung vermacht Vincent Theo sein gesamtes Werk. Aber der Wahnsinn ist stärker und unbarmherziger als alle Besessenheit der Brüder. Und damit ist ihr aufreibender Kampf umsonst gewesen.

7.

Paris erwacht träge nach einer drückend schwülen Sommernacht. Als Sabine am nächsten Morgen mit dem Taxi zum Flughafen fährt, herrscht auf den Straßen noch wenig Verkehr. Sie war bereits im Begriff, die Wohnung zu verlassen, als sie in einem spontanen Entschluss schnell noch seine Tagebücher aus dem Regal holte und einpackte. Sie wunderte sich, dass die Tür zur Kammer am Ende des Gangs geschlossen war, die ihrer Erinnerung nach gestern Abend offen stand, aber sie konnte sich auch irren. Der Putzfrau, die es auf alle Fälle geben musste, wenn er in einer solch großen Wohnung allein lebte, hinterließ sie eine Nachricht, sie möge dringend bei ihr anrufen, es betreffe Arthur Heller. Ihr Onkel hat wahrscheinlich nie von seiner Nichte in Deutschland gesprochen.
Die Tageszeitungen berichten in Großaufmachung über die Anti-Terror-Aktion in Auvers-sur-Oise. Doch erfährt sie wenig Neues über die Terroristen. Auf welcher Seite stehen die überhaupt?, fragt sie sich. Mit ihrem Ziel, der Unterdrückung im Iran ein Ende zu bereiten, stimmt sie vorbehaltlos überein. Allerdings kommt es auf die Mittel an. Fest steht, dass die Milizen dieser Exiliraner im Irak mit Saddam Hussein zusammengearbeitet haben, zuerst im Krieg gegen den Iran,

dann bei den Giftmorden an den Schiiten im Süden und den Kurden im Norden des Iraks. Aber warum spielt man diese Dinge, die doch Jahre zurückliegen, gerade jetzt hoch?
Die Hitzewelle, die seit Wochen über Frankreich liegt, ist das andere Pressethema. In Paris gibt es reihenweise Tote, meist ältere Menschen in ihren kleinen Dachgeschosswohnungen ohne Kühlung und Ventilation, die von ihren für den Sommer in den Süden verreisten Familien allein zurückgelassen wurden. Wenn die Franzosen wenigstens mehr Wasser trinken würden!

Bei ihrer Ankunft auf Sylt bricht ein Gewitter über die Insel herein. Gerade noch die Hitze in Paris und nun hier dieses Unwetter. Von einem Extrem ins andere. Unternehmen lässt sich bei diesem Wetter nichts. Sie und Peter sitzen in der Hotelbar und trinken Bloody Marys. Peter ist größer als sie, schlank gewachsen, schwarzes Haar, sieht gut aus und wirkt sportlich, obwohl er eigentlich kaum Sport treibt.
»Was hast du denn für Erinnerungen an ihn?«
»Mein Onkel war kaum zwanzig Jahre älter als ich, ich glaubte immer, ich würde ihm nichts bedeuten. Er hat mir nie etwas geschenkt, auch zur Konfirmation und zum Abitur nicht. Allerdings einmal, als ich dreizehn Jahre alt war, rief er aus heiterem Himmel an einem Sonntagmorgen an. Er habe sich eine neue BMW-Maschine zugelegt, ob ich mit ihm mitfahren wollte, und dann kam er von Heidelberg hoch, um mit mir über die Autobahn in Richtung Köln zu rasen. Es war herrlich,

der Wind und die Geschwindigkeit. Ich hatte mich an ihn geklammert und lachte während der ganzen Fahrt. Ich habe mich selten so frei gefühlt.«

»Vielleicht hat er dabei auch diese Freiheit verspürt und sie dann in Paris gesucht, weil er sie hier nicht finden konnte.«

»Meine Eltern waren entsetzt, die Raserei mit dem Motorrad. Aber in diesem Moment fand ich ihn toll. Als er mitten in seiner erfolgreichen Karriere alles hingeschmissen hat, einschließlich seiner Ehe, um seinen Traum als Schriftsteller zu verwirklichen, war ich auch beeindruckt. Beneidet habe ich ihn allerdings nicht. Dann wurde es still um ihn. Nach und nach habe ich ihn vergessen. Am Ende war es so, als sei er gestorben. Zehn Jahre sind eine verdammt lange Zeit.«

»Nun wirst du ihn so schnell nicht wieder los.«

»Das werde ich zu verhindern wissen. Ich habe ja kaum Zeit für mich.«

»Wenn kein Testament oder sonstige Verfügung auftaucht, bist du unter Umständen die Erbin. Also mache dich gefasst darauf, dass da noch einiges zu tun sein wird. Aber dafür wirst du belohnt, er starb ja wohl nicht als armer Mann.«

»Ich habe aus seiner Wohnung seine Tagebücher mitgenommen, die hoffentlich Aufschluss darüber geben, was in seinem Leben ablief und mit wem.«

»Am Ende zwingt dich die Auseinandersetzung mit seinem Schicksal, auch einmal dein Leben zu überdenken. Eine Woche Sommerurlaub, das ist doch ein Witz, wenn du es dir überlegst!«

»Der Herr Investmentbanker hat vor meiner Ankunft

heute bestimmt den ganzen Vormittag über mit seiner Bank telefoniert. Also lass uns bei dir anfangen!«
»Es geht nicht um mich, sondern um deinen Onkel. Und um dich. Aber wenn du nicht weiter darüber reden willst, schlage ich vor, dass wir aufs Zimmer gehen. Du schuldest mir noch unsere erste Urlaubsnacht.«

Am nächsten Morgen weht ein sanfter Wind, es ist sonnig und wolkenfrei. Sie frühstücken auf der Terrasse. Sabine fühlt sich von allem Druck befreit. Sie trägt ein gelbes T-Shirt und weiße Shorts, zum Schutz gegen die Sonne hat sie eine gelbe Schirmkappe aufgesetzt, aus der ihr zum Pferdeschwanz gebundenes Haar nach hinten wippt. Peter hat Jeans an und ein blaues kurzärmeliges Hemd. Mit dem dunklen Ansatz seines Eintagebarts wirkt er sehr gelöst.
»Lässig steht dir gut, Peter. Und dieses Wetter! Ich fühle mich, als wären wir seit Ewigkeiten hier. Es hat schon etwas für sich, dieses Nichtstun.«
»Eine gute Nacht – und die Welt ist in Ordnung! Aber wir haben es verdient, oder nicht?«
In der Zeitung liest sie, dass die Hitzewelle in Frankreich andauert. Weitere Todesfälle werden gemeldet. Sie findet nichts über die Terroristen.
»Es war wirklich unerträglich in Paris. Auch nachts kühlte es nicht ab. Hier an der Nordsee kann man sich das gar nicht vorstellen.«
»Meinst du nicht, dass du seinen Verleger benachrichtigen solltest?«
»Das kann bis nächste Woche warten. Jetzt lässt sich doch nichts mehr ändern.«

»Er schien es ziemlich eilig zu haben mit der Buchmesse.«
»Ohne den Autor?«
»Na ja, das ist deine Sache. Ich würde ihn jedenfalls anrufen.«
Sabine spürt, dass ihr die Sache, wenn sie sie nicht gleich erledigt, für den Rest des Urlaubs keine Ruhe lassen wird. Sie wirft Peter einen mürrischen Blick zu. Musste er unbedingt dieses Schuldgefühl in ihr wecken?
Die Dame in der Telefonzentrale des Verlags, der Sabine erklärt, dass sie wegen des Manuskripts ihres Onkels anrufe, wimmelt sie ab.
»Wir erteilen grundsätzlich keine mündliche Auskunft über unverlangt eingesandte Manuskripte. Ihr Onkel muss sich gedulden wie jeder andere.«
»Dr. Zapf hat Herrn Heller brieflich ein Angebot unterbreitet.«
»Ach so, dann warten Sie mal.«
Man lässt sie weitere Minuten warten, dann meldet sich die Sekretärin von Herrn Zapf.
»Sie sind die Nichte von Herrn Heller? Warum ruft er nicht selbst an, wir haben ihm doch gesagt, dass es eilt! Es kommt auf jeden Tag an.«
»Er ist tot.«
Es bereitet ihr direkt eine innere Befriedigung, dies der Sekretärin so unverblümt vorzusetzen.
»Oh! Entschuldigen Sie, ich werde Sie sofort mit Dr. Zapf verbinden. Wie war nochmals Ihr Name?«
Wieder verstreichen einige Minuten.
»Mein aufrichtiges Beileid, Frau Bucher. Das ist ja eine

furchtbare Nachricht. Was soll denn jetzt mit dem Manuskript geschehen?«

»Das muss ich Ihnen überlassen.«

»Ein Debütant in den Fünfzigern, das fand ich gerade reizvoll, als Kehrseite zu der Welle der zwanzigjährigen Jungautoren, die alle über ihr jugendliches Selbsterwachen schreiben und ihre Befindlichkeiten. Ein Mann wie Fontane, der erst in den späteren Jahren zu schreiben beginnt! Ich war überzeugt, dass sich da was hätte draus machen lassen. Aber ein toter Erstlingsautor. Die ganzen Anstrengungen, einen unbekannten Autor und sein erstes Buch zu platzieren, haben nur dann einen Sinn, wenn es danach weitergeht. Wie viele Manuskripte hat er denn hinterlassen?«

»Das kann ich Ihnen nicht beantworten. Jedenfalls hat er seit zehn Jahren als Schriftsteller gearbeitet.«

»Zehn Jahre! Da dürfte man schon einiges erwarten. Woran ist er denn so unerwartet gestorben?«

»Er hat sich erschossen.«

»Selbstmord! Also, ich glaube, da müssen wir unsere Pläne ändern, es ist sowieso jetzt zu knapp für das Herbstprogramm. Das tut mir aufrichtig leid. Ihr Onkel war mir auch als Mensch sympathisch. Wir hatten uns vor einigen Monaten getroffen. Ich habe mir viel Zeit mit dem Manuskript genommen, und er hat danach meine Anregungen wirklich vorzüglich aufgegriffen. Aber unter diesen Umständen, ich weiß nicht ...«

»Ich verstehe, ich wollte es Ihnen nur gleich mitteilen, weil Sie sicherlich auf eine Antwort von ihm gewartet haben.«

»Vielen Dank, Frau Bucher. Wie kam es übrigens dazu,

hat er unter Depressionen gelitten? Und wo ist es geschehen, in Paris? Eine Kurzschlussreaktion bei der Jahrhunderthitze dort? Man hört ja, dass es in Paris momentan unmenschlich sein soll.«

»Nicht in Paris, sondern in Auvers-sur-Oise, im Sterbezimmer von Vincent van Gogh.«

»Er hat sich im Sterbezimmer van Goghs erschossen? Tatsächlich? Hat er diesen Schritt in einem Abschiedsbrief begründet?«

»Bisher ist nichts aufgetaucht. Er wurde in dem Zimmer tot aufgefunden, anscheinend hat er sich den Schuss außerhalb des Hauses zugefügt.«

»Also lassen Sie uns das noch einmal intern durchsprechen. Wo kann ich Sie erreichen, sind Sie in Paris oder noch am Ort der Tat?«

»Ich bin auf Sylt.«

»Zum Urlaub auf Sylt, unter diesen Umständen? Haben Sie übrigens eine Vollmacht? Mit irgendjemanden müssen wir verhandeln. Wann hat sich der Vorfall denn ereignet?«

»Vor zwei Tagen. Man hat mich als seine nächste Verwandte angerufen, und ich habe ihren Brief dann in seiner Pariser Wohnung gefunden.«

»Sie werden wieder von mir hören, Frau Bucher.«

Das wäre erledigt, denkt sie. Und doch bleibt ein bitterer Geschmack zurück, zehn Jahre die Höhen und Tiefen des Künstlers, und kurz bevor er es geschafft hat, dreht er durch.

»Von dem werden wir nichts mehr hören. Hast du noch weitere Vorschläge, oder darf ich jetzt Urlaub machen?«, meint Sabine, als sie das Handy einsteckt.

»Vielleicht gibt es in Auvers etwas Neues?«
»Übernimm du doch den Fall! Dich scheint er mehr zu interessieren als mich.«
»Aber ich spreche kein Französisch.«
»Und ich habe bei Gott schon mehr getan, als man von mir gerechterweise verlangen kann.«

Sie laufen auf dem feuchten Sand am Meer entlang. Die schäumende Gischt der Wellen sprüht in einem silbrigen Schweif gegen das sonnige Blau. Später sitzen sie in einem der Strandkörbe gegen die Sonne geschützt. Peter blättert durch *Time Magazine* und *Fortune*. Sie hat *Disgrace*, ein Buch von J. M. Coetze, mitgebracht, ohne sich zu erinnern, wer ihr das empfohlen hatte. Die Geschichte eines 52-jährigen Universitätslehrers, der unter den gesellschaftlichen Spannungen in Südafrika nach der Apartheid und der faden Leere seines eigenen Daseins ohne festen Halt in seinem Leben treibt. Nach einigen Seiten legt sie das Buch beiseite, unfähig, sich darauf zu konzentrieren. Der Schwebezustand in Auvers, die verlassene Wohnung in Paris, die Spuren, die Arthur Heller hinterlassen hat, von denen sie nichts weiß. Sie steht auf, um in ihr Zimmer zu gehen, wo sie ihr Handy gelassen hatte.
»Ich rufe nur schnell in Auvers an. Bin gleich wieder zurück.«
»Und in der Wohnung in Paris!«
Es dauert einige Zeit, bis sie Crosnier am Telefon erreicht.
»Sie sind mir mit dem Anruf zuvorgekommen, Madame Bucher. Der Bericht über die Autopsie liegt uns

mittlerweile vor. Er bestätigt Tod durch Verbluten als Folge der Verletzung. Der Einschuss seitlich links unter dem Brustkorb ist allerdings ungewöhnlich für einen Selbstmord. War ihr Onkel Linkshänder oder Rechtshänder?«

»Wahrscheinlich Rechtshänder wie jeder in der Familie, die Linkshändigkeit eines Verwandten wäre bestimmt einmal erwähnt worden. Wieso spielt das eine Rolle?«

»Der Einschusswinkel lässt sich nicht ohne weiteres nachvollziehen bei jemandem, der in Selbstmordabsicht auf sich zielt. Als ob er plötzlich gezögert hat, denn im letzten Moment wurde die Waffe zur Seite abgeschwenkt. Wenn er mit Waffen nicht vertraut ist, nicht damit umzugehen wusste, ließe sich das so durch den kräftigen Rückschlag beim Abschuss erklären. Wir werden einen weiteren Experten hinzuziehen müssen, um Einschusswinkel und Entfernung, aus der der Schuss abgegeben wurde, zweifelsfrei zu bestimmen. Ändern wird sich wohl im Ergebnis nichts, aber wir wollen absolute Sicherheit haben. Was soll nun mit dem Leichnam geschehen?«

»Kann das nicht warten, bis der Ablauf endgültig geklärt ist?«

»Wenn der Ballistiker seine Berechnungen gemacht hat, ist der Fall für uns erledigt. Morgen, spätestens übermorgen. Sind Sie noch in Paris?«

»Ich bin an der Nordsee.«

»Da ist es hoffentlich kühler als bei uns.«

»Ich bin hier nicht aus der Welt! Haben Sie inzwischen die Schusswaffe gefunden?«

»Madame, Sie machen sich keine Vorstellung, was sich

hier mit den Iranern abspielt. Auvers ist zu ihrem Mekka geworden, eine Demonstration jagt die andere, man kommt mit seiner Arbeit nicht mehr nach. Aber wir bleiben dran, versprochen.«

»Ich melde mich morgen wieder. Wahrscheinlich sollte man ihn einäschern, sobald wir letzte Sicherheit haben.«

Etwas halbherzig, wie eine Fußnote, fügt sie ihren Entschluss hinzu. Erst die fehlende Waffe, dann das mit dem Schusswinkel; sie ist verunsichert. Was bis zur Einäscherung nicht bewiesen ist, lässt sich danach kaum noch aufklären.

»Was soll sich noch groß ändern?«

»Noch eine Frage: Hatte mein Onkel sein Mobiltelefon bei sich? Ich versuche, mit jemandem aus seinem Pariser Bekanntenkreis Kontakt herzustellen.«

»Das muss bei seinem Gepäck sein.«

»Da habe ich nichts gefunden. Und ein Handy hat jeder, schließlich war er einmal Ingenieur und Unternehmer.«

»Vielleicht ist es im Auto, das wir hier auf der Station haben, aber bisher nur oberflächlich untersuchen konnten.«

Sabine ist mit dem Gespräch unzufrieden. Die Polizei ist uninteressiert, will den Fall möglichst schnell und ohne jedes Aufsehen abhaken. In Frankfurt hätte sie Zugang zu den einschlägigen Spezialisten, aber damit in die Untersuchung in Auvers eingreifen?

Sie ruft noch in seiner Wohnung in Paris an, verfolgt unruhig das Klingelzeichen, bis sie beim Anrufbeantworter landet. Sie hinterlässt eine Nachricht in der

Hoffnung, dass jemand in der Wohnung seine Anrufe abhört. Dabei fällt ihr ein, dass sie, als sie in seiner Wohnung war, vergessen hatte, den Anrufbeantworter abzuhören.
Peter blickt sie erwartungsvoll an.
»Und, was sagt die Polizei?«
»Der Einschuss erfolgte nicht unmittelbar von vorne, sondern etwas seitlich, er war wohl ein schlechter Schütze. Deswegen war er wohl auch nicht gleicht tot.«
»Zumindest sollte man erwarten können, dass sich einer richtig erschießt!«
»In seiner Wohnung nimmt niemand das Telefon ab. Ich warte noch bis morgen, dann gebe ich meine Zustimmung zur Einäscherung. Damit wäre der Fall erledigt.«
»Und die Bestattung, Wohnungsauflösung, Behördengänge in Frankreich und in Deutschland, wer außer dir soll sich darum kümmern? Also ich rate dir, ruhe dich gut aus!«
Ihr Handy klingelt, aus reiner Gewohnheit und mit ihren Gedanken noch beim Gespräch mit dem Gendarm in Auvers hatte Sabine entgegen ihrer Abmachung das Telefon an den Strand mitgenommen. Ihre Nachbarn im nächsten Strandkorb drehen sich missmutig zu ihnen.
»Tut mir leid!«, sagt sie entschuldigend zu Peter.
»Doch nicht so einfach, von allem Abstand zu nehmen.«
»Frau Bucher, hier nochmals Zapf vom Zwei-Falken-Verlag. Entschuldigen Sie die Störung, aber haben Sie einen Moment Zeit für mich?«

»Ich bin im Urlaub. Ich sitze am Strand.«
»Nur einen Augenblick. Also, wir haben die neue Situation hier im Haus durchgesprochen. Das mit dem Selbstmord im Sterbezimmer von van Gogh verändert die Sachlage, das ist ja schon interessant. Verstehen Sie mich bitte nicht falsch, Arthur Hellers Selbstmord bleibt natürlich äußerst tragisch, aber für einen Autor, der jahrelang um den Durchbruch gerungen hat, ist es, nun ja, eigentlich ein Glücksfall. Wir wollen, kurz gesagt, das Buch als Schnellschuss zur Frankfurter Messe im Oktober herausbringen.«
»So war es sicherlich auch sein Wunsch.«
»Allerdings stellen wir uns noch einige Korrekturen am Text vor, nichts Dramatisches, nichts, das seine Absichten verfälschen würde. Die Erben oder der Nachlassverwalter müssen das absegnen. Bis geklärt ist, wer das ist, könnten Sie da nicht diese Rolle übernehmen?«
»Herr Zapf, ich bin Rechtsanwältin, ohne jegliche künstlerische Veranlagung.«
»Das trifft sich gut, denn außerdem bleibt noch verschiedenes Vertragliches zu regeln, verstehen Sie?«
»Ich verstehe nichts von diesem Geschäft. Sie müssen einen anderen Weg finden.«
»Ich verspreche Ihnen, dass es nur wenig Zeit beanspruchen wird. Wir stehen unter Zeitdruck, und wie es aussieht, kommen nur Sie in Betracht. Wir haben für morgen eine Besprechung angesetzt, um die vertraglichen Aspekte mit Ihnen durchzugehen und außerdem unsere Änderungsvorschläge zu besprechen. Die Sache drängt wirklich. Zur Leipziger Buchmesse im nächsten Frühjahr käme die Veröffentlichung zu spät, da wäre

der Bezug zu van Gogh in der Presse aufgebraucht. Steht in Frankreich denn schon etwas in der Zeitung?«
»Herr Zapf, ich bitte Sie, wie stellen Sie sich das vor?«
»Wir haben uns bereits um alles gekümmert. Morgen um acht haben wir einen Flug für Sie nach Frankfurt gebucht, direkt natürlich, Rückflug nach Sylt am Nachmittag. Also einen knappen Tag nur, denken Sie an den schriftstellerischen Nachruhm Ihres Onkels, an dem Sie dann natürlich auch teilhaben werden. Also wir erwarten Sie hier morgen gegen zehn.«
Sie sitzt fassungslos im Sand. Wie versteinert starrt sie auf das Telefon in ihrer Hand. Peter blickt sie fragend an.
»Der spinnt doch, mich herumzukommandieren wie einen seiner kleinen Bittsteller. Was glauben die denn, mit wem sie es zu tun haben!«
»Sieht tatsächlich so aus, als ließe sich der Tod deines Onkels nicht so einfach abhaken.«
»Ich soll mit ihnen die Verträge ausarbeiten und das Manuskript gegenlesen, wenn ich ihn richtig verstanden habe.«
»Was heißt denn das Buch?«
»*Sarahs Paris.*«
»Sein zweites Leben in Paris und eine Abrechnung mit seiner Vergangenheit, nehme ich an.«
»Zapf erwähnte eine deutsch-jüdische Liebesgeschichte Mitte der sechziger Jahre.«
»Lass es auf dich zukommen, ein wenig Literatur bringt Abwechslung in dein Leben.«
»Als ob ich nicht Abwechslung genug hätte!«
Auch Peters überlegenes Lächeln ärgert sie. Warum

steht denn niemand auf meiner Seite, denkt sie verzweifelt.
»Am besten gehen wir aufs Zimmer, in der Sonne wird es mir langsam zu heiß.« Er legt seinen Arm um sie und drückt sie an sich. »Was hältst du von Sex, wer weiß, wie lange du mir nach Frankfurt enteilst.«
»Vielleicht vorher noch ins Meer?«
»Gut, erst eine Abkühlung.«
Nach dem Schwimmen gehen sie Hand in Hand über den Strand zum Hotel.
»Ich bin überzeugt, dass du das nicht bereuen wirst. Spürst du nicht das Geheimnisvolle, das sich hinter diesem Titel *Sarahs Paris* verbirgt?«
»Wenn du mir beim Gegenlesen hilfst, sozusagen unser gemeinsames Urlaubsprojekt, dann könnte ich der Sache schon eher einen Reiz abgewinnen.«
»Einverstanden, ich bin auf sein Buch gespannt und was ihn zu diesem Lebenswechsel getrieben hat.«
»Etwas Zeit musst du mir heute noch lassen, um wenigstens einen Blick in seine Tagebücher zu werfen, damit ich morgen nicht völlig unvorbereitet vor dem Verleger stehe.«

Der Aussteiger

Aus den Tagebüchern Arthur Hellers

Das Einzige, was mich tröstet, ist,
dass erfahrene Leute sagen, man
muss erst mal zehn Jahre lang
für nichts malen.

Vincent van Gogh, Brief an Theo van Gogh
aus der Anstalt in St. Rémy, 1889

Sie sehen mich an, als hätte ich den Verstand verloren. Dabei habe ich es doch seit Jahren angekündigt. Offensichtlich hat mir keiner geglaubt. Ich hoffe nur, dass sie meine Bücher genauer lesen werden, als sie mir damals zuhörten. Überhaupt, bin ich irgendjemandem Rechenschaft schuldig? Meiner Ex-Frau im Nachhinein doch wohl kaum, was ich mit meinem Leben anfange, ist ihr längst gleichgültig, und finanziell ist sie abgesichert, dafür hat ihr Scheidungsanwalt gesorgt. Meiner Familie, den Freunden und Bekannten? Nach der Scheidung meiner Ehe ist meine Nichte Sabine, mein Patenkind, die einzige Tochter meiner verstorbenen Schwester, meine nächste Verwandte. Und auch sie, die ich auf bestimmte Weise immer sehr liebgehabt habe, ist mehr und mehr aus meinem Leben verschwunden.
Wenn, dann habe ich nur mir etwas zu beweisen. Wobei beweisen nicht das richtige Wort ist. Es geht um keinen Beweis. Es geht darum, endlich der inneren Stimme zu folgen. Es geht um mein Leben.
Meine Bekannten sehen das nicht so. Ich solle doch ehrlich sein, ich wolle als reicher Aussteiger in Paris das Leben genießen, daran liege mir doch, nicht an einer fadenscheinigen Karriere als Schriftsteller ohne Buch.

Aber schreiben will ich nicht erst seit heute, nur dass ich damit bis fast fünfzig gewartet habe. Auch als Unternehmer habe ich immer schon Notizen, Beobachtungen und Träume niedergeschrieben. Diese Seite von mir, von der in meinem beruflichen Alltag niemand etwas ahnte. Mehrere Romanprojekte habe ich bis in die Einzelheiten vorskizziert. Es ist kein Sprung ins Ungewisse. Ich weiß, was ich tue.
In meinem ersten Roman verliebt sich ein deutscher Student in Sarah, eine jüdische Französin in Paris. Mit neunundvierzig bin ich jetzt bei Beginn des Romans mehr als doppelt so alt wie dieser Student. Irgendwann vergisst man, was sich in jungen Liebenden abspielt. Wenn ich *Sarahs Paris* weiter hinausschiebe, werde ich bald nicht mehr dazu in der Lage sein.
Ob du dich nicht überschätzt? Von allen Seiten die Zweifel an meinem Unterfangen. Du schreibst ein Buch über die deutsche Nachkriegsproblematik, und dafür verkaufst du dein erfolgreiches Unternehmen?
Aber ich muss einfach schreiben. Der kreative Prozess, darum geht es mir. Veröffentlicht zu werden ist zweitrangig, berühmt zu sein spielt für mich keine Rolle. Erfolgreich bin ich, wenn ich die Befriedigung beim Schreiben verspüre.
Und ein zweites Leben, bewusst und aus eigener Kraft, wann gibt es das schon? Mit diesem Gefühl, immer noch jung zu sein, noch einmal die innere Aufregung, das Kribbeln im Magen?
Ich bemerke, wie ich beobachtet und insgeheim belächelt werde. Und auch, wie man mich beneidet! Die Genugtuung meines Versagens darf ich ihnen nicht

verschaffen. Dafür setze ich mein Leben aufs Spiel. Mein zweites Leben.
Es dauerte Ewigkeiten, bis ich in Heidelberg die Zelte abgebrochen hatte. Immer neue Probleme, der Verkauf der Firma kommt mir dagegen im Rückblick vergleichsweise einfach vor. Es braucht eben seine Zeit, sich für diese Zukunft von allem Überflüssigen zu befreien, einschließlich des großen Mercedes. Ein völliger Neuanfang. Nur noch der Blick nach vorn.
Ich habe mich für Paris entschieden, um in Sarahs Welt zu leben. Damit ihre Geschichte bis in jede Einzelheit stimmt. So etwas lässt sich nicht aus der Ferne machen, in München etwa oder in Rom. Oder New York, was mir an diesem Punkt in meinem Leben genauso offen gestanden hätte.
Das Glück des Optimisten, ich muss nur den Rückenwind ausnutzen. Eine Wohnung in der Rue Bonaparte, eine ganze Etage, viel zu groß für mich. Aber ich spüre, dass ich Platz um mich benötige, um frei in herrlicher Einsamkeit zu leben, unbeobachtet, barfuß, den ganzen Tag nackt herumlaufen, wenn mir danach wäre.
Aus dem Wohnzimmer sehe ich gegenüber die École des Beaux-Arts, während der Blick von den hinteren Räumen auf die Terrasse des Hotels *L'Hôtel* an der Rue des Beaux-Arts fällt. Ich richtete mir eines dieser Zimmer als Arbeitszimmer ein, im Mittelpunkt eine moderne Arbeitsplatte. Ich war nie in meinem Leben so glücklich wie jetzt abends allein in meiner Wohnung bei einem Glas Rotwein und dem Blick in den gelblichen Pariser Nachthimmel.
Ich lerne Françoise kennen, eine lebhafte rothaarige

Pariserin, die in der Rue des Beaux-Arts mit einer Freundin eine Galerie für moderne Kunst betreibt. Alles ist aufregend neu.

Natürlich stehe ich nicht über den Dingen. In der Vergangenheit habe ich mich jahrelang hinter meinem Erfolg als Unternehmer versteckt. Mit dem Schreiben stelle ich mich dem Risiko, zu versagen, der Möglichkeit eines totalen Crashs. Aber mir bleibt gar keine andere Wahl.

Ich wandle wochenlang auf Sarahs Spuren. Der Roman spielt bewusst vor den Unruhen des Mai 68, weil es darum nicht geht. Steffen, ein Münchener Student, kommt zur Aufnahmeprüfung bei einer der französischen Eliteschulen nach Paris. Er wohnt bei seinem Freund André in der Rue de Grenelle. Ein israelischer Geschäftsmann hat André den Auftrag erteilt, das unterirdische Netzwerk von Gängen und Schächten am linken Seineufer auf einer Karte zu erfassen. Seine Tochter Sarah und Steffen verlieben sich, ein junger Deutscher und eine Jüdin, ungewöhnlich zu dieser Zeit. Tatsächlich gehört Sarahs Vater dem Mossad an. Als Steffen zufällig in eine Aktion des Geheimdienstes hineingerät, wird er im Untergrund bewusstlos geschlagen. Später rettet ihn Sarahs Vater, obwohl er heftigst gegen die Verbindung seiner Tochter mit dem Deutschen, dem »boche«, ist.

Ich brauche ein spektakuläres Mossad-Projekt als historischen Hintergrund. Die Schnellbootaffäre von Cherbourg, der Diebstahl der Blaupausen für die Mirage-Flugzeugteile, die Zerstörung des Brennmaterials für den von den Franzosen unterstützten Bau des Atomreaktors im Irak. Kein Geheimdienst der Welt konnte dem Mossad zu jener Zeit das Wasser reichen. Immer wieder gehe ich an der israelischen Botschaft in der Rue Montagny in der Nähe des Elysée-Palasts vorbei. Ich versetze mich in die innere Verfassung der Agenten beim Planen ihrer Aktionen, dem Abwägen der Risiken und der Durchführung ihrer spektakulären Projekte. Aber es soll kein Buch über den Mossad werden, sondern es geht um diese deutsch-jüdische Liebesgeschichte, die Bewältigung des Grauens der Vergangenheit.

Bei meinem ersten Besuch des jüdischen Viertels im Marais erfasst mich ein beklemmendes Gefühl. Über fünfzig Jahre nach Ende des Zweiten Weltkriegs. Steffen, mein Protagonist, muss dies im Jahr 1965 noch bedrückender empfunden haben. Diese Mauer der Scham, die ewig bestehen wird. Aus diesem Grund schreibe ich über Sarah und ihren Deutschen und über ihre Liebe, mit der sie ihre Umwelt überraschen.

In den engen Straßen des Viertels herrscht eine ernste und gleichzeitig feierliche Stimmung. Die Juden in dunkler Feiertagskleidung, während ansonsten Paris werktäglich pulsiert. Die Synagoge in der Rue Pavée wird von einer Polizeiabsperrung geschützt. Von einem der Polizisten erfahre ich, dass Jom Kippur ist, der heilige Tag der Sühne und Buße, an dem der jüdische Alltag in Andacht erstarrt.

Als ich einige Tage später wiederkomme, unterscheidet sich das jüdische Viertel in nichts vom übrigen Paris: lärmende Kinder in ihren Schuluniformen, dichtes Gedränge um die Mittagszeit, stockender Verkehr und stickige Abgase. Und doch mischt sich eine eigentüm-

lich andere Stimmung mit hinein, hebräische Schriftzeichen, koschere Metzgerläden, mir unbekannte Backwaren in den Bäckereien. Im Restaurant Jo Goldenberg esse ich zu Mittag. Steffen und Sarah werden sich hier verabreden und sich aus dem Schatten der jüngsten Geschichte und den zwischen ihnen stehenden Vorurteilen lösen. Ich spüre ihre Liebe, aber mehr noch die Hindernisse. Als Optimist stehe ich auf der Seite derer, die wagen und nicht aufgeben. Ich stehe von Anfang an auf der Seite Sarahs, die handelt und nicht zögert.
Ich blicke mich um, auf der Suche nach einer Frau, die Sarah sein könnte. Ich möchte mich verlieben in Sarah oder eine ihrer Schwestern. Ich spüre, wie ich den Personen meines Romans näherkomme.
Planlos laufe ich durch die umliegenden Straßen. Mein Blick fällt auf eine kleine marmorne Gedenktafel: »Für unsere verschleppten und ermordeten Kinder. Ermordet, weil sie jüdisch waren.« Ich weiß nicht, wie lange ich starr davor stehenbleibe. Ein dünner Goldrand ziert die unauffällige Tafel. Ich schaue den ausgelassen tobenden Schulkindern nach.
Abends treffen Françoise und ich uns mit ihren Freunden in der *Coupole* in Montparnasse.
»Wie kommt dein Roman voran?«
Sechs Monate Paris, denken die wahrscheinlich, und noch nichts vorzuweisen. Während der Unterhaltung schweifen meine Gedanken zu Sarah. Ich spüre, wie sich dieses andere Leben entwickelt, oder besser diese zwei Leben, mein wirkliches und das des Romans. Und im Getriebe des Restaurants, als gerade das Licht gedämpft wird und die Phalanx der Kellner einem Gast ein lä-

cherliches Geburtstagsständchen darbietet, wird mir bewusst, dass ich dieses Buch über Sarah nicht schreiben kann. Noch nicht. Das deutsch-jüdische Thema ist zu groß, zu anspruchsvoll und letztlich zu verheerend, als dass sich dies mit meinem ersten schriftstellerischen Versuch bezwingen ließe.

Am nächsten Morgen wache ich niedergeschlagen auf. Erst die dramatischen Schritte, die mich nach Paris geführt haben, und plötzlich stecke ich mit neunundvierzig in einer Lebenskrise. Vielleicht handelte es sich von Anfang an auch nur darum. Ich stelle alles in Frage. Hier, in der Nähe von André Gide und Albert Camus, erwartete ich wohl, dass etwas von ihrer schriftstellerischen Magie auf mich abfärben würde. Einfach so. Aber es färbt nichts ab, so geht es nicht, das muss man schon selbst mitbringen.

Seit meinem Umzug nach Paris bin ich einem Phantom hinterhergerannt. Als hätte man mich nicht gewarnt!

Ich bin tagelang schlechter Laune. Auch mit Françoise in einem Restaurant oder im Theater oder wenn wir zusammen schlafen, kann ich mich nicht aus dieser Unzufriedenheit lösen. An einem sonnigen Vormittag sitze ich planlos im Jardin du Luxembourg. Ich schaue den weißbeschürzten Kindermädchen mit ihren unbekümmert spielenden Kindern zu. Plötzlich fällt mir eine Gestalt auf, weil sie nicht in das Bild passt. Ein abgemagertes, ungepflegtes Mädchen, kaum über zwanzig, schätze ich, mit ungekämmtem Haar und einem blassen, ausdruckslosen Gesicht. Wie ein Schatten trottet sie in sich versunken an den spielenden Kleinkindern vorbei. Missbilligende Blicke folgen ihr hinterher.

Ich atme ihren herben Geruch, als sie an mir vorbeiläuft.
Später will mir das Mädchen nicht aus dem Kopf gehen. Etwas an ihr erregt mich. Abhängig von Drogen und Alkohol, gestrauchelt und ohne ein festes Dach, stielt oder hurt sie, um an den nächsten Schuss Heroin zu gelangen. Vielleicht selbst einmal als eines dieser behüteten Kinder im Jardin du Luxembourg aufgewachsen, aber nun hat sie jeden Kontakt mit ihrer bürgerlichen Herkunft verloren und haust wie ein Tier in den lichtscheuen Ecken von Paris. Ihre vornehmen Eltern werden stets von der Angst begleitet, unter den Gestalten des Dunkels unversehens auf ihre Drogentochter zu stoßen. Ich kenne einen solchen Fall bei Bekannten, die vergeblich alles versucht haben, um ihre Tochter vor dem Absacken zu retten. So ist das Leben, ich muss diese Geschichte nicht erfinden.
An den folgenden Tagen warte ich vergebens wieder auf sie im Jardin du Luxembourg. Schließlich gebe ich enttäuscht auf. Und wenn sie erschienen wäre? Hätte ich sie angesprochen, mir für ein paar Francs ihr Schicksal erzählen lassen? Unsinn, dafür bin ich überhaupt nicht der Typ.
Trotzdem komme ich von dem Mädchen nicht los. Nach und nach drängt sich mir ihr Leben auf, oder besser, wie ich mir es vorstelle. Die Geschichte von ihr und dem Geschäftsmann, der sie zu retten versucht. Aber diese Geschichte muss in einer anderen Stadt spielen. Paris gehört Sarah.

Ich kenne New York nur flüchtig, aber dort, stelle ich mir vor, gehört das Mädchen hin, in die vergammelten Ecken von Greenwich Village oder die Hölle der Bowery. Eine Woche später sitze ich im Flugzeug nach New York. Ich miete ein Einzimmer-Apartment in einem Hotel in der sechsundfünfzigsten Straße nahe beim Central Park. Von meinem Schreibtisch blicke ich auf verglaste Wolkenkratzerfassaden gegenüber.

Ich habe meine erste Schriftstellerkrise überwunden. Morgens jogge ich durch den Central Park bis hoch zum Reservoir an der neunzigsten Straße. In meiner Phantasie stelle ich mir das vornehme Leben der Wall-Street-Bankiers in den prunkvollen Gebäuden der Fifth Avenue vor, und unvermittelt nimmt die Geschichte des Mädchens Form an: Der Banker, der bei seinem morgendlichen Joggen auf das verwahrloste Mädchens stößt, die ihm wortlos die Hand hinstreckt und ihn anbettelt. Ihre tiefblauen Augen, die einzigen Farbpunkte in dem trostlos grauen Gesicht. Diese Augen vergisst er den ganzen Tag über nicht. Am nächsten Morgen steht sie an derselben Stelle im Park, gleichgültig hält sie ihm schlaff ihre Hand hin. Der Banker gibt ihr fünfzig Dollar. Sie bedankt sich nicht, zeigt keinerlei Reaktion. Wann steckt ihr jemand schon einmal fünfzig Dollar zu?

Central Park South. Mein Titel für ihre Geschichte.

Tagelang wandere ich durch die Stadt, um mich mit Bildern und Eindrücken vollzusaugen. Überall stoße ich auf das Drogenmädchen. Nach drei Wochen fliege ich mit einem Stapel Aufzeichnungen und Notizen nach Paris zurück. Ich habe eine überdimensionale

Karte von Manhattan mitgebracht, auf der ich dem Banker und dem Mädchen nachfolge.
Mein Arbeitsrhythmus entwickelt sich wie von selbst. Ich beginne frühmorgens mit einem Lauf in den Tuilerien. Gegen acht Uhr sitze ich am Schreibtisch. Als Erstes lese ich noch einmal die Seiten des Vortages. Was mir gestern noch gefiel, wird heute bereits verbessert. Gegen drei oder vier Uhr nachmittags beginnt mein Kopf zu schwirren. Zwei Seiten schaffe ich, an guten Tagen vielleicht drei. Wenn es zu schnell geht, breche ich ab, als traute ich dem leichten Fluss der Worte nicht. Um Bestand zu haben, muss ich mir die Sätze abringen.
Über die Einsamkeit des Schriftstellers hatte ich mir zuvor nie Gedanken gemacht. Unter meinen wenigen Pariser Freunden spricht niemand gut genug Deutsch, um das eine oder andere Kapitel Probe zu lesen. In Deutschland möchte ich erst mit einem abgeschlossenen Manuskript auftreten. Aber ich bin nicht unglücklich, ganz im Gegenteil, ungestört gehe ich im Leben meiner Protagonisten auf, der zerstörerischen Freiheit des Drogenmädchens, die es für mich nie gab.
Überhaupt, die Zweisprachigkeit um mich, das Deutsch des Buches und das Französisch meines Alltags. Und ebenso die Wirklichkeiten, die sich ablösen oder zeitweilig nebeneinander bestehen und sich bedingen, die Wirklichkeit von *Central Park South* und meine Pariser Wirklichkeit. Die Wirklichkeit von Françoise, meiner Pariser Freundin, die vor einiger Zeit bei mir eingezogen ist, und die des süchtigen Mädchens.
»Du glaubst gar nicht, was sich das Mädchen heute wieder geleistet hat!«

Als ob ich nur niederschreiben müsste, was längst in seinem Lauf vorgezeichnet ist. Als hätten die Personen des Romans ein Eigenleben. In Françoises Blick liegt eine gespielte Eifersucht. Wenn wir zusammen schlafen, stelle ich mir das Mädchen und den Banker in ihrer Umarmung vor.

Ich war noch nie so glücklich.

Ich bin erstaunt über die Hartnäckigkeit des Bankers. Schließlich bringt er das Mädchen dazu, über sich zu erzählen. Früher studierte sie Design am Parson College in New York, bis Crack ihr den Boden unter den Füßen weggerissen hat. Jetzt treibt sie nomadisch in der Wildnis von New York, hat jeden Kontakt zu ihren Eltern oder Geschwistern verloren. Der Banker denkt an seine eigene Tochter, seine Familie unterscheidet sich nicht sonderlich von der des Mädchens. Gerade auch mit Blick auf seine Tochter überredet er das Mädchen zu einer Entziehungskur. Doch sie weigert sich, zu ihrer Familie zurückzukehren, und ohne den familiären Rückhalt ist die Chance eines dauernden Entzugs gleich null. Der Banker überzeugt seine Frau, sie fürs Erste bei sich aufzunehmen. Gewaschen und ein wenig zurechtgemacht ist sie eher apart als schön, allerdings hat sie einen attraktiven Körper. Aber als die Frau des Bankers ihren Mann verdächtigt, dass er und das Mädchen etwas miteinander haben, wirft sie das Mädchen kurzerhand aus der Wohnung.

Der Banker regt sich furchtbar auf. Die Ärzte hatten ihm versichert, dass sie sich auf dem besten Weg zur Rehabilitation befand. Im Rückfall sinkt man tiefer ab als zuvor, das ist bekannt. Vergeblich wartet er auf sie an der Ecke zum Central Park South. Unversehens rückt das Scheitern des Bankers in den Vordergrund der Geschichte. Ich brauche Monate, um den allmählichen Verfall seiner geordneten Welt zu erkennen.

Ich fliege nach New York, um die Stadt zu unterschiedlichen Jahreszeiten zu erleben. Der Winter ist brutal kalt, aber plötzlich schneit es bei einem meiner Besuche und im Schneechaos bricht der Stadtverkehr zusammen. New York verwandelt sich in ein weißes Paradies der Stille. Natürlich hält dies nicht lange an, aber dieser kurze Moment, in dem die Stadt aufhört zu rasen, offenbart ihre überwältigend zarte Schönheit. Fast unvorstellbar, das schmächtige Mädchen in der klirrenden Kälte des New Yorker Winters, aber so sieht ihre Wirklichkeit aus.

Irgendwann frage ich mich, wie andere Schriftsteller an ihre Arbeit herangehen. Vielleicht lernt man das in den Schreibkursen, die ich nie besucht habe. Aber letztlich muss doch jeder seinen eigenen Weg finden. Ich vertraue meiner Detailbesessenheit und der Fähigkeit, fragend und unvoreingenommen zu beobachten. Den Ort des Geschehens kennenzulernen, geschichtliche Beziehungen bis in die letzten Einzelheiten zu erforschen und den Personen, über die ich schreibe, irgendwann einmal im Leben zu begegnen. So wie dem Mädchen damals im Jardin du Luxembourg, mit dem ich seither lebe.

Bei einem meiner Aufenthalte in New York besuche ich in Chelsea die Vernissage eines Künstlers, den auch Françoise in ihrer Galerie ausstellt. Danach gehe ich mit ihm und seinen Freunden zum Abendessen und später in einen Club in Soho. Laut hämmernde metallische Musik und ein pulsierendes Lichtspektakel. Die Frau neben mir gibt mir eine kleine weiße Pille. Ich blicke sie zweifelnd an.

»Keine Sorge, sie muntert dich auf. Jeder nimmt das hier.«

Ich spüle sie mit einem Schluck Wodka hinunter, als ich nach einer Weile keine Wirkung spüre, schlucke ich noch eine. Plötzlich löst sich beim Tanzen alles um mich in schrille Farben auf, ich fühle mich wie auf einer Insel, im Rhythmus mit anderen Körpern treibend, jeder gehört mir und ich gehöre allen. In einer psychedelischen Orientierungslosigkeit verliere ich jeden Bezug. Als bräche ich durch eine Wand des Bewusstseins in eine unheimlich schöne, gefährliche neue Welt. Am nächsten Tag wache ich im Bett neben einer Frau auf, an die ich mich beim besten Willen nicht erinnere. Mein Kopf hämmert, ich erschrecke bei dem Gedanken, nicht zu wissen, wie ich hierhergekommen bin und was geschehen ist, wo und wann. Ich ziehe mich lautlos an und schleiche aus dem Zimmer. Wenigstens hat niemand meine Ausweise und mein Geld geklaut.

Ich liege stundenlang auf meinem Hotelbett, um bruchstückhaft die Bilder und Gefühle der vergangenen Nacht zusammenzusetzen. Die berauschende Schönheit der Drogen und wie sie jeden Widerstand bezwingen. Schlagartig öffnen sich mir die Augen, ich verstehe plötzlich die verführerische Macht dieser anderen Welt und die zwanghafte Sackgasse des Drogenmädchens, eine tiefere Ebene des Erlebens, die mir

vorher nicht zugänglich war. Ich verlasse New York fluchtartig noch am selben Abend.
Jetzt weiß ich, worauf ich mich eingelassen habe, worüber ich schreibe. Anders als der Banker, der nicht wahrhaben will, das Mädchen nicht retten zu können. Er sucht sie in den gefährlichsten Gegenden New Yorks, bis er eines Tages in der Bowery auf sie stößt. Sie blickt ihn mit ausdruckslosen Augen an. Er ist sich nicht sicher, ob sie sich an ihn erinnert, dennoch entschließt er sich ein zweites Mal, sie aus dieser Misere herauszuholen. Als Vorstufe zur nächsten Entziehungskur mietet er ihr ein Zimmer in einer Pension.
»Niemand, der nicht selbst den Drogen verfallen ist, versteht die Zwänge, denen ich ausgeliefert bin und die mich nicht freigeben«, sagt sie ihm.
Daraufhin beschließt der Banker, Crack zu nehmen, nur ein einziges Mal, schwört er sich, aber wie sonst will er ihr helfen, ohne zu wissen, was in ihr vorgeht? Von einem Mal wird man nicht süchtig! Ein Mann, der sein Leben stets fest im Griff hat. Aber wie viele andere unterschätzt er die verhängnisvolle Gewalt der Droge. Trotz all seiner festen Prinzipien wird er von diesem Moment an wie im Sog mit nach unten gezogen. Seine Familie lässt nichts unversucht, ihn zu retten. Aber seine Abhängigkeit ist stärker als ihre Liebe, bis das Dunkel ihn endgültig verschluckt hat.

Central Park South. Nach fast zwei Jahren halte ich die erste Fassung in den Händen.
Ich spüre, wie dieser unvorstellbare Druck von mir abfällt. Aber beim stichprobenhaften Durchlesen werde

ich zunehmend unsicher. Haben die Drogen des Mädchens oder die Nachwirkung der Pillen in dem New Yorker Club nun auch mir den Sinn verstellt?
Von einem Tag zum anderen halte ich es in Paris nicht mehr aus. Françoise und ich besuchen Freunde auf ihrem Landgut in den Bergen hinter Saint-Étienne-du-Grès in der Nähe von Arles. Nach Monaten der Versenkung in der Geschichte des Mädchens unvermittelt in der sonnigen Trägheit der Provence. Wir besichtigen die Irrenanstalt von St. Rémy, in der van Gogh hoffte, sich aus den Klauen des Wahnsinns zu befreien. Dieser schmale Grat zwischen Brillanz und Wahnsinn, auf dem sich der Künstler bewegt. Van Gogh beschäftigte sich damals mit immer denselben Themen, dem Sämann, den Olivenhainen und den Bäumen im Hof der Anstalt. Ich denke an *Central Park South*, wie viele Entwürfe noch bis zu einem vorzeigbaren Manuskript? Natürlich kann einen das in den Wahnsinn treiben.
Bei einem meiner Besuche in New York hatte ich Lauren kennengelernt, eine Lektorin bei einem angesehenen Literaturverlag. Ihr gefiel die Geschichte des Mädchens, was aber nichts bedeute, fügte sie sofort hinzu, da ich das Buch in Deutschland veröffentlichen müsse, der deutsche Markt momentan einen Schrumpfungsprozess durchlaufe und daher für Debütautoren besonders schwierig sei. Auf jeden Fall müsse das Manuskript *stehen*, bevor ich es einem Verleger oder einem Agenten anböte. *Put your best foot forward!* Mehr als eine Chance gibt es nicht. Eine Fassung nach der anderen. Ich sehe die Besessenheit van Goghs in einem neuen Licht, der

zwanghafte Drang, ein Thema immer wieder neu anzugehen. Wann gibt es nichts mehr hinzuzufügen?

Weiter nach Antibes an der Cote d'Azur. Françoise und ich wohnen im Hotel du Cap. Das zeitlos behäbig schwappende Mittelmeer. Die Traumwelt Südfrankreichs befreit mich nach und nach von dem selbstzerstörerischen Drogenmädchen, mit dem ich monatelang im Sumpf von New York gelebt habe.
Mein Frankfurter Freund Michael lädt uns in seine Villa außerhalb von Mougins ein. Das Zirpen der Zikaden erfüllt die Luft. Der milde Wind vom Lavendelduft gesättigt.
»Wann kann man dein Buch endlich lesen?«
Michaels Frage, die er wahrscheinlich ohne jeden Hintergedanken stellt, zieht mir den Boden unter den Füßen weg. Nichts, was ich vorweisen könnte, in meinem früheren Leben hat mein Erfolg für sich selbst gesprochen.
»Schreiben ist ein langwieriger Prozess, so viel habe ich inzwischen gelernt. Du wirst dich gedulden müssen.«
»Wenn ich dich richtig verstehe, geht es um deine Lebenskrise, die plötzlichen Zweifel des Vierzig- und Fünfzigjährigen. Das interessiert mich auch!«
»Damit hat es nichts zu tun. Es geht um Sucht. Das Destruktive der Sucht und die Aussichtslosigkeit, davon wieder loszukommen. Sucht findet sich überall, niemand ist frei davon. Auch Liebe ist Sucht.«
Dabei blicke ich zu Françoise. Jetzt im Zusammensein mit Michael und seiner Familie und all den vielen Bezügen zu meiner Vergangenheit fällt mir auf, wie weit

ich seit meiner Entscheidung, Deutschland zu verlassen, von meinem alten Leben weggetrieben bin.
Tags darauf das Museum Fondation Maeght in Saint-Paul de Vence. Françoise gefällt die Verspieltheit Mirós. Mich trifft die Einsamkeit der Figuren Giacomettis, vielleicht weil ich beim Schreiben während der vergangenen Monate dieselbe Einsamkeit durchlebt habe.
Gebannt betrachte ich Giacomettis Skulptur *Die Hand*. Der ausgemergelte Arm, die Knochen in sich geschrumpft, und die überlangen, wie um Hilfe ringenden schmerzhaft gekrümmten Finger. Dabei denke ich an das Drogenmädchen, wie es die Hand den Passanten entgegenstreckt. Und niemand, der auf ihren stummen Hilfeschrei anspricht.
Ich nehme Françoise in den Arm. Eine Zeitlang stehen wir schweigend vor der Skulptur.
»Ich muss nach Paris zurück.«

Von neuem lebe ich mit dem Mädchen und dem Banker. Aus einem unerklärlichen Grund setzt er für sie alles aufs Spiel und verliert sich dabei selbst. Gebannt verfolge ich seinen aussichtslosen Kampf. Auch wenn wir abends ausgehen, ins Kino oder mit Freunden ins Theater, in Restaurants oder in die Nachtclubs von Saint-Germain, geben sie mich nicht frei. Immer wieder taucht vor mir die eine oder andere Szene auf, mit der ich mich tagsüber abgequält habe, und eine völlig neue Entwicklung lenkt mich von der Gegenwart ab.
Françoise bleiben meine Momente der völligen Abwesenheit nicht verborgen.
»Ewig bin ich nicht bereit, dich mit dem Mädchen zu

teilen. Sie hängt wie eine Klette an dir. Oder du an ihr«, hält sie mir, in jetzt nicht mehr gespieltem Ernst, vor.
Die Überarbeitung des Manuskripts verläuft anders als das mühsame Abringen der Worte bei der ersten Fassung. Nachdem der Ablauf der Geschichte feststeht, passen frühere Darstellungen und Passagen nicht mehr, bis sich unvermittelt ein neues Ende aufdrängt und das Buch insgesamt in einem anderen Licht erscheint. Ich hatte nicht geahnt, wie fordernd Schreiben wirklich ist. An eine schnelle Umsetzung meiner Pläne gewöhnt, hatte ich damit nicht gerechnet. Jeder Satz, jedes Wort müssen immer wieder neu auf die Waagschale gelegt und überprüft werden. Oft lese ich laut, um zu hören, wie es klingt, ob die Worte so auch stimmen.
Nach einigen Monaten steht die zweite Fassung. Ich habe über fünfzig Seiten herausgestrichen. Was mir unerlässlich erschien, steht plötzlich dem Lauf der Handlung im Weg. Neue Schwerpunkte haben sich entwickelt, fast unbemerkt, die Familie des Bankers etwa, die aufgewertet werden musste, um das irrationale Verhalten des Bankers im Widerspruch zu seiner rationalen Vergangenheit herauszustellen. Ein neues Buch, und wieder das Gefühl, dass nur so die Geschichte aussehen konnte, dass damit alles gesagt ist und es nichts mehr hinzuzufügen oder zu verfeinern gibt.
Und nun, wie geht es weiter?
»Lass den Entwurf ein paar Monate liegen. Du steckst zu tief drin!«
Françoise hat recht, aber bereits nach einer Woche, in der ich das Manuskript nicht anrühre, gebe ich den

Widerstand auf. Ich arbeite zwei Wochen ohne Unterbrechung daran, als hätte ich alles um mich herum vergessen. Entschieden weniger zu korrigieren als bei der ersten Überarbeitung. Die Geschichte fließt, die Personen leben, das Ende ist nachvollziehbar.
Ich lese das Manuskript noch einmal in einem Zug. Es gibt nichts mehr hinzuzufügen, mehr wäre weniger, und was ich geschrieben habe, scheint mir unerlässlich.
Ich drucke das Manuskript aus, 425 Seiten. Obenauf das Deckblatt: *Central Park South, Roman von Arthur Heller*.

Von allen Seiten werde ich gefragt, wo mein Buch erschienen ist.
Wie, noch nicht veröffentlicht?
Offensichtlich verleiht erst die Veröffentlichung das Gütesiegel, den Beweis, auf den es ankommt. Ich habe mich drei Jahre versteckt, erst hinter Sarah und dann hinter dem Drogenmädchen. Was bedeutet ein fertiges Manuskript, das noch vor keinem Leser bestanden hat? Niemand hat mir beim Schreiben über die Schultern geblickt, keine Bewertungen, Besprechungen oder Lesungen. Sandkastenspiele, und sonst nichts. Das Schreiben ist eben auch eine Droge, ich habe zu spät festgestellt, dass ich dieser Sucht verfallen bin, und nun komme ich nicht mehr davon los.
Als Unternehmer konnte mir niemand etwas vormachen, ich wusste genau, in welchen Maschinen und industriellen Anlagen meine Sensoren zum Einsatz kamen. Aber welcher Verlag sich für mein Buch interes-

siert oder welcher Lektor in welchem Verlag gerade auf mein Thema setzt? Beim Schreiben war ich nie so verzweifelt. Hoffnung und Träume waren meine Nahrung. Jetzt weiß ich nicht mehr weiter.

Mein einziger Verlagskontakt ist Lauren, die Lektorin aus New York. Ihr Verlag gehört zu einer bedeutenden deutschen Verlagsgruppe. Sie kenne sich im deutschen Markt aus, hatte sie mir damals bei unserem zufälligen Kennenlernen erzählt. Auf Zufall ist Verlass. Ich sende Lauren eine E-Mail und schildere ihr mein Problem. Am nächsten Tag ruft sie an, ermutigend und zuversichtlich, wie es die Amerikaner gerne sind. Ich bin froh, dass sie meine Nervosität nicht sieht. Der erfolgreiche Geschäftsmann als stümperhafter Anfänger.

Lauren meint, in den USA sei es üblich, über eine Agentur zu gehen. Dagegen gebe es in Deutschland nur wenig ernstzunehmende Agenten, die sich mit deutschen Autoren befassten, weil die Verleger dort im eigenen Markt immer noch selbst neue Talente entdecken wollten. Schließlich gibt sie mir drei Namen, darunter eine Agentin, die sie mir besonders ans Herz legt. Sie habe einmal als Verlagslektorin gearbeitet, könne ein Manuskript auf seine Marktmöglichkeiten hin lesen und verstehe die vertragliche Seite bis in die letzten Einzelheiten.

Sofort schreibe ich ihr. Aber was soll ich über mich sagen, ich passe nicht in das typische Bild des Neuautors? Lauren hat mir versichert, dass das in Amerika gut ankäme, der Aussteiger, der schon immer schreiben wollte und dann den unternehmerischen Erfolg hinter sich lässt. Da gebe es prominente Beispiele. Ich bezweifle,

dass dies auch in Deutschland gilt, ein Erstautor ist hier nicht fünfzig Jahre alt.
Zu meiner Überraschung antwortet die Agentin wenige Tage später. Wenn Lauren mich empfehle, möchte sie sich das Manuskript auf alle Fälle ansehen.
Endlich habe ich eine Antwort auf die lästige Frage, wann man das Buch lesen könne.
»Es liegt bei meiner Agentin in München.«
Hochachtungsvolle Blicke, das hat mir offensichtlich niemand zugetraut und nun habe ich es anscheinend doch geschafft.
Allerdings, nachdem ich einige Wochen nichts höre, werde ich unruhig. Schließlich frage ich bei ihr nach: »Haben Sie mich vergessen?« Drei Tage später die Antwort. Was bedeuten ein paar Tage, nachdem ich mir fünfzig Jahre Zeit gelassen habe?
»Nein, nein, ich habe Sie nicht vergessen! Ich habe *Central Park South* mit großem Interesse gelesen und sage Ihnen gleich, dass ich das Buch sehr gern vertreten möchte.«
Der Rest ihres Schreibens verfließt vor meinen Augen. Ich habe den Beweis erbracht, mein Ausbruch hat sich gelohnt, die drei Jahre waren nicht umsonst!
Kurz darauf erhalte ich den Agenturvertrag. Zwischen Arthur Heller, im Folgenden genannt »Autor« und der Agentur. Ich betrachte mich im Spiegel, ein unbändiger Stolz in meinen Augen. Autor, das neue Leben, es hat endgültig begonnen.
Für die Frankfurter Buchmesse erwartet sie von mir eine zweiseitige Zusammenfassung, einen Aufreißer, wie sie es nennt, und außerdem einige Kopien des Manu-

skripts, die sie gezielt verteilen wolle. Sie sei überzeugt, dass sich am Ende mehrere Verlage um die Rechte an *Central Park South* reißen würden.
Ich biete an, sie zur Buchmesse zu begleiten, bei der Vermarktung des Buchs müsse es doch von Vorteil sein, den Autor dabei zu haben. Aber sie winkt ab, das Manuskript müsse für sich selbst sprechen, auf den Autor käme es in dieser Phase nicht an, er würde, sie müsse das so sagen, sogar nur stören. In meinem Geschäft hatte ich es früher auch nicht gern gesehen, wenn mir jemand hereinredete.
Zwei Wochen nach der Buchmesse bin ich mit der Agentin im *Bayerischen Hof* in München verabredet. Ein föhnig sonniger Herbsttag, meine Zuversicht ist kaum zu bändigen. Allerdings liegt noch keine Zusage vor, dagegen die Absagen einiger namhafter Verlage.
»Das will nichts heißen, die Absagen treffen immer zuerst ein. Entscheidend ist die Liste der Verlage, denen das Manuskript zur Prüfung vorliegt und die sich bisher nicht geäußert haben, es also nicht spontan ablehnen.«
»Lässt sich denn aus den Absagen ein Trend herauslesen?«
»Dem einen ist das Buch nicht literarisch genug, was immer das heißen mag, der nächste stößt sich an einer Sexszene, aber die meisten Absagen erfolgen ohne handfeste Begründung. Keine Sorge, Ihr Buch ist spitze!«
In den folgenden Wochen teilt sie mir weitere Absagen mit. Wie vergiftete Pfeile dringen sie in mich ein. Ich habe mich mit meinen Hoffnungen zu weit nach vorne gewagt, nun stürze ich ins Bodenlose.

Eines Nachts träume ich von einem Verleger, etwa in meinem Alter und auf derselben Wellenlänge wie ich. Der muss mich doch verstehen, sage ich mir in meinem Traum. Das Manuskript gefalle ihm auch, versichert er, aber im entscheidenden Moment weicht er aus. An die Begründung für seine Ablehnung erinnere ich mich nicht. Ich rede wild auf ihn ein, will unser Gespräch nicht abbrechen lassen, er ist meine einzige Verbindung in diese mir fremde Welt, aber dann zerfließen die Bilder. Zurück bleibt das Gefühl einer grenzenlosen Enttäuschung.
Es war nur ein Traum, sage ich mir. Aber es wird immer schwerer, der Wirklichkeit aus dem Weg zu gehen.
Ich bemerke Françoises verstohlene Blicke. Die Leichtigkeit zwischen uns, die mir bisher über alle Schwierigkeiten hinweggeholfen hat, erscheint mit einem Mal erzwungen. Das Mädchen hat auch mich in den Abgrund gezerrt. Sie war meine Droge, nun ist sie zum Verhängnis meiner Flucht nach Paris geworden.
Mit fünfzig Jahren ist das Leben gelaufen. Es lässt sich nicht einfach auf den Kopf stellen.
Ich bin unzufrieden, meine Selbstzweifel und meine innere Unruhe bleiben Françoise nicht verborgen. Ich bin erleichtert, als sie auszieht und unser Verhältnis beendet.

Bei einem meiner zahllosen Gänge durch die Nachbarschaft entdecke ich in einem Buchladen ein mir unbekanntes Buch von Albert Camus, von dem ich glaubte, längst alles gelesen zu haben. *Der erste Mensch*, ein unvollendeter Roman, der nun dreißig Jahre nach seinem

Tod verlegt wurde. Wie eine Stimme vom anderen Ufer. Camus war siebenundvierzig und Literaturnobelpreisträger, als er starb. Mit neunundvierzig habe ich erst angefangen.
Aber als läge darin nicht gerade mein Vorteil! All die Erfahrungen, die Sicherheit, zu wissen, was man will, jetzt in diesem Augenblick, und die Fähigkeit zur Geduld. Schreiben erfordert unendliche Geduld.
Ich sehne mich in die Einsamkeit des Schreibens zurück. Beim Schreiben war ich glücklich!

Ich schaue mir die Unterlagen an, die ich während der ersten Monate in Paris zu *Sarahs Paris* gesammelt habe. Aber nach dem Scheitern des Drogenmädchens fühle ich mich ihr erst recht nicht gewachsen. Das Drogenmädchen hat sich im Dunkel von New York verfangen, jedoch das Dunkel um Sarah ist mit nichts zu vergleichen.
Aber ich muss etwas unternehmen, um den enttäuschenden Versuchen, *Central Park South* bei einem Verlag unterzubringen, zu entfliehen. Ich nehme mir ein anderes Projekt vor, das ich in den Grundzügen auch bereits während meiner Unternehmerzeit skizziert hatte. Ein deutscher Familienroman über drei Generationen. In der ersten Generation steht ein während der Weimarer Republik erfolgreicher Schriftsteller, der sich von seinen Tantiemen am Rhein am Fuß des Siebengebirges eine Burg kauft, in der seine Nachkommen in der Nachkriegszeit im Gefühl vergangener Größe leben und unaufhaltsam, ohne es in ihrem Hochmut je zu erkennen, einem Untergang zutreiben.

Die Burgkinder.
Früher oder später werde ich veröffentlicht werden! Im Schreiben finde ich meine Zuversicht wieder, befreit von dem selbstzweiflerischen Grübeln. Ich fühle mich wie neu geboren.
Auf einer Party lerne ich Jean kennen, eine blonde kurzhaarige Amerikanerin mit leuchtend blauen Augen. Sie verbringt die Nacht bei mir. Als ich am nächsten Morgen vom Langlauf zurückkomme, hat sie in der Bäckerei unser Frühstück eingekauft. Sie strahlt eine unbändige Lebensfreude aus. Ich habe nie eine unabhängigere und selbstsichere, gleichzeitig aber auch zärtlichere Frau gekannt. Mit dem neuen Roman die neue Freundin.
Jean stammt aus einer wohlhabenden kalifornischen Familie. Ihr Urgroßvater ist während des Goldrauschs reich geworden, und bei jeder neuen Welle, etwa dem Öl in Südkalifornien, dem Immobilienboom oder dem Entstehen der Großbanken an der Westküste, ist ihre Familie oben auf der Welle mitgeschwommen. Natürlich gibt es in ihrer Familie wie überall Versager, doch in jeder Generation hat mindestens ein Familienmitglied das Ansehen der Familie durch neue Erfolge erneuert. Als vererbe sich die Erfolgstradition von einer Generation in die nächste, ganz anders als bei meiner Dichterfamilie am Rhein.
»Und dir kommt das nun zugute?«
Die Frage gefällt ihr nicht. Als traue ich ihr nicht zu, diejenige zu sein, die in ihrer Generation die nächsten Erfolge bringen würde.
»Immerhin habe ich es zur leitenden Partnerin der

wichtigsten Anwaltskanzlei an der Westküste gebracht. Niemand hatte das vorher einer Frau zugetraut. Für mich sollte das allerdings nur eine Stufe auf dem Weg nach oben sein, ich war jung, gerade vierzig, mein Name wurde bei der Besetzung wichtiger Kabinettsposten in Washington gehandelt, Außenministerin oder Wirtschaftsministerin, alles schien möglich. Bis man bei mir Brustkrebs diagnostizierte.«
Mit einem Mal kommt mir Jean zerbrechlich vor. Als wäre die Heiterkeit, die sie ausstrahlt, nur eine Wand, hinter der sie sich versteckt.
»Brustoperation, Chemo, Bestrahlung und seitdem die Ungewissheit, dass die Krankheit jederzeit wiederkehren könnte. Umso mehr war ich entschlossen, nichts in meinem Leben zu ändern. Jetzt erst recht, beim Blick auf all die Möglichkeiten vor mir.«
Jean lächelt und blickt in den sanften Pariser Morgenhimmel.
»Vergangenes Jahr bestieg ich mit einer Gruppe von Frauen, die alle Brustkrebs überlebt hatten, den schneeweißen Vulkangipfel des Mount Shasta in Nordkalifornien. Wir brauchten zwei Tage zum Aufstieg. Klettern in Schnee und Eis, und dazu die Höhe, viertausendfünfhundert Meter. Aber ich habe es geschafft, und auf dem Gipfel dieses unbeschreibliche Gefühl der Unbezwingbarkeit. Beim Abstieg habe ich dann auf einem steilen Schneefeld nicht aufgepasst und bin abgestürzt. In der Tiefe schlug ich gegen einen Fels. Meine Begleiterinnen befürchteten das Schlimmste. Im Krankenhaus hatte ich viel Zeit zum Nachdenken. Was ist mein Leben wert, was bedeuten meine beruflichen Erfolge,

wo habe ich etwas Dauerhaftes bewirkt, einen bleibenden Unterschied gemacht? Am Ende meiner Überlegungen entschloss ich mich, mein Leben neu zu beginnen.«

»Das kommt mir bekannt vor.«

»Vielleicht, aber ich möchte keine Bücher schreiben.«

»Was dann?«

»Wenn du einmal alles in Frage stellst, musst du dir für die richtige Antwort Zeit lassen. Auch dein Ausstieg erfolgte nicht über Nacht. Ich bin auf der Suche. Als Erstes habe ich eine Stiftung gegründet, die zum Ziel hat, Negatives zum Positiven zu wenden, im Festgefahrenen eine Änderung herbeizuführen, dem Außerordentlichen, das in jedem von uns steckt, eine zweite Chance zu geben. Nicht vor der Aussichtslosigkeit zu kapitulieren, das haben mich meine Krankheit und mein Unfall gelehrt.«

Ich denke an meine Burgkinder, die Dichterfamilie, die trotz all der ihnen gebotenen Möglichkeiten in Hochmut verfällt. Warum nicht Jeans Familie als Gegenpol der Familie am Rhein gegenüberstellen? Auch zu einem gewissen Grad Deutschland gegenüber Amerika, alt gegen neu, verengende Traditionen gegen Offenheit. Vergangenheit gegen Zukunft. Optimismus gegen Zaudern.

Die kalifornische Erfolgsfamilie wird zu meinem neuen Projekt. Der Gegensatz zu Jeans Familie verdeutlicht das Ausmaß des Dramas der Burgkinder. Jedem Abstieg steht irgendwo ein Aufstieg gegenüber, die Welt entwickelt sich ständig weiter, es gibt keinen Stillstand.

Ich habe noch nicht gelernt, dem Überschwang zu misstrauen. Völlig unerwartet teilt mir meine Agentin mit, sie gebe ihre Agentur auf. Ein französischer Verlag habe ihr die Repräsentanz in Deutschland angeboten. Damit könne sie leider nichts mehr für mich tun, aber sie empfiehlt mir eine frühere Lektorin eines Berliner Verlags, die heute auf freier Basis arbeitet.
»Überarbeiten Sie mit ihr das Manuskript. Das sollte einen Versuch wert sein.«
Kurz darauf höre ich von der Lektorin aus Berlin, dass ihr *Central Park South* gefallen habe, man müsse zwar einiges ändern und kürzen, trotzdem verstehe sie nicht, warum sich kein Verlag für das Manuskript gefunden habe. Sie sei überzeugt, dass sich daraus etwas machen lasse.
Ich treibe wieder auf dem Kamm der Welle. Für das Neue muss man kämpfen, der Erfolg wird einem nicht einfach auf einem silbernen Tablett gereicht. Aber damit finde ich mich ab, ich bin zu jedem Einsatz bereit.

Mit *Die Burgkinder* mache ich Fortschritte. Der erste Teil handelt gegen Ende des Zweiten Weltkriegs, als die Amerikaner den Rhein bei Remagen überqueren und die Burg des Dichters auf dem gegenüberliegenden Rheinufer besetzen. Einer der Besetzer, stelle ich mir vor, ist Jeans Vater, der Spross der kalifornischen Familie. Der nächste Teil, fünfundzwanzig Jahre später, behandelt die zweite Generation während der Studentenunruhen in Berkeley. Jean sehe ich in der Rolle einer der Drahtzieherinnen der Revolte, nicht so sehr wegen Vietnam, sondern aus jugendlicher Auflehnung gegenüber ihrer Familie. Der dritte Teil findet um die Jahrtausendwende statt. Die Tochter des Dichters, die sich weiterhin verzweifelt an den Ruhm ihres Vaters klammert, symbolisiert die Stagnation der Familie am Rhein.

Jean lebt mir den Glauben an sich selbst vor, trotz aller Rückschläge das ursprüngliche Ziel nicht aus den Augen zu verlieren. Meine Zufriedenheit beflügelt mich. Obwohl ich weiß, dass Jean nicht ewig in Paris bleiben wird. Vor ihrer Rückreise nach Kalifornien besteht sie darauf, mit mir nach Auvers-sur-Oise in der Nähe von Paris zu fahren. Nicht wegen van Gogh, der sich dort erschossen hat, sondern wegen Gérard Dechaize, der vor Jahren vor dem Todeshaus van Goghs in einen schweren Unfall verwickelt war und, als er nach einem lange Zeit ungewissen Ausgang überlebte, beschloss, seine erfolgreiche internationale Marketingkarriere aufzugeben, um sich ganz der Erinnerungsstätte van Goghs zu widmen. Mit diesem Projekt seinem Leben einen neuen Sinn zu geben, das Negative seines Unfalls ins Positive zu wandeln. Als Jean davon erfuhr, beschloss sie sofort, ihn durch ihre Stiftung finanziell zu unterstützen.

»Gérard ist ein Mann voll sprühendem Enthusiasmus. Zur Krönung seines Projekts hofft er, ein Originalgemälde van Goghs an dessen letzten Schaffensort zurückzubringen. Bei den Preisen, die auf dem Markt für van Goghs bezahlt werden, ist dies so gut wie unmöglich, aber bin ich überzeugt, dass ihm selbst das noch gelingen wird.«

Einige Tage nach dem Abstecher nach Auvers geben ihre Freunde für sie ein Abschiedsessen. Ich sitze neben einer Journalistin, die für das amerikanische Modejournal *Womens Wear Daily* schreibt, eine von sich selbst überzeugte New Yorkerin.
»Woher kennst du Jean, und was machst du hier in Paris?«
»Ich schreibe gerade meinen zweiten Roman.«
»Ich habe siebzehn Bücher über Architektur und Innenausstattung in den USA veröffentlicht, einige auch international.«
»Meine Agentin hat ihr Geschäft aufgegeben, bevor sie mein erstes Buch platzieren konnte. Ich stehe damit wieder am Anfang.«
»Warum machst du weiter, wenn sich niemand dafür interessiert?«
Ich bin verblüfft, auf eine solche Offenheit war ich nicht gefasst.
»Ich muss einfach«, antworte ich schließlich.
Dabei fällt mir Gérard Dechaize ein. Hätte ich diese Journalistin fragen sollen, welchen Rat sie van Gogh gegeben hätte?

Tags darauf fliege ich nach Berlin, um *Central Park South* mit der Lektorin zu besprechen. Etwas lehrerinnenhaft auf den ersten Blick, aber in ihrem Verhalten sehr aufmunternd. Ich fasse sofort Vertrauen zu ihr.
Als wäre ich noch einmal mit dem Drogenmädchen verabredet. Wir benötigen drei Tage, bis wir das Manuskript Wort für Wort durchgekämmt haben. Am Ende fühle ich mich restlos erschöpft, aber ich bin glücklich.

Ich hatte in dieses erste Buch alles hineingelegt, das mich bewegte, sozusagen mein Herzblut, und meine Lektorin hat wie mit der Pinzette jedes noch so kleine Herzstück herausgefischt, bis am Ende mein Herz aus vielen Teilchen zusammengesetzt vor mir liegt. Fast um ein Drittel gekürzt, erscheinen das Drogenmädchen und der Banker lebendiger als zuvor. So hätte der Roman von Anfang an aussehen müssen.

Ein neues Selbstbewusstsein beflügelt mich bei der Rückkehr von meinem Berlinaufenthalt nach Paris. Meine Lektorin nimmt mich als Schriftsteller ernst und stellt mich als Späteinsteiger oder als Quereinsteiger nicht in Frage. Auf dem Flug kreisen meine Gedanken um Jean, um sie und mich und unsere Zukunft. Der Autor mit seiner blonden Amerikanerin. In ein paar Stunden werden wir im sommerlichen Abendwind Arm in Arm den Boulevard Saint-Germain entlang bummeln.

In meiner Wohnung empfängt mich eine rote Rose auf dem Eingangstisch, daneben ein Brief von Jean. Sie ist am Vormittag nach Kalifornien zurückgeflogen. *Ich hasse Abschiede*, schreibt sie.

Ich hätte dem Glück nicht trauen dürfen, es wird zurückgefordert, früher oder später, am Ende addiert sich alles auf null. Als ob ich das nicht gewusst hätte. In dem Augenblick, in dem ich das Drogenmädchen zurückgewonnen habe, verliere ich Jean.

In der abendlichen Dämmerung sitze ich niedergeschlagen in meinem Arbeitszimmer. Ich merke nicht, wie es allmählich um mich herum dunkel wird. Plötzlich weiß ich nicht mehr weiter.

Dabei ist der erste Teil der *Burgkinder* so gut wie abgeschlossen und *Central Park South* harrt seiner Neufassung! Aber was bedeutet das schon? Durch Jean haben sich meine Prioritäten verschoben. Ich sehne mich nach ihrem Körper, ihrem Lachen und ihrer Unbekümmertheit. Nachts allein im Bett spüre ich, wie mich meine selbstbewusste Kalifornierin zu Sarah drängt. Sarah, die junge Jüdin, die mich aus ihren ruhigen Augen herausfordernd, aber auch etwas verunsichert anblickt. Die dunkelhaarige Sarah, die ich nicht kenne. Ihre sonnengebräunte Haut wie weicher kühler Samt. Vor drei Jahren war ich Sarah noch nicht gewachsen. Jetzt zieht es mich mit aller Gewalt zu ihr.
Oder hat es mit Jean zu tun, weil Jean Jüdin ist, und Jean mir in diesem Augenblick mehr als alles auf der Welt fehlt?
Weil mich Jean verlassen hat, drängt sich mir Sarah auf. Aber schreibst du damit nicht über Jean? Du darfst Sarah durch niemanden austauschen!
Ich liege die ganze Nacht wach, richtungslos rasen meine Gedanken. Um fünf Uhr morgens klingelt das Telefon. Jean ruft aus San Francisco an.
»Die Sonne sinkt gerade vor mir in den Pazifik, um gleich bei dir wieder aufzugehen. So nahe sind wir beieinander!«
»Ich weiß nur, wie sehr du mir fehlst. Warum hast du mich verlassen?«
»Ich werde immer bei dir sein. Und du bei mir. Auf die Entfernung kommt es nicht an.«
Beim ersten Morgengrauen jogge ich durch die menschenleeren Anlagen der Tuilerien. Paris erwacht, ein

sich träge räkelnder Riese. Jean ist mir meilenweit voraus, als sei sie bereits mit dem nächsten Kapitel unserer Geschichte vertraut, während für mich alles neu ist.

Ich mache mich an die Korrektur von *Central Park South*. Zurück zu dem gleichförmigen Tagesablauf. Nach drei Monaten sende ich meiner Lektorin die nächste Fassung. Danach treffen wir uns zu einer weiteren Besprechung in Berlin.
»Das hast du wirklich gut gemacht«, sagt sie.
»Und wie geht es nun weiter?«
»Ich kenne einen Agenten in Berlin, der sich auf neue Autoren spezialisiert hat, bei dem kann ich dich einführen.«
Die Lektorin war ein Glücksfall. Und nun ihr Agent. Eins fügt sich ans andere.
Ich verabrede mich sofort mit ihm zum Mittagessen. Übergewichtig, Halbglatze, ein runder Kopf, er hat einen Schnupfen, schlabbert die Worte beim Sprechen. Ich reagiere zurückhaltend.
Ich lasse mir von ihm die Rolle des Agenten beschreiben. Was er sagt, finde ich kleinlich, all die Details, die er betont.
»Was war denn Ihr bisher größter Erfolg?«, frage ich.
»Ein Buch über die Fußballweltmeisterelf. Ein Verlag hat mich beauftragt, den passenden Journalisten für das Projekt zu finden, und da hatte ich gerade einen an der Hand. Daraus wurde eine Auflage von über vierhunderttausend.«
»Ein Sachbuch, ich dachte, Sie seien auf Literatur spezialisiert?«

»Ja schon, aber Sie fragten doch nach der größten Auflage. Mit Literatur lässt sich keine Auflage machen.«
Die bescheidene Rechnung für das Essen will er zwischen uns teilen. Nach unserer Verabschiedung verengt er das rechte Hosenbein mit einer Wäscheklammer und fährt auf seinem alten Fahrrad in Richtung Kurfürstendamm davon.
Einen zweiten Reinfall mit einem Agenten kann ich mir keinesfalls erlauben.
Lauren aus New York hatte mir damals noch eine auf deutsche Autoren spezialisierte Agentin genannt, die in Berlin lebt. Ich rufe einfach in ihrer Agentur an, auch im Gefühl des Unternehmers, des Machers, nicht des verunsicherten Künstlers. Man stellt mich gleich an sie durch, wahrscheinlich der Verweis auf Lauren, aber sie zeigt nicht das geringste Interesse, den Autor kennenzulernen, als erkläre sich das Buch nicht auch aus der Person des Schriftstellers.
»Senden Sie mir Ihr Manuskript, dann sehen wir weiter. Von Lauren halte ich viel.«

Zurück in Paris arbeite ich die neuesten Verbesserungsvorschläge in den Entwurf ein. Ich mache eine Woche Pause, dann gehe ich das Buch in einem Zug durch. *Put your best foot forward*. Ich habe diesen Punkt erreicht.
Die Agentin verlangt dreimonatige Exklusivität und die Zusage, dass das Manuskript noch keiner anderen Agentur vorgelegt wurde. Ich bestätige beides, es handelt sich schließlich um ein völlig umgearbeitetes Buch. Dennoch, ein ungutes Gefühl bleibt zurück, aber wer hat das ursprüngliche Manuskript wirklich gelesen?

Die meisten schauen sich doch nur flüchtig die ersten Zeilen an, niemand erinnert sich später, außer vielleicht an den Titel, den ich wohl oder übel ändern muss. Den neuen Titel *Im Schatten von New York* finde ich zwar auch gut, aber kein Vergleich zu *Central Park South*. Am nächsten Tag sende ich das Manuskript an die Agentur. Man warnt mich gleich, dass die Betreuung der bestehenden Autoren natürlich Vorrang habe.

Was heißt das, eine Woche, einen Monat?

Zum Glück lassen *Die Burgkinder* mein negatives Sinnieren gar nicht erst aufkommen. Ich vergrabe mich in die Arbeit am zweiten Teil, der 1970 in Berkeley spielt. Ich kenne die Westküste der USA nicht, die Materialsammlung vor Ort in San Francisco bietet den idealen Grund für einen Besuch bei Jean. Erst spiele ich mit dem Gedanken, einfach den nächsten Flug zu nehmen, Verbindungen von Paris nach San Francisco gibt es täglich, und Jean ohne jede Vorankündigung zu überraschen, so wie sie mich mit ihrer Abreise überrascht hat. Und wenn es in ihrem dortigen Leben keinen Platz für mich gibt?

Aber Jean stimmt erfreut meinen Plänen zu. Als ich sie in den Armen halte, spüre ich, wie sehr sie mir gefehlt hat. Sie wohnt in einem Penthouse-Apartment mit großartigem Ausblick auf die Bay, die Golden Gate Bridge und die Gefängnisinsel Alcatraz. Am Morgen schlängelt sich ein Nebelstreif zwischen den beiden orangefarbenen Türmen der Brücke und zieht sich bis in die Berge hinter Berkeley. Der Himmel ist von einem unwirklich tiefen Blau. Jeder Tag beginnt mit einem neuen Schauspiel.

Am nächsten Morgen fahren wir über die Bay Bridge nach Berkeley. In den Buchläden der Telegraph Avenue, im People's Park, dem Symbol der Studentenunruhen, und auf dem weitverzweigten Universitätsgelände versuche ich, Spuren der Revolutionsstimmung der siebziger Jahre zu finden. Mit seinen verträumten Einfamilienhäusern macht Berkeley auf mich allerdings eher einen spießigen als weltverändernd revolutionären Eindruck.

»Vor dreißig Jahren sah es nicht viel anders aus«, sagt Jean.

Ich wandle auf den Spuren des Sohns der Burgkinder, den es an die Westküste verschlägt und der sich dort in eine Studentin verliebt, die aktiv bei den Studentenunruhen mitwirkt. Eine unwahrscheinliche Liebe, die ein tragisches Ende findet. Jean gefällt dieses Ende nicht.

»Buch ist Buch, das hat doch mit uns nichts zu tun!«

Sie blickt mich zweifelnd an. Wir wandern in die Berge hinter dem Universitätsgelände und lieben uns nackt in den sonnigen, vom Wind warm gestreichelten Wiesen. Plötzlich finde ich mich nicht mehr zurecht, lebe ich jetzt mein heutiges Leben oder das des Studenten von damals?

So jung wie hier in Kalifornien habe ich mich seit Ewigkeiten nicht gefühlt. Vielleicht noch nie. Und so frei.

Ich kann mir ein Leben ohne Jean nicht mehr vorstellen. Doch fällt es mir schwer, mich in ihrer Wohnung aufs Schreiben zu konzentrieren. Jeder Blick ist nach außen gerichtet, auf den verführerischen Himmel, die weißblaue, windige Bucht und die aufregende Stadt. Wie

soll ich da die innere Ruhe finden, die ich zum Arbeiten brauche?
Ich muss nach Paris, um dort über Kalifornien zu schreiben. Außerdem erwarte ich dort die Antwort der Agentur. Ohne den Erfolg als Schriftsteller gibt es keine Zukunft mit Jean, so gut kenne ich sie mittlerweile.

Bei der Ankunft am Flughafen Charles de Gaulle regnet es. Das trüb melancholische Paris nach dem durch nichts zu brechenden Optimismus Kaliforniens. Auf dem unruhigen Flug habe ich kaum geschlafen. Alles in mir sehnt sich nach Jean. Als ob Schreiben wichtiger wäre als sie. Was muss ich überhaupt noch beweisen, als reichten meine unternehmerischen Erfolge nicht aus!
In meiner Wohnung ist seit Tagen nicht gelüftet worden. Der Blick auf den Stapel Post versetzt mich ruckartig in die Gegenwart. Ich finde auch gleich das Schreiben der Agentur. Das Urteil über meine Zukunft, gegen das es keine Berufung gibt. Der Daumen nach oben oder nach unten. Der Daumen nach oben bedeutet auch ein Ja zu einem Leben mit Jean. Ich halte den Umschlag unschlüssig in den Händen. Wäre ich doch in Kalifornien geblieben, dem Land der Träume!
Endlich reiße ich den Umschlag auf, überfliege den Text, von einer Assistentin geschrieben.
Wir sehen bedauerlicherweise keine Möglichkeit, den Text an die Publikumsverlage, mit denen wir zusammenarbeiten, zu vermitteln.
Ich spüre, wie mir das Blut durch das Gehirn schießt. Gleichzeitig befällt mich eine lähmende Müdigkeit. Ob

man anders entschieden hätte, wenn es sich um das Manuskript eines Zwanzigjährigen gehandelt hätte? Die Befindlichkeiten des Jungautors, als hätte man als älterer Autor nicht ebenso wesentliche Befindlichkeiten?

Ich zwinge mich mit aller Gewalt zu den *Burgkindern*, um eine neuerliche Niedergeschlagenheit im Keim zu ersticken. In San Francisco habe ich ein ziemlich klares Bild über den weiteren Verlauf des Geschehens gewonnen. Aber lohnt es sich überhaupt, nur um am Ende gegen die immer gleichen Vorurteile anzurennen?
Als ob ich eine Wahl hätte! Solange ich nicht die Liebesgeschichte von Sarah, der jungen Jüdin, geschrieben habe, darf ich nicht aufgeben. Gleichgültig, welche neuen Hindernisse. Von Anfang an ging es um ihre Geschichte.
Meine Lektorin empfiehlt mir eine andere Agentur, bei der man sie kennt. Der kleinste Hoffnungsschimmer, und meine Zuversicht kehrt zurück. Wie ein Stehaufmännchen. Als habe Jeans Optimismus auf mich abgefärbt.
Es dauert einige Wochen, bis ich von dort die Antwort erhalte. Das Buch habe beim Lesen auch viel Freude bereitet, schreibt man mir, aber die Agentur habe bereits vier Autoren mit einer ähnlichen Zielrichtung unter Vertrag, und dafür seien die Möglichkeiten im deutschen Verlagsmarkt einfach zu begrenzt.
Vier Autoren mit dem Schicksal des Drogenmädchens? Wenn die Agenturen sich querstellen, warum dann nicht gleich die Verlage direkt anschreiben? Trotz aller

Warnungen auf ihren Websites muss es doch Fälle geben, bei denen ein Autor auf diesem Weg zu einem Verlag gefunden hat. Natürlich, so viel ist mir inzwischen klar, die Chancen sind wie beim Glücksspiel verteilt, und ich bin nie ein Spieler gewesen. Dennoch will ich es auf einen Test ankommen lassen. Ich entscheide mich für zwei anerkannte Literaturverlage und sende die Manuskripte per Eilzustellung, damit sie beim Eingang eher auffallen.

Von einem der Verlage erhalte ich postwendend eine Antwort: *Ihr Werk gehört leider nicht zu der Art von Texten, die wir für das Programm unseres Hauses suchen.* Die Unterschrift mit Stempel. Niemand kann das Manuskript gelesen haben, die Absage erfolgte unmittelbar am Tag des Eingangs meiner Unterlagen! Ob es an der Eilzustellung lag, die beim Verlag irritierte?

Wenigstens fühle ich mich von der Standardabsage nicht persönlich getroffen. Aber ich gebe weitere direkte Versuche auf. Mittlerweile bin ich zur Hälfte mit dem ersten Entwurf der *Burgkinder* durch. Wohl oder übel werde ich zu den Schriftstellern gehören, denen erst mit ihrem zweiten Buch die Veröffentlichung gelingt. Ich bin kein Einzelfall, damit kann ich mich abfinden.

Nur selten noch erkundigen sich Freunde nach meiner Arbeit. Ungestört arbeite ich Tage und Wochen an den *Burgkindern*. Nachmittags, nach Stunden mit dem Sohn der Burgfamilie bei den Studentenunruhen in Berkeley und zwei oder drei neuen Seiten Text, fühle ich mich restlos glücklich. Dasselbe Glücksgefühl, das ich damals auch beim Schreiben von *Central Park South* empfunden habe.

Täglich telefoniere ich mit Jean. Die Grundstimmung des Berkeleysegments ist lockerer als der erste Teil des Buches. Natürlich hat dies mit ihr zu tun. An einem bestimmten Punkt gehen mir allerdings die notwendigen Informationen aus. In der Bibliothek der Sorbonne aus Büchern und alten Zeitschriften das Aufbegehren der amerikanischen Jugend während des Krieges in Vietnam nachlesen oder die nächste Phase erneut unter Jeans Anleitung in Kalifornien erforschen?
Aber Jean steht zu meiner Überraschung unmittelbar vor der Abreise nach Nepal. Erst zum Trekking mit der Gruppe von Frauen, mit der sie damals die Besteigung des Mt. Shasta unternommen hatte, und danach allein zum Meditieren in einem abgelegenen Kloster in Bhutan. Um in klösterlicher Abgeschiedenheit das Fundament für ihr neues Leben zu entwickeln.
»Bei deiner Rückkehr wird mein Roman über die deutsche Schriftstellerfamilie und deine Familie stehen. Ich werde ihn dir widmen.«
»Und wenn ich mich unter dem Einfluss der Mönche so verändere, dass du, der erfolgreiche Autor, dann nichts mehr mit mir zu tun haben willst?«

Ohne unsere täglichen Telefonate fühle ich mich ziemlich einsam. Nur beim Schreiben, egal wie schwer es mir gelegentlich fällt, bin ich zufrieden. Ich lebe mitten in Paris wie auf einer einsamen Insel. Aus der Ferne verfolge ich die Frankfurter Buchmesse. Wenn alles nach Plan verlaufen wäre, wäre *Central Park South* dort jetzt vorgestellt worden. In der Literaturbeilage der *Frankfurter Allgemeinen Zeitung* lese ich einige Besprechungen

von Neuerscheinungen deutscher Autoren. Umso schwerer fällt es mir, die Ablehnung von *Central Park South* zu begreifen.
Nie in meiner Laufbahn als Unternehmer habe ich mich so hilflos gefühlt. An Erfolg gewöhnt, hatte ich erwartet, dass es so in meinem neuen Leben weitergehen würde. Die Rolle des Bittstellers liegt mir nicht.
Wenn die Publikumsverlage sich sperren, warum dann nicht eine Veröffentlichung im Eigenverlag?
Natürlich, finanziell wäre das kein Problem.
Aber was wäre damit bewiesen?
Während es mir ursprünglich allein darum ging, mit vierzig oder fünfundvierzig Jahren Bücher zu schreiben, ist es mir in der Zwischenzeit, insbesondere unter dem Einfluss von Jean, genauso wichtig, als richtiger Schriftsteller anerkannt zu werden. Und die Anerkennung erfolgt eben nur durch die Veröffentlichung. Sein ist Wahrgenommenwerden. Dieser Stempel der Bestätigung, der sorgsam von Scharen namenloser Türsteher gehütet wird.

Monatelang erhalte ich keine Nachricht von Jean. Abgetaucht hinter Klostermauern im Schatten des Himalajas. Der tiefe Blick nach innen, Schicht für Schicht die Ablagerungen abtragen, bis sie den Zustand der absoluten Reinheit erreicht.
Die Burgkinder zwingen mir mein eigenes mönchisches Dasein auf. Während die Überlebenden der Kriegsgeneration wie versteinert in der Vergangenheit am Rhein verharren, hat sich die dritte Generation beider Familien in der Gegenwart in Amerika verbunden und nimmt

zukunftsorientiert am technologischen Fortschritt der Wachstumsfirmen des Silicon Valley teil. Ursprünglich stand der Verfall der Dichterfamilie im Vordergrund, mittlerweile ist daraus ein Wettstreit der Werte geworden: die Weltoffenheit und die Bereitschaft zum Risiko in Jeans Familie gegenüber der Voreingenommenheit, der Resignation und dem Festhalten am Bestehenden bei den Nachfahren des Dichters. Verwurzelte Traditionen gegenüber dem neuen Unternehmergeist Amerikas. Enge gegen Weite. Zweifel gegen Mut. Ich fühle mich dabei Jeans Familie näher verbunden als der Familie am Rhein.

Ich sende meiner Lektorin den fertigen Entwurf. Ein zweites Manuskript nach fünf Jahren in Paris. Ein Portfolio. Welcher Erstlingsautor liefert einem Verleger gleich die Antwort auf die Frage mit, was man in Zukunft noch von dem alternden Schriftsteller erwarten könne? Sie warnt mich gleich, dass die Überarbeitung der *Burgkinder* einige Monate dauern wird. Der unablässige Druck des Schreibens und plötzlich die Leere in mir. Die Zeit verrinnt mir unter den Fingern.

Ich teile Lauren in New York meine Fortschritte mit. Mittlerweile zwei abgeschlossene Manuskripte, also eindeutig keine Eintagsfliege. Sie reicht mir noch einmal die Hand und führt mich bei einem Verleger in München ein.

Wieder muss ich elend lange warten. Als mache es keinen Unterschied, ob man ein Manuskript auf Empfehlung oder unaufgefordert bei einem Verlag einreicht. Schließlich, als mir die Warterei zu bunt wird, schreibe ich dem Verleger, dass ich in Kürze in München sei und jederzeit für eine Besprechung zur Verfügung stünde. Niemals in meinem beruflichen Leben habe ich mich derart unterwürfig gegeben. Postwendend ein kurzes Schreiben: *Leider sehen wir keine Möglichkeit, die Arbeit im Rahmen unseres Programms zu veröffentlichen. Wir bitten um Verständnis, dies nicht weiter zu begründen: Bei der Vielzahl von Angeboten, die wir täglich erhalten, ist uns dies schon aus Zeitgründen nicht möglich.* Auch hier: Niemand hat mein Buch gelesen, die Absage kam, nur um zu verhindern, dass ich dort unversehens auftauche.

Der Stolz über zwei fertige Manuskripte ist augenblicklich verflogen. In der Zwischenzeit wäre ich auch bereit, das Drogenmädchen zu opfern. Ihr Leben war eine einzige Tragödie, warum sollte ihrem Roman ein besseres Schicksal vergönnt sein? Bei Sarah habe ich es dagegen nicht in der Hand, sie aufzugeben. Ihr Buch muss sein.
Ich beginne noch einmal von vorn. Ich weiß auch, dass ich Sarah erst beim Schreiben kennenlernen werde, gleichgültig wie intensiv die Vorarbeit ist. Genauso lief es bei dem Drogenmädchen. An einem bestimmten Punkt angekommen, nehmen die Figuren des Romans ihr eigenes Leben in die Hand.
Ich vermisse Jean. In bestimmter Weise hat Jean mich Sarah näher gebracht. Und jetzt, wo Sarah selbst die Bühne betritt, geht Jeans Rolle zu Ende.
Trotzdem, ich sehne mich wahnsinnig nach ihr.
Sarahs Paris spielt vor dem Sechstagekrieg und vor den spektakulärsten Mossad-Aktionen. Der Zeitpunkt ist durch das Ende des Auschwitzprozesses in Frankfurt

vorgegeben, und mir kommt es auf das Bewusstsein des jungen Deutschen an. Obwohl es mir gewaltig gegen den Strich geht, muss ich dieses aufregende Mossad-Material ungenutzt lassen.

Auf einer Cocktailparty treffe ich eine Pariser Anwältin, die mir von ihrer kürzlich erfolgten Scheidung erzählt. Beim Ausräumen des Hauses habe ihr Ex-Mann eine Schachtel mit Briefen gefunden, in dem sie ihren Briefwechsel als Schülerin mit einem jungen Amerikaner aufgehoben hatte. Sie schrieb auf Französisch und er antwortete auf Englisch. In dem Brief, den sie herausfischte, warf sie dem amerikanischen Jungen vor, dass dieses große Amerika über ein kleines Land wie Vietnam herfalle und dadurch die ganze Welt an den Rand des Abgrunds stoße. Ob die Amerikaner nicht die Geschichte studiert und nichts aus dem Versagen der Franzosen in Vietnam und der tragischen Niederlage bei Dien Bien Phu gelernt hätten?

Sie habe den Amerikaner nie getroffen, sagt sie, aber jetzt, nach dreißig Jahren und nach der Scheidung, würde es sie reizen, herauszufinden, was aus ihm geworden sei. Was ich als Schriftsteller dazu meine?

Beim Jogging am nächsten Morgen denke ich über sie nach und ob sie dieser Geschichte wirklich nachgehen wird oder ob das auch wieder nur so eine leere Partyunterhaltung war.

Ich stelle sie mir als deutsche Schülerin in den frühen sechziger Jahren vor, die aus Protest gegen die Generation ihrer Eltern einen Briefaustausch mit einem jungen Israeli in Tel Aviv beginnt. Sie beneidet den Israeli um seine Ideale. Für sie stehen Lernen und Gehorsam im Vordergrund, vor allem aber, die schwere Nachkriegszeit zu überwinden. Dabei geht es den Deutschen zu dieser Zeit bereits recht gut. Aber trotz Wohlstand und Wirtschaftswunder fühlt sie sich innerlich unbefriedigt. Besorgt verfolgt sie den Sechstagekrieg, den Sieg der Israelis empfindet sie als den bisherigen Höhepunkt ihres Lebens.

Meine erste Kurzgeschichte. Ich lege eine Pause bei Sarah ein, um über diese junge Deutsche zu schreiben. Der ehemaligen Schülerin fallen bei ihrer Scheidung dreißig Jahre nach dem Briefwechsel die Briefe ihres israelischen Brieffreundes in die Hände. Während ihre eigene Welt zusammenbricht, will sie nun wissen, wie er das Leben mit seinen Idealen gemeistert hat. Nach erheblichen Schwierigkeiten macht sie ihn in Paris ausfindig, er arbeitet dort als Attaché an der israelischen Botschaft, ist verheiratet und hat zwei Kinder.

Sie verabreden sich in Straßburg, auf halbem Weg zwischen Paris und Frankfurt, wo sie erfolgreich als Grundstücksmaklern tätig ist. Sie ist ungewöhnlich aufgeregt, diesen Mann nach all den Jahren zu treffen, vielleicht auch, überlegt sie, weil sie eigentlich nie bewusst einem Israeli begegnet ist. Was verspricht sie sich überhaupt davon?

Sie findet ihn sofort sympathisch. Er ist kräftig gebaut, trägt einen dunklen Anzug und ein blaues Hemd mit offenem Kragen. Ein direkter, etwas bohrender Blick, der durch ein angenehmes Lächeln entschärft wird. Er tritt selbstsicher auf, dennoch meint sie eine unterschwellige Unruhe zu verspüren.

Sie gehen stundenlang durch die engen Gassen der

Stadt, der Israeli war noch nie hier, auch in Deutschland nicht, was sie von ihm als Diplomaten eigentlich erwartet hätte, aber auch sie hat nie Israel besucht, als halte eine tiefsitzende Hemmung sie davon ab. Beim Abendessen sprechen sie über die Zeit ihrer Brieffreundschaft.

»Das Damals kommt einem heute so unschuldig vor. Ich habe dich beneidet und wünschte mir nichts sehnlicher, als mit dir zu tauschen. Später wurde mir bewusst, dass ich mich vor allem aus Auflehnung gegen das Schweigen meiner Eltern auf die Seite der Israelis gestellt hatte.«

»Mir war deine Unzufriedenheit unerklärlich, es fehlte dir an nichts, während es uns an vielem mangelte und wir von allen Seiten bedroht wurden.«

»Würdest du heute mit mir tauschen?«

»Nein, ich wollte eigentlich nie mit dir tauschen. Ich fühle mich geborgen in unserer Gemeinschaft, bei unseren Bräuchen und den Geschichten, die von Generation zu Generation weitererzählt werden. Im tiefsten Inneren bin ich ein Träumer. Und du, beneidest du mich immer noch?«

»Ich habe das in der Zwischenzeit überwunden. Israel ist auch nicht mehr dasselbe. Es fällt mir schwer, heute allem, was dort geschieht, wie damals uneingeschränkt zuzustimmen. Viele Unruhen in der Welt gehen doch auf einen Mangel an Flexibilität von Seiten Israels zurück. Man muss den Palästinensern eine Chance geben, politisch und wirtschaftlich, damit sie sich zu einer Friedenspolitik bekennen. Was hat das starke Israel denn schon zu befürchten!«

»Kannst du dir überhaupt vorstellen, wie es ist, wenn deine Existenz täglich aufs Neue in Frage gestellt wird?«
»Die Weltmächte würden dem nie tatenlos zusehen.«
»Und Deutschland?«
»Deutschland ist keine Weltmacht.«
»Also entzieht ihr euch der Verantwortung? Hast du von Massada gehört?«
»Ja, natürlich, der Ort des letzten Widerstands der Juden gegen die Römer.«
»Massada lebt als wichtiges Symbol in uns fort. Damals hat uns niemand beigestanden. Auch später nicht. Massada darf es nicht noch einmal geben. Wir müssen uns auf uns selbst verlassen.«
»Zu Zeiten unseres Briefwechsels übte Massada eine magische Kraft auf mich aus. Natürlich schwang dabei eine Menge Romantik mit. Mit den Jahren bin ich abgeklärter geworden, irgendwann hat mich die Romantik verlassen.«
»Dich mit einem fremden Mann in Straßburg zu treffen, um deiner Vergangenheit noch einmal zu begegnen, das finde ich schon ziemlich romantisch.«
»Oder neugierig. Ein Blick zurück, was war und was hätte sein können. Wann bietet einem das Leben schon diese Möglichkeit? Ich bin froh, dass wir uns getroffen haben.«
Sie verbringen die Nacht zusammen. Draußen ist es kühl und regnerisch. Sie fühlt sich an seinem kräftigen Körper geborgen. Als sie am nächsten Morgen aufwacht, ist sie allein, der Israeli ist spurlos verschwunden, nur sein Geruch ist geblieben, der noch an ihr haftet.

Natürlich hat die Geschichte mit Sarah zu tun. Beim Überlesen wird mir auch bewusst, dass sie erst nach *Sarahs Paris* veröffentlicht werden darf. In ihr tritt eine Entwicklung in Hinblick auf Israel zutage, die Sarah und ihr deutscher Freund damals im Jahr 1965 für alle Zukunft mit ihrer Liebe abzuwenden gehofft hatten.

Nach drei Monaten frage ich bei meiner Agentin wegen der *Burgkinder* nach. Sie benötige noch ein wenig Zeit, aber der Text gefalle ihr, ich mache im Schreiben große Fortschritte, wenn es so weiterginge, käme ich bald ohne sie aus. Sie werde auch in Kürze einen früheren Kollegen, der jetzt erfolgreich als Agent arbeite, auf mich ansprechen.
Ein kleiner Hoffnungsschimmer, und ich verliere mich in Träume. Der neue Agent und mein zweites Buch. In den Träumen erscheint alles möglich.

Für *Sarahs* Paris suche ich weiterhin verzweifelt nach einem passenden geschichtlichen Mossad-Projekt. Unzählige Stunden in der Bibliothek der Sorbonne. 1965 befand sich die europäische Zentrale des Mossad in Paris. Da muss es doch etwas geben!
Ich fühle mich seltsam jung unter den Studenten. Ich studiere ihre Gesichter, Steffen, der deutsche Student, ist in ihrem Alter, als er sich in Sarah verliebt. Stundenlang laufe ich durch das Quartier Latin. Überall um mich spüre ich Sarah. Ihre Zeit ist endgültig gekommen.
Eher zufällig stoße ich auf die Affäre Ben Barka, der marokkanische Exilpolitiker, der im Oktober 1965 vor

der Brasserie Lipp im Zentrum von Saint-Germain-des-Prés entführt wurde. Entführt von zwielichtigen Typen der Pariser Unterwelt, im Zusammenspiel mit dem marokkanischen und französischen Geheimdienst. Ich lese alte Zeitungsartikel, finde Bücher über die Entführung, alles, was über den Vorgang bekannt ist, wo die Wirklichkeit aufhört und die Vermutungen beginnen. Eine der Vermutungen ist, dass der Mossad in die Affäre Ben Barka verwickelt war. Aber nirgends ein Beweis, nichts Stichhaltiges.
Im Ungewissen bietet sich eine Öffnung für Sarah. Ich lasse sie als Mossad-Agentin an der Entführung Ben Barkas beteiligt sein. Ihre Beziehung zu dem jungen Deutschen kommt völlig ungelegen, aber Liebe lässt sich nicht befehlen. Die deutsch-jüdische Liebesgeschichte kollidiert mit der jüdisch-arabischen Zweckgemeinschaft der Geheimdienste.

Ich reise zur nächsten Besprechung nach Berlin.
»Du bist Schriftsteller, das merkt man schon.«
Das Lob der Lektorin tut gut. Ich kehre zuversichtlich und selbstbewusst aus Berlin zurück. Allerdings teilt sie mir einige Tage später mit, dass der befreundete Agent, den sie angesprochen habe, total ausgelastet mit Autoren und Projekten sei, er mache schwerpunktmäßig Sachbücher, und in der Belletristik nur junge neue Autoren, in die Verlage auf lange Sicht zu investieren bereit seien. Ich solle bei kleinen Verlagen nachfragen, die mit einem Druckkostenzuschuss arbeiten, wenn es keinen anderen Weg gebe.
Als renne ich wie blind gegen dieselben verschlossenen

Türen. Oder wie blöd. Und trotzdem gebe ich nicht auf, gegen die bequeme Vernunft der anderen, dieses aussichtslose Projekt endlich abzubrechen. Aber mir bleibt nichts anderes übrig, solange Sarahs Geschichte nicht geschrieben ist.

Eine englische Freundin kommt für ein paar Tage aus London zu Besuch. Als sie nach dem Sex erschöpft auf mir liegt, bemerkt sie *Unser Mann in Havanna* auf meinem Nachttisch.
»Ich kenne seinen Neffen, heißt auch Graham Greene, vielleicht hat der einen Kontakt für dich.«
»In Deutschland? Doch wohl kaum!«
Aber kurz darauf erhalte ich tatsächlich eine knappe E-Mail von ihm mit der Adresse einer Agentin in Hamburg, eine relativ kleine Agentur, jedoch mit solider Erfahrung, fügt er hinzu. *Viel Glück, Ihr Graham Greene.*
Das Glück, darauf kommt es an! Weil ich gerade ein Buch von Graham Greene lese, hilft mir sein Neffe weiter. Glück oder Zufall. Am Ende läuft es auf dasselbe hinaus.
Die Agentin verspricht, sich das Manuskript anzusehen, jedoch habe sie momentan mit anderen Projekten zu tun, in die sie schon viel Zeit investiert hätte. Aber bereits nach wenigen Wochen finde ich ein Paket an der Eingangstür, in Manuskriptgröße. Das sagt alles, den Brief will ich erst gar nicht öffnen.
Sie habe Teile des Manuskripts gelesen. Ihrer Erfahrung nach hätten Stoffe, die ausschließlich in fremden Ländern angesiedelt seien, auf dem deutschen Buchmarkt nur als Übersetzung eine Chance.

Auf das Alter des Autors war ich vorbereitet. Aber Ort der Handlung?
Damit ist das Schicksal des Drogenmädchens endgültig besiegelt, keine weitere Demütigung, auch nicht mit *Die Burgkinder*, warum sollte es bei ihnen anders verlaufen?
Ich setze alles auf Sarah.

Mein Weitermachen lässt sich längst nicht mehr mit Vernunft erklären. Aber ich weiß, dass ich mich auf dem richtigen Weg befinde, wenn ich diese Erregung beim Schreiben verspüre, wenn ich die Worte laut lese und sie plötzlich ganz anders klingen, wenn ich an einem bestimmten Punkt nicht mehr weiterkomme und wenn sich mir dann morgens beim Joggen mit einem Mal die nächste Wendung offenbart, als liege die Geschichte ausgebreitet vor mir, als müsse ich nur zugreifen. Ich bin das Medium für etwas, das es längst gibt. Ich bin das Medium für Sarah.
Ich war nie so glücklich wie beim Schreiben. Ich schrecke nicht mehr auf, wenn ich mich mit mir reden höre. Ein weiteres Zeichen des Alleinseins des Künstlers, womit ich längst zu leben gelernt habe.

An einem sonnigen Sommertag fahre ich nach Auvers-sur-Oise. Seit einiger Zeit spiele ich mit dem Gedanken, über van Gogh zu schreiben, über seine Besessenheit und sein Sisyphosleben. Natürlich hat es mit mir zu tun. Und mit Jean, der ich mich in Auvers noch einmal besonders nah fühle.
Ich bin allein in der winzigen Mansarde van Goghs.

Kaum vorstellbar, wie er hier drei Monate gehaust hat und gleichzeitig dieses monumentale Werk schuf, trotz des Sturms, der in ihm tobte.

Egal welche Hindernisse, du darfst erst aufgeben, wenn du Sarahs Geschichte geschrieben hast, beschwöre ich mich in diesem Augenblick. Der Erfolg wird sich einstellen, früher oder später. Und hoffentlich früher als bei van Gogh.

Das Zwiegespräch mit van Gogh wirkt auf seltsame Weise beruhigend. Meine Zweifel sind verflogen, ich weiß, dass ich mich auf dem richtigen Weg befinde. Man braucht gelegentlich diese Momente, in denen sich die Zukunft in aller Klarheit offenbart, als öffne sich plötzlich ein Vorhang.

Im Restaurant im unteren Stock stoße ich auf Gérard, der sich gerade von einer Frau verabschiedet. Gérard stellt sie mir vor.

»Dies ist Ziba Taleb. Sie befasst sich seit langem mit van Gogh und hilft mir bei Führungen. Niemand kennt sich besser aus als sie über van Goghs Zeit in Auvers.«

Ziba reagiert lächelnd auf das Kompliment. Schwarzes Haar rahmt ihr gleichmäßiges Gesicht, ein natürlicher Glanz liegt auf den leicht hervorgehobenen Backenknochen und den sanften Mulden in ihren Wangen. Ihre grünen Augen, geheimnisvoll wie zwei Smaragde, blicken mich durchdringend an. Sie legt sich ein farbiges Kopftuch um.

»Mein Schwager wartet, ich muss gehen. Vielleicht sehen wir uns ein andermal.«

Ziba reicht mir die Hand. Ich spüre ihre samtig-warme

Haut. Ihr Blick lässt mich nicht los, bis sie sich ohne ein weiteres Wort abwendet und das Haus verlässt.
»Ziba ist Iranerin, ihr Mann ist vor einigen Monaten bei einem Zwischenfall an der irakisch-iranischen Grenze umgekommen. Seitdem lebt sie hier mit der Familie seines Bruders, wie es bei den Muslimen üblich ist. Ihr Schwager hält sich sklavisch an die Regeln des Islam. Für Ziba ist das nicht einfach.«
Auf der Fahrt nach Paris geht mir Ziba nicht aus dem Kopf. Als sähe ich Sarah, ihr schwarzes schulterlanges Haar und diese tiefgrünen Augen. Lebenshungrige Augen, besser noch liebeshungrige Augen.
Ob es das Schicksal so wollte, dass mich Jean, meine blonde Kalifornierin, zu der dunkelhaarigen Iranerin geführt hat, hinter der sich die Jüdin Sarah verbirgt?

Sarahs Paris wird aus der Sicht des deutschen Studenten erzählt, nur was er weiß und denkt, erfährt der Leser. Der Deutsche hält Sarah erst für eine französische Kunststudentin, bis er hört, dass sie Jüdin ist und keine Französin, sondern aus Israel. Ihre Verwicklung in die Verschwörung um Ben Barka wird nie mit letzter Sicherheit bestätigt. Das Ungewisse, das Sarah umgibt, bestimmt ebenso ihre Beziehung zu dem Studenten.
Nach und nach schälen sich einzelne Teile des Buches heraus. Die deutsch-jüdische Berührungsangst der Nachkriegsgeneration zu einer Zeit, als sich deren Auseinandersetzung mit der Tätergeneration noch im Frühstadium befindet. Für den Studenten ist dies abstrakt, bis er erstmals *bewusst* einer Jüdin begegnet. Durch ihre Liebe erhält die Vergangenheit einen neuen Stellenwert.

Wenn er Sarah heimlich beobachtet, fragt er sich, wie er sich damals verhalten hätte. Er erschrickt, als er sich keine überzeugende Antwort geben kann. Die Frage und meine fehlende Antwort darauf erschrecken mich ebenfalls, wenn ich mich verzweifelt damit befasse.
Ich fühle mich wie befreit von dem Druck, der mich seit meiner Ankunft in Paris immer wieder gequält hat. Das Drogenmädchen und die Burgkinder waren in gewisser Weise Ausflüchte, weil ich mich noch nicht an Sarah herangewagt habe. Jetzt fühle ich mich ihr gewachsen. Sarah ist das Ziel, niemandem bin ich Rechenschaft schuldig, ich bereue nichts, ich schreibe, ich lebe mit Sarah, ich bin mit meinem Leben zufrieden.

Überraschend lädt mich ein Bekannter zum Mittagessen mit einem deutschen Verleger ins *Les Deux Magots* ein. Natürlich greife ich nach jeder rettenden Hand. Ich treffe vor den beiden beim Café ein. Während ich warte, beobachte ich den Eingang der Brasserie Lipp gegenüber, wo damals genau um diese Tageszeit die Entführung Ben Barkas erfolgte. Auf den Gehsteigen drängen sich die Passanten. Wie will man da, ohne Aufsehen zu erregen, einen Menschen entführen?
Der Verleger, ein offener, lässiger Typ, der gerne lacht, hat die vergangenen Wochen in Big Sur an der Küste Kaliforniens verbracht, seine zweite Midlife-Krise. Seinen Verlag kenne ich nicht, ein kleiner Münchener Verlag. Zuvor hat er erfolgreich die Buchsparte bei einem großen deutschen Zeitungsverlag aufgebaut, die dann hinter seinem Rücken verkauft und zerschlagen wurde. Deswegen seine Lebenskrise. Mit seinem neuen Ver-

lag will er der Welt etwas beweisen. Das gefällt mir an ihm.
Ich erzähle ihm von Sarah und dem jungen Deutschen. Er hört mir aufmerksam zu, während seine Finger fahrig an seinem Rotweinglas spielen.
»Die Verschwörung um Ben Barka finde ich gut, besonders auch die Zusammenarbeit der verschiedenen Geheimdienste, im Gegensatz zur offiziellen Politik ihrer Regierungen. Aber mit Sarah sehe ich Probleme.«
»Ihretwegen schreibe ich das Buch.«
»Sie haben sich kein einfaches Thema ausgesucht: Judentum, eine Liebesgeschichte zwischen einem Deutschen und einer Jüdin, der Holocaust-Bezug, Reizthemen in Deutschland, von denen jeder Verleger lieber die Finger lässt. Es kommt nicht darauf an, wie gut es geschrieben ist.«
»Aber es handelt doch von der Nachkriegsgeneration, das Leben geht weiter.«
»Sie und ich sehen das so, allerdings ist Deutschland dafür noch nicht offen, trotz aller Sonntagsreden.«
»Dabei wird doch ein Holocaust-Buch nach dem anderen verlegt.«
»Aber nicht als Roman, das dürfen Sie nicht vergleichen.«
»Der *Vorleser* wurde zu einem Riesenerfolg.«
»Das ist ein Buch über Deutsche unter sich. Glauben Sie mir, ich weiß, wovon ich rede.«
Die Meinung des Verlegers verunsichert mich. Ziellos wandere ich nach unserer Verabschiedung durch Saint-Germain-des-Prés. Es ist ja nicht der erste Rückschlag, den ich verkraften muss. Aber je mehr ich Sarah in Frage

stelle, umso klarer erkenne ich, dass ich weitermachen muss, egal welche Einwände sich mir noch entgegenstellen werden. Denn bei diesem Buch geht es in letzter Konsequenz um mich.

Irgendwann fällt mir auf, dass ich mich entschieden mehr mit Sarah als mit dem Studenten befasse. Vielleicht weil ich selbst überall nach Sarah suche. Ich sehe ihre Augen mit diesem tiefgründigen Grün, das sich unvermittelt in ein sonnig schimmerndes Grün verwandelt. Sie ist nie voraussehbar, bleibt sich nie gleich. Es gibt kein Bild von ihr. Sarah ist die perfekte Mossad-Agentin.

Plötzlich erinnere ich mich, wo ich ihre Augen gesehen habe!

Ich muss die Iranerin aus dem Van-Gogh-Haus noch einmal treffen, um Sarah zu beschreiben. Vor einigen Wochen fuhr ich in Erinnerung an Jean nach Auvers, ein Schritt zurück auf den Spuren unseres kurzen Zusammenseins. Diesmal komme ich auf der Suche nach der Zukunft.

Gérard Dechaize sieht mich durchdringend an.

»Die Iraner leben für sich in ihrer Gemeinschaft, wie auf einer Scholle, sie sind weder hier noch im Iran zu Hause. Es gibt wenig Berührungspunkte. Ziba ist eine Ausnahme, aber nur soweit es van Gogh betrifft. Ich rate dir, die Finger von ihr zu lassen.«

»Mir geht es nicht um sie, sondern um Sarah, die Hauptfigur des Romans, an dem ich gerade schreibe. Ziba ist meine Sarah, oder jedenfalls wie ich sie mir vorstelle. Das ist alles. Warum verschaffst du mir nicht eine Van-

Gogh-Führung durch sie, was könnte unverfänglicher sein!«

»Ihr Schwager erlaubt keine Einzelführungen. Die Sache behagt mir nicht, besonders weil sie sich auch nach dir erkundigt hat, nicht direkt, aber dennoch.«

»Gut, dann sag ihr, ich sei hier, um Informationen über van Gogh zu sammeln. Das entspricht der Wahrheit, ich möchte über sein Lebensende hier in Auvers schreiben, in diesem Haus, über sein zähes Festhalten an der Kunst gegen alle äußeren Widerstände. Sie kann mir bestimmt einiges dazu erzählen. Wieso gibt es überhaupt diese Ansammlung von Iranern in eurer Gegend?«

»Der Bruder des Anführers der Exilanten hat sich hier vor langem als Zahnarzt niedergelassen. Er war ihre erste Anlaufstelle, als sie von Khomeini aus dem Iran vertrieben wurden. Vom Süden des Irak führen sie mit der Unterstützung Saddam Husseins Anschläge gegen die Mullahs im Iran durch, was allgemein bekannt ist. Bei uns stören sie niemanden. Eines Tages hoffen sie, in einen befreiten Iran zurückzukehren. Iran ist ihre Heimat, nicht Frankreich.«

»Von Auvers aus bekämpfen sie die Mullahs?«

»Sie streben jedenfalls einen weltlichen Iran an. Trotzdem werden sie von den Amerikanern als Terroristen eingestuft, von ihrer Vergangenheit beim Sturz des Schahs kommen sie nicht los.«

»Und was hat Ziba damit zu tun?«

»Ihr Mann gehörte zu den ideologischen Vordenkern der Gruppe. Er hatte ihr geraten, sich mit van Gogh zu beschäftigen. Ein westlich orientierter Mensch. Seinem

Bruder missfällt ihre Selbständigkeit, natürlich auch ihre Tätigkeit bei uns.«
Mit Gérards Widerstand hatte ich nicht gerechnet. Ich bleibe noch zum Mittagessen in dem Restaurant, im Stillen hoffend, dass Ziba überraschend erscheinen würde. Später fahre ich durch das Dorf. Ein Fußgänger, den ich nach den Iranern befrage, verweist mich zögernd zum entgegengesetzten Dorfrand. Ein hoher Zaun schützt die Zentrale der Gruppe. Gérards Warnungen halten mich davon ab, mich dort nach Ziba zu erkundigen. Es soll nicht sein, und mittlerweile kommt mir der Rückschluss von Ziba auf Sarah auch etwas weit hergeholt vor.
Auf der Fahrt zurück zur Ortsmitte fallen mir ein Mann und eine Frau auf. Die Frau blickt zu mir, als ich ihnen entgegenkomme. Obwohl sie ein Kopftuch umgeschlungen hat, erkenne ich sie sofort. Ich bilde mir ein, dass sie mir zulächelt. Vielleicht hat dies auch der Mann bemerkt, jedenfalls drängt er sich vor sie hin, als ich langsam an ihnen vorbeifahre. Er wirft mir einen drohenden Blick hinterher.
Ziba wusste, dass ich wiederkommen würde und dass es dafür nur einen Grund gibt. Ihr Lächeln wie ein verzweifelter Hilferuf.
Wenn ich Sarah bei ihrem Leben in Paris beobachte, denke ich an Ziba. Als hätte sich unmerklich das Blatt verschoben, Sarah führt mich zu Ziba. Die zwei Geschichten verlaufen nebeneinander her, beim Schreiben wechsle ich nahtlos von der einen in die andere. Die Unmöglichkeit der Liebe zwischen Sarah und dem deutschen Studenten und mein unmögliches Sehnen nach Ziba.

Beim Schreiben nehme ich grundsätzlich das Telefon nicht ab. Eines Nachmittags finde ich beim Abhören der Mitteilungen eine Nachricht von Gérard.

»Morgen führt Ziba eine Gruppe Amerikaner durch Auvers. Denen könntest du dich anschließen.«

Ich rufe ihn sofort zurück.

»Mensch, Gérard, das hätte ich von dir nicht erwartet!«

»Es war auch nicht meine Idee.«

Die Amerikaner kümmern sich nicht um mich, aber sie nehmen Ziba in Beschlag und geben mir keine Möglichkeit, mit ihr allein zu sein. Gelegentlich bilde ich mir ein, dass sie mir zulächelt oder mir verspielt einen Blick zuwirft. Ihr Englisch ist fließend. Sie trägt einen eng anliegenden, graugestreiften Hosenanzug. Unter einem locker umgelegten purpurnen Kopftuch dringt das volle schwarze Haar hervor. Die grünen Augen sind dunkel umrandet. Der Hauch eines blumigen Parfums wie von Jasmin umgibt sie.

Unsere Gruppe besichtigt das Haus von Dr. Gachet, dem Arzt und Freund van Goghs während dessen kurzer Zeit hier. Unterwegs macht Ziba auf Motive aufmerksam, die sich in den Bildern wiederfinden. Sie führt uns zu der Kirche, die van Gogh gemalt hat, und zu dem Weizenfeld, das in einem seiner letzten Gemälde unter Sturmwolken dargestellt ist. Dann weiter zu den vom Efeu bedeckten Gräbern von Vincent und Theo auf dem Friedhof außerhalb des Dorfes. Es gibt keine Frage, die Ziba den wissbegierigen Amerikanern nicht beantworten könnte. Ich laufe stumm neben der Gruppe her. Endlich, auf dem Weg zurück ins Dorf, gehen Ziba und ich einige Schritte vor den Amerikanern.

»Ich bin froh, dass du mich zu der Führung eingeladen hast. Es ist ja nicht einfach, dich zu treffen.«
»Gérard hatte erwähnt, dass du etwas über van Gogh schreiben möchtest, und da dachte ich, meine Führung könnte dich interessieren«, erwidert sie mit fragendem Seitenblick.
»Wie bist du überhaupt auf van Gogh gekommen?«
»Mein Mann war viel unterwegs, und ich hatte hier nichts zu tun. Heute ist van Gogh mein Fenster in die Freiheit. Habe ich dir etwas Neues bieten können?«
»Ich fand die Darstellung gut, wie nah bei van Gogh die Höhen und Tiefen der Empfindungen beieinanderliegen: die zuversichtlich leuchtenden Farben und seine trostlose innere Stimmung.«
Sie lächelt, ohne auf meine Bemerkung einzugehen. Kurz vor dem Dorf verlangsamt sie ihren Schritt, um die Amerikaner zu uns aufschließen zu lassen. Im selben Augenblick erkenne ich auch den Mann, mit dem ich sie damals auf der Straße gesehen habe. Ziba geht grußlos an ihm vorbei. Er folgt uns mit Abstand. Ich glaube kaum, dass er mich erkannt hat, und doch bin ich beunruhigt.
Gérard führt die Amerikaner zur Mansarde van Goghs im oberen Stock. Ziba hält mich zurück, als wir die Treppe hochgehen. Plötzlich sind wir allein. Wir blicken uns an, die Amerikaner vor uns sind mit einem Mal vergessen. Ich nehme sie in die Arme, drücke sie an mich, spüre ihre weichen Lippen, ich weiß nicht wie lange, aber es erscheint wie eine Ewigkeit. Sie atmet aufgeregt, als wir uns aus unserer Umarmung lösen, ihre grünen Augen glänzen.

»Wir müssen uns wiedersehen, Ziba! Vielleicht in Paris?«
»Du weißt, ich bin nicht frei. Du darfst nicht noch einmal an einer Führung teilnehmen, mein Schwager würde dich jetzt erkennen.«
»Natürlich bist du frei, hier in Frankreich!«
»Wir leben im Exil.«
»Aber du willst doch, dass wir uns wiedersehen?«
Bevor sie antworten kann, ruft einer der Amerikaner nach ihr. Später bei der Verabschiedung ist sie plötzlich verschwunden.

Nach dem Besuch in Auvers sehe ich die Mauern zwischen Sarah und Steffen deutlicher als zuvor. Während ich mit Sarah und Steffen lebe, drängt sich Ziba ins Bild. Diese plötzlich aufkeimende Liebe, und in meinem Alter stehe ich ihr so hilflos gegenüber wie der junge Student, dessen Unsicherheit man noch eher verstehen könnte. Als sei meine Lebenserfahrung nichts wert.
Zwischen Ziba und mir liegen Welten. Mit einem Mal stößt mir in meinem Pariser Alltag das antimuslimische Vorurteil auf. Unüberbrückbare Gegensätze zwischen der traditionellen islamischen und der westlichen Welt. Bei Ziba befinde ich mich in der windlosen Stille im Auge des Sturms.
Sie ruft mich völlig unerwartet an. Ihre Stimme wie ein verängstigtes Flüstern, ich verstehe sie kaum.
»Gérard hat mir deine Telefonnummer gegeben. Ich denke oft an dich. Aber ich weiß nicht, wie es weitergehen soll?«

»Ich muss mich mit deinem Schwager verständigen.«
»Das ist hoffnungslos, er würde nie zulassen, dass ich mich mit einem Andersgläubigen treffe.«
»Du wärst nicht die erste.«
»Jedes Schicksal ist anders. Aber ich gebe nicht auf, ich möchte bei dir sein …«
Die Leitung wird abrupt unterbrochen. Ich starre auf den schwarzen Telefonhörer in meiner Hand.
Glaubt man Gérard, ist sie ihrem Schwager an Wissen überlegen, und doch ist sie ihm gegenüber machtlos. Islam bedeutet Unterwerfung. Unterwerfung unter die Religion, anders kann das nicht gemeint sein, und nicht Unterwerfung unter die Herrschaft des Mannes, wie dieser sich das über die Jahrhunderte zurechtgelegt hat. In diesem Netz hat sich Ziba verfangen.
Bei meinem verzweifelten Überlegen nach einem Ausweg für Ziba und mich gerate ich mit dem Schreiben ins Stocken. Mit einem Mal halte ich es in der Wohnung nicht mehr aus.
Draußen herrscht eine eigentümliche Stimmung. Passanten gehen mit versteinerten Mienen oder Entsetzen in ihrem Blick an mir vorbei, aber vielleicht bilde ich mir das in meinem eigenen trostlosen Zustand auch nur ein. In einem Bistro drängen sich die Menschen vor dem Fernseher. Durch die Fensterscheibe sehe ich auf dem Bildschirm ein Hochhaus, in den ein Flugzeug in Flammen explodierend zerschellt, und unten auf den Straßen flüchtende Menschen, die dem Inferno zu entkommen suchen. Ich erkenne das World Trade Center in New York City, natürlich, ich bin doch dort gewesen, auf der Suche nach meinem Drogenmädchen. Szenen

unvorstellbaren Grauens. Um mich herum herrscht fassungsloses Schweigen.
»Verfluchte Araber«, sagt jemand in die bedrückende Stille und spuckt auf den Boden.
Zu Hause schaue ich stundenlang fern, wechsle von den amerikanischen auf die deutschen und französischen Sender. Überall dieselben Bilder. Die westliche Welt ist in ihrem Kern und ihrem Selbstbewusstsein getroffen. Die Wut steigert sich ins Unkontrollierbare. Nichts wird jemals wieder so sein wie bisher.
Nachts taumeln brennende Flugzeuge durch mein Gehirn.
Bei meinem Lauf früh am nächsten Morgen durch die Tuilerien ist der Park geisterhaft leer, als liege ein Alptraum über Paris. Und als wisse niemand so recht, wie es nach diesem Ereignis weitergehen soll.
Das Fernsehen zeigt Szenen jubelnder Menschen in vielen arabischen Ländern, die den Angriff auf Amerika feiern. Tanzende Palästinenser in Gaza. Meine Entrüstung steigert sich in blanken Hass. Welten, die zwischen uns liegen, und in meiner Vorstellung taucht Zibas Schwager auf.
Wie betäubt sitze ich vor meinem Computer. Nicht nur Sarahs Liebesgeschichte, jede Liebe hat ihre Glaubwürdigkeit verloren. Die Araber, die an der Entführung Ben Barkas beteiligt sind, erscheinen in neuem Licht. Ich schreibe eine Szene, in der sie Steffen, von dem sie glauben, dass er ihnen nachspürt, durch das Hurenviertel um die Rue Saint-Denis jagen und eine Frauenstimme aus den Fußgängern hinter ihnen her zischt: »Dreckige Araber!«

Es dauert lange, bis ich zu Sarah zurückfinde. Ich brauche jetzt ihre Kraft, ihre Lebensfreude, ihre Neugierde und ihre rätselhafte Schönheit. Und ihren Idealismus. Bis ich bemerke, dass ich beim Schreiben erneut Sarah und Ziba durcheinanderbringe. Ich frage mich, wie sich die Attentate in Amerika auf ihr Leben auswirken. Vergeblich rufe ich im Van-Gogh-Haus an, Gérard ist meine einzige Verbindung zu ihr.
Ben Barka zwingt mich zu anderen Gedanken. Zu seiner Zeit spielte Religion eine untergeordnete Rolle, es ging um politische Macht. Was ist geschehen, zu Beginn des einundzwanzigsten Jahrhunderts, woher plötzlich diese religiöse Intoleranz? Ein verzweifeltes Aufbäumen gegen die über die neuen Medien bis in die letzte Ecke der Welt vordringende Aufklärung? Die Angst vor der Flut an Informationen, die überall festgefahrene Gewohnheiten in Frage stellt?
Je mehr ich mich mit dem Islam beschäftige, umso mehr sehe ich ein, dass es in dieser Religion keinen Platz für Ziba und mich gibt. Ich muss sie aufgeben. Und habe ich sie überhaupt je besessen? Dieser eine Kuss, die Umarmung, das flüchtige Abtasten ihres Körpers? Ich habe mich in der Einsamkeit meines Schreibens in etwas hineingesteigert, tatsächlich spielt sich unsere Beziehung nur in meiner Phantasie ab.

Tag für Tag sitze ich vor dem Computer und lasse mich durch nichts ablenken, kein Telefon und keine E-Mails. Mit Sarah und dem Studenten durchlebe ich diese zwei Wochen Ende Oktober 1965, den Zufall und die Unmöglichkeit ihrer Liebe, die Schatten der Vergangenheit, die Zwänge der Gegenwart und vor allem die Hoffnung auf eine bessere Zukunft. Gegen drei oder vier Uhr nachmittags tauche ich wie aus einer Trance auf, esse eine Kleinigkeit in einem der Bistros des Viertels oder trinke Kaffee in einem Straßencafé am Boulevard Saint-Germain. Meine Nächte in Paris verschmelzen in ihrer Gleichförmigkeit in ein erinnerungsloses Bild. Niemand erkundigt sich, wie es mit meinem Buch aussieht. Zum Glück brauche ich wenig Schlaf. Beim Joggen klärt sich mein vom Rauch und Alkohol benebelter Kopf, während ich mir zurechtlege, wie es heute mit Sarah weitergehen wird. Sie bleibt unvorhersehbar, von einem Tag zum anderen. Im Gegensatz zu dem Drogenmädchen widersetzt sie sich den zerstörerischen Einflüssen, sie hält bis zum Letzten an ihren Idealen fest.

Sarah ist zum Sinn meines Lebens geworden. Als ich kaum noch mit ihr gerechnet habe, ruft Ziba an.

»Willst du mich überhaupt wiedersehen?«

Ohne es zu ahnen, hat Sarah während all der Zeit ihre Doppelrolle gespielt, war immer gleichzeitig auch Ziba. Nun fordert Ziba ihren eigenen Platz.

»Ich habe morgen im Van-Gogh-Haus zu tun. Wenn du nichts anderes vorhast, könnten wir uns dort treffen.«

Als sei es das Selbstverständlichste der Welt. Gérard schaut mich überrascht an, als ich am nächsten Tag unangekündigt erscheine.

»Mit dir hatte ich nicht gerechnet.«

»Gelegentlich muss man sich vom Schreiben lösen. Und das Van-Gogh-Projekt schwebt mir weiterhin vor. Ist Ziba hier?«

»Sie sollte jeden Moment kommen. Hast du mit ihr gesprochen? Warum hörst du nicht auf mich, das kann nicht gutgehen!«

»Gérard, wir sind keine Kinder!«

»Ich muss gleich zu einer Besprechung nach Paris, also tu nichts, was du bereuen könntest, mein Rat an dich.«

Ich warte im Restaurant auf sie. In meinen Träumen hatte ich mir oft ausgemalt, mit ihr allein zu sein. Ohne Gérard, ohne ihren Schwager. Unter welchem Vorwand sie ihn abgeschüttelt hat? Jedenfalls hat sie gehandelt, ich steigere mich nicht in etwas hinein, das es nur in meiner Vorstellung gibt. Ziba will es genauso wie ich.

Ich muss nicht lange warten. Mit einer kleinen Handbewegung streift sie das Kopftuch ab, schwarzes Haar fällt weich um ihr Gesicht, sie lacht mich übermütig an. Genau wie ich Sarah beschrieben habe, mit diesem ausgelassenen, alles bezwingenden Blick, und doch immer ein Anflug von Ungewissheit. Ich umarme sie, küsse ihre Lippen, atme ihren einzigartigen Duft.

»Ich muss in der Bibliothek arbeiten, habe nur eine Stunde Zeit, dann holt mich mein Schwager ab. Aber besser als nichts.«

»Ich verstehe dich nicht, Ziba! Warum dieses Versteckspiel? Ich kenne Iraner in Paris, die normal wie alle anderen leben.«

»Sie haben sich Paris als ihre neue Heimat gewählt, dagegen bleibt unser Ziel, einmal in einen freien Iran zurückzukehren. Allerdings habe ich nie damit gerechnet, dass mein Schicksal eines Tages in der Hand meines Schwagers liegen würde.«

»In Frankreich unterstehst du dem französischen

Recht. Du kannst entscheiden, ob du mit mir kommen willst, jetzt, hier und heute. Bei mir in Saint-Germain-des-Prés würde dich niemand finden.«

»Mein Schwager schert sich nicht um das französische Recht. Das islamische Recht verleiht ihm seine Macht. Die Ehre der Familie geht ihm über alles. Ich wäre niemals frei.«

»Als hättest du keine Rechte!«

»Natürlich habe ich Rechte, aber letzten Endes bestimmt er. Es sei denn, ich heirate wieder, aber dann natürlich nur einen Muslim.«

»Das dreht sich im Kreis.«

»Wir kennen uns doch kaum, woher weiß ich, dass du mich nie verlassen wirst? Ich kann mir vorstellen, mit dir zu leben, aber ich habe Angst.«

»Du musst mir vertrauen. Erinnerst du dich an diese Empfindung, als wir uns zum ersten Mal sahen. Was für ein Zeichen brauchst du noch?«

Wir blicken uns schweigend an, ich streiche über ihr Haar.

»Ich bin zum Arbeiten hier«, sagt sie schließlich.

Sie geht voraus in die kleine Bibliothek im hinteren Teil des Gebäudes. Überwältigend die Menge an Abhandlungen über van Gogh.

»Du schreibst an einem Buch über van Gogh? Wie sieht es damit aus?«

»Erzähl mir von ihm hier in Auvers, wie du ihn siehst, dieses getriebene Weitermachen trotz aller Ablehnungen. Ich beschreibe Vincents letzte Tage aus der Sicht von Theo van Gogh, seinem Bruder, ohne den er ja nie etwas geworden wäre. Was hältst du davon?«

»Theo ist kurz nach ihm gestorben. Johanna war entscheidend für seinen Erfolg.« Ziba schaut mich spöttisch lächelnd an. »Typisch, die Frau wird auch von dir übergangen. Über sie solltest du schreiben!«

»Wir könnten dies zu unserem gemeinschaftlichen Projekt machen, du übernimmst die Forschung hier. Über Johanna weiß ich nicht viel.«

Ich beobachte Ziba beim Einordnen von Büchern, Katalogen und Abhandlungen und beim Eingeben in den Computer. Gelegentlich blickt sie auf die Uhr.

»Und wie hast du dir das Weitere vorgestellt?«

»Bei der geringsten Möglichkeit melde ich mich wieder. Wahrscheinlich hast du recht, ich sollte einfach mit dir irgendwohin gehen, wo mich keiner findet.«

Sie blickt mich plötzlich traurig an. Impulsiv nehme ich ihre Hand und dränge sie die Treppe hoch in die Mansarde van Goghs. Keine Besucher, wir sind allein, die Geräusche des Restaurants gedämpft wie aus weiter Ferne. Widerstandslos lässt sie sich umarmen, meine Hände gleiten über ihren Körper, plötzlich besitze ich sie ganz. Ihre Augen sind geschlossen, als sei die Welt um uns vergessen. Ihre zarte, weiche, heiße Haut. Ineinander verschlungen sinken wir auf den Boden, sie auf mir sitzend mit einem leichten Stöhnen.

Ich spüre ihren Herzschlag, höre ihren schnellen Atem. Wir liegen regungslos zusammen, jede Zeit ist aufgehoben. Als sie die Augen öffnet, lacht sie mich an, frei und ungezwungen. Plötzlich steht sie auf.

»Ich muss los, mein Schwager! Ich liebe dich, es muss einen Weg geben!«

Sie ist wie verwandelt, streift ihre Kleider zurecht, während ich ihr noch auf dem Boden sitzend zuschaue. Sie neigt sich mit einem letzten Kuss zu mir, dann höre ich sie die Treppe hinuntereilen. Langsam stehe ich auf, suche noch ihren Duft in der leeren Kammer.

Ich esse im Restaurant zu Mittag, vergeblich warte ich eine Zeitlang auf Gérard. Als ich in mein Auto einsteige, sehe ich einen Mann, der aus einem Hauseingang heraustritt. Ich erkenne sofort ihren Schwager. Beim Anfahren rennt er hinter mir her, schleudert mir einen Stein nach, der mein Auto knapp verfehlt. Mit drohend erhobener Faust bleibt er in der Straßenmitte stehen. Dieser Augenblick des Glücks mit Ziba, aber in Wirklichkeit bleibt es aussichtslos wie zuvor.

Wochen sind seit unserem Treffen im Van-Gogh-Haus vergangen. Dabei könnte Ziba doch ohne weiteres von dort aus anrufen! Man kann Vorsichtsmaßnahmen auch übertreiben. Als ich gerade an einer Stelle meines Buches heillos ins Stocken geraten bin, nehme ich, als das Telefon klingelt, entgegen meiner sonstigen Gewohnheit mitten am Tag den Hörer ab. Eine heisere Stimme mit hartem Akzent.

»Hallo, wer bist du, wie heißt du?«

Es muss ihr Schwager sein. Durch das Telefon höre ich sein raues Atmen.

»Wen möchten Sie sprechen? Ich glaube, Sie haben sich in der Nummer geirrt«, antworte ich gereizt.

»Nein, habe ich nicht, ich habe die Nummer hier, vor mir, auf einem Stück Papier. Wer bist du, woher kennst du sie?«

»Es tut mir leid, ich weiß nicht, wovon Sie reden.«

Ich lege ohne weitere Erklärung auf. Kurz darauf klingelt das Telefon erneut, später höre ich seine kratzige Stimme auf dem Anrufbeantworter: »Wenn ich dich erwische, steche ich dich ab, wie ein Schaf!«

Am nächsten Tag rufe ich unter einem Vorwand bei Gérard an. Natürlich durchschaut er mich sofort.

»Siehst du einen Weg, wie ich mit ihrem Schwager zurande kommen kann?«

»Wir leben unser Leben, die Iraner das ihre. Ich kann dir nicht helfen.«

Mir bleibt nur abzuwarten. Und die Flucht zurück zu Sarah. Nach der Entführung Ben Barkas vor der Brasserie Lipp taucht sie unter, aber alles deutet darauf hin, dass, wenn der Sturm sich einmal gelegt hat, sie und Steffen sich endgültig finden werden. Der zukunftsweisende Ausgang bei *Sarahs Paris* schält sich erst im Laufe der Zeit heraus. Natürlich hat es mit Ziba zu tun. Wenn Steffen und Sarah sich gegen alle Hindernisse ihrer Umwelt durchsetzen, warum sollten wir es dann nicht auch schaffen?

Eines Nachmittags, für den Tag mit dem Schreiben fertig, trete ich ans Fenster in meinem Wohnzimmer. Gegenüber vor der École des Beaux-Arts fällt mir ein Mann auf. Er trägt einen grauen Anzug, darunter einen dunklen Pullover, sein Hemdkragen ist offen. Jünger als ich und stämmiger gebaut, ein bärtiges Gesicht und kurze schwarze Haare. Zibas Schwager, auf der Suche nach mir! Unwillkürlich fasse ich mir an den Hals. Ich wage kaum noch zu atmen, trete einen Schritt vom Fenster zurück, obwohl er mich nicht sehen kann. Endlich geht

er weiter, gemächlich die Rue Bonaparte hoch Richtung Boulevard Saint-Germain.
Abends auf dem Weg zum Abendessen mit Freunden in einem Restaurant in der Rue de Buci stehe ich plötzlich dem Mann gegenüber, aber dann erkenne ich, dass ich mich getäuscht habe, ein anderer Araber. Vielleicht handelte es sich bei dem Mann am Nachmittag auch nicht um ihren Schwager, ich leide unter Verfolgungswahn.

Endlich die erste Fassung von *Sarahs Paris*! Vor zehn Jahren habe ich deswegen meine Firma verkauft. Schon ein verdammt langer Weg. Hat sich das nun gelohnt?
Als hätte ich das Ziel einer langen Reise erreicht. Entlang des Weges gab es herbe Enttäuschungen, ich habe gelitten und war verzweifelt, aber nun verwandeln sich die Niederlagen, die nun einmal Teil einer solchen Reise sind, doch noch zum Sieg. Drei Manuskripte, das kann mir niemand nehmen.
Im Schreiben habe ich den Sinn meines Lebens gefunden. Die zehn Jahre sind nicht vertan, ganz im Gegenteil. Ich habe den Beweis erbracht.
Allerdings werde ich erst dann ein neues Buch beginnen, wenn *Sarahs Paris* veröffentlicht ist. Wenn nicht Sarah, dann eben überhaupt nicht.
Meine Lektorin wird für ihre Überarbeitung mindestens drei Monate benötigen, unterstellt, dass sie nicht gerade an einem eigenen Buch schreibt. Während dieser Zeit darf ich *Sarah* nicht anfassen, auch nicht die *Burgkinder* oder das Drogenmädchen. Die Welt meiner Bücher, die zu meiner eigentlichen Welt geworden ist,

bleibt mir mit einem Mal verschlossen. Ich stehe unschlüssig einem Alltag gegenüber, mit dem ich nichts anzufangen weiß. Ungenutzt verstreicht ein Tag nach dem anderen.

Manchmal male ich mir aus, was Ziba und ich jetzt unternehmen könnten, unser gemeinsames Leben, das es nur in meinen Träumen gibt. Und das immer eine Illusion bleiben wird, solange sie nicht auszubrechen wagt. Andererseits kann ich unmöglich drei Monate untätig sein. Eigentlich ein idealer Zeitpunkt, anstelle nichts tuend zu warten, mit Johanna van Gogh zu beginnen. Mir schwebt eine historische Novelle vor, darüber, wie sich ihre Nebenrolle im Leben van Goghs plötzlich bei der Verwaltung des Vermächtnisses des großen Malers in eine Hauptrolle verwandelte.

Das Material in der Bibliothek im Van-Gogh-Haus bietet den idealen Vorwand, wieder in Auvers zu erscheinen. Gérard hat keine Einwände, dass ich dort in der Bibliothek arbeite.

»Was ist eigentlich aus den van Goghs geworden?«

»Theos Nachfahren leben in Holland. Ihnen verdanken wir das Van-Gogh-Museum in Amsterdam.«

»Hast du eigentlich je bereut, in Auvers geblieben zu sein?«

»Damals hat mir nach meinem Unfall jeder von meinem Plan abgeraten. Nach allem, was passiert ist. Aber ich musste einfach.«

»Wir sind beide Aussteiger! Allerdings hast du es geschafft.«

»Nicht ganz, es fehlt noch ein original van Gogh. Ich hoffe auf den großzügigen Gönner. Bis dahin versuche ich, durch kleine und größere Spenden dem Ziel näher zu kommen. Für tausend Euro kann man einen Schlüssel zum Van-Gogh-Haus kaufen, für fünftausend zusätzlich einen zu seiner Mansarde. Sie passen übrigens. Das ist mühsam, aber mehr als nichts.«

»Ich kaufe dir beide Schlüssel ab. Eine kleine Gegenleistung nach allem, was du für mich getan hast.«

»Ich bin mir nicht sicher, dass ich viel für dich getan habe. Du hast bestimmt mehr erwartet, aber es gibt Grenzen.«

Ich bleibe zwei Tage in Auvers. Im Stillen hatte ich gehofft, Ziba im Van-Gogh-Haus zu begegnen, Johanna war schließlich ihr Vorschlag, wir hatten es als unser gemeinsames Projekt besprochen. Und die Vorstellung, mit ihr in der kleinen Bibliothek zu schlafen. Aber es sollte nicht sein.

Am Tag, als die Amerikaner im Irak einfallen, teilt mir die Lektorin mit, dass sie mit dem Manuskript durch sei, mit dem zusätzlichen Hinweis: *Ich finde es erstaunlich, wie sehr Du beim Schreiben Fortschritte machst. Du wirst von Mal zu Mal besser!*

Das ist wenig Trost. Ich dränge auf einen Termin, aber sie will erst ihre Tochter in Kasachstan besuchen, da sie befürchtet, dass auch die umliegenden Länder in den Krieg mit dem Irak hineingezogen werden könnten. Überhaupt, dieser Krieg, sie könne momentan an nichts anderes denken. Im Klartext heißt das, frühestens in vier Wochen habe sie Zeit.

Vier Wochen, die nächste Ewigkeit.

Ich verfolge gebannt auf dem Bildschirm die surreal

wirkenden nächtlichen Attacken, die den gräulichen Himmel durchschneidenden grellen Leuchtsonden, die erdbebenartigen Erschütterungen der Explosionen und die vulkanhaften Rauchkegel. Die geheimnisvolle arabische Nacht in grausamer Verzerrung.
Nachdem man dem Ausbruch des Krieges machtlos gegenüberstand, hofft nun jeder auf ein schnelles Ende. Natürlich ist auch klar, dass mit dem Ende der Kriegshandlungen noch nichts entschieden ist. So viel wusste man bereits beim ersten Golfkrieg, und daran hat sich in der Zwischenzeit nichts geändert.
Vergeblich suche ich in den Zeitungen, im Fernsehen oder im Internet Nachrichten über die iranischen Freiheitskämpfer im Irak. Haben sie sich gegen die Amerikaner auf die Seite Husseins geschlagen oder nutzen sie die Unruhen in der Region für ihre eigenen Aktionen im Iran? Wurden die in Auvers lebenden Männer zur Verstärkung ihrer Einheiten in den Irak geordert? Was ist mit Zibas Schwager geschehen? Wenn er in den Irak geschickt worden wäre, hätte sich Ziba doch bei mir gemeldet. Tagelang denke ich nur an sie. Mit der Zeit schwindet auch diese Hoffnung. Und wahrscheinlich hat so alles seine Richtigkeit.

Nach vier Wochen sitze ich im Flugzeug nach Berlin. Um mich abzulenken, greife ich eine Tageszeitung. Die Überschrift in Fettbalken lautet *Mujahedin-e Khalq von der Europäischen Union auf die Terroristenliste gesetzt.* Ich tippe auf eine dieser Islamistengruppen im Verbund mit Al-Qaida. Schon im Begriff umzublättern, sehe ich einen Verweis auf Auvers-sur-Oise, dem Sitz der Gruppe in Europa. Wie benommen lese ich weiter. Es war ja bekannt, dass ihre Freiheitskämpfer vom Irak aus im Iran agierten. Aber Terroristen? In einer Presseerklärung streiten sie die Anschuldigungen aufs Heftigste ab: Ihnen gehe es allein um den Sturz des Mullah-Regimes im Iran, mit terroristischen Islamisten verbinde sie nichts, ganz im Gegenteil, sie stünden für eine Trennung von Staat und Religion und für demokratische Prinzipien.

Mit einem Mal ist der Schleier gelüftet, vor aller Welt als Terroristen entlarvt, mit Blut an den Händen. Möglicherweise erklärt dies auch Zibas Zaudern. Dabei ist sie doch selbst Opfer.

Ob ihr Schwager damit seine Macht über sie einbüßt? Jedoch stellen diese Iraner ja nicht die Religion in Frage, sondern nur das brutale System der Mullahs in ihrer Heimat. Dennoch glaube ich, dass sich eine neue Ausgangssituation ergeben und sich der Spielraum um Ziba erweitert hat. Und ich sitze im Flugzeug nach Berlin!

Während die Lektorin und ich am Manuskript arbeiten, denke ich bei jedem Schritt Sarahs an Ziba. Der junge Deutsche und die Jüdin treten in den Hintergrund, alles dreht sich um Ziba und mich.

Ich rufe regelmäßig in meiner Wohnung in Paris an, um den Anrufbeantworter abzuhören. Am dritten Tag finde ich eine Nachricht von Gérard vor. Ich rufe sofort zurück, er wollte sich nur über den Stand meiner Novelle über Johanna van Gogh erkundigen, denn Ziba sei nun wieder aufgetaucht, sie würde jederzeit gezielt Nachforschungen für mich durchführen. Ich solle ihm

Bescheid geben. Auf meine Frage nach den Iranern meint er, die Presseberichte enthielten nichts Neues, die Gruppe stehe ja seit Ewigkeiten schon auf der Terroristenliste der Amerikaner, im Ort sei alles normal, die Iraner fielen so wenig wie bisher auf. Über den Schwager weiß er nichts zu berichten.
Nachdem wir mit dem Manuskript durch sind, lade ich die Agentin zum Abendessen in ein französisches Restaurant in der Mommsenstraße ein.
»*Sarah* wird dir den Durchbruch bringen. Ich wette darauf!«
»Ich wäre da skeptischer, der Verleger, dem ich in Paris von Sarah erzählt hatte, war der Ansicht, dass der deutsche Markt für dieses Thema nicht offen sei. Noch nicht.«

Als ich tags darauf in Paris meine Wohnung betrete, klingelt das Telefon.
Zibas Stimme, zögernd, und doch verspielt. Als habe sie für ihre Rückkehr in mein Leben bewusst den Augenblick abgewartet, von dem an sie mich nicht mehr mit Sarah teilen muss.
»Ich komme gerade aus Deutschland zurück. Hast du mich abgepasst, stehst du eventuell unten auf der Straße?«
»Nicht ganz, aber ich bin in Paris! Wenn du ein wenig Zeit für mich hättest ...«
»So viel du willst! Wo bist du?«
»Wir haben zu einer Großdemonstration vor der iranischen Botschaft aufgerufen, gegen den Entschluss der EU, uns als Terroristen abzustempeln. Völlig zu Un-

recht! Maryam Radjavi, die Präsidentin des Freien Iran, wird eine Rede halten. Ich kenne die Rede und muss sie mir deswegen nicht unbedingt anhören. Können wir uns an der Place Vendôme treffen, gegenüber dem Ritz Carlton? Sagen wir in etwa zwanzig Minuten?«

Eine angenehm warme Frühlingssonne durchflutet die Place Vendôme. Kurz nachdem ich dort ankomme, fährt Ziba im Taxi vor. Kaum wiederzuerkennen, in einem eng geschnittenen, ihre Formen betonenden hellblauen Hosenanzug, das seidene Kopftuch als Halstuch umgelegt, eine großgerahmte Sonnenbrille in das schwarze Haar gesteckt. Sie trägt einen zartroten Lippenstift, die Augen dunkel untermalt.

»Wir haben nicht viel Zeit, lass uns gegenüber in der Bar des Ritz Carlton schnell einen Kaffee trinken!«

Arm in Arm überqueren wir die Place Vendôme. Ich spüre Ziba, die Wärme ihres Körpers, atme den Duft ihres Jasmins. Sie bewegt sich völlig unbefangen. Ich beobachte staunend die immer neuen Seiten an ihr. Als erlebte ich mit, wie sich eine Knospe zu einer farbenprächtigen Blüte öffnet.

»Ich war hier ein paarmal mit meinem Mann, wenn es uns in Auvers zu eng wurde. Dann hat sich mein Leben verändert. Und den Rest kennst du ja.«

»Ich weiß eigentlich nichts über dich und deine Vergangenheit. Musst du wirklich zurück nach Auvers? Dieses riesige Paris, niemand würde dich je bei mir finden.«

Ich streiche über ihre Hand, nichts erscheint selbstverständlicher, als hier mit Ziba zu sitzen. Sie lehnt sich an mich, alles um uns ist wie verwandelt.

»Ich fühle mich meinem Mann gegenüber verpflichtet,

der für unseren Befreiungskampf sein Leben gegeben hat. Andererseits wollte er immer mein Bestes. Aber ich komme nicht so leicht an meinem Schwager vorbei.«
»Sie waren wohl sehr verschieden, dein Mann und sein Bruder.«
»Sie stammen aus einer Kleinstadt im Norden Irans. Mein Mann hat in Teheran studiert und an der Universität gearbeitet. Dort habe ich ihn kennengelernt. Sein Bruder hat nie studiert, sein Leben ist seit jeher vom Islam geprägt.«
»Es muss einen Weg für uns geben.«
»Ich arbeite eng mit Maryam Radjavi zusammen, zum gegebenen Zeitpunkt werde ich sie einweihen. Sie ist eine bedeutende Persönlichkeit. Ihr Mann Massoud hält sich bei unseren Einheiten im Irak auf. Seit dem Einmarsch der Amerikaner haben wir allerdings den Kontakt zu ihm verloren.«
»Als Terroristen werdet ihr doch nun bei jedem Schritt beobachtet.«
»Wir sind keine Terroristen! Unser Kampf richtet sich ausschließlich gegen den Religionsfaschismus der Mullahs. Wir haben die Welt über das iranische Nuklearprogramm aufgeklärt. Man sollte uns dankbar sein.«
Ich lege meinen Arm um sie. Sie schmiegt sich an mich, ihre Nähe, unsere Körper eng beieinander. Wir blicken uns in die Augen. Ich spüre ihre Lippen auf meinem Mund, sanft wie ein Hauch. Ohne die Augen von mir zu nehmen, löst sie sich aus der Umarmung.
»Willst du mich immer noch?«
»Ziba, vom ersten Augenblick an wusste ich, dass wir zusammengehören. Ich werde dich nie aufgeben.«

Sie hat plötzlich Tränen in den Augen, aber im selben Moment lächelt sie. Unvermittelt blickt sie auf die Uhr.

»Ich muss zurück! Übrigens, mein Schwager plant etwas. Meine Trauerzeit ist zu Ende. Er ist unberechenbar.«

»Ein Grund mehr zum Handeln.«

Ohne darauf einzugehen, steht sie auf.

»Ich habe in der Bibliothek ein paar Sachen über Johanna für dich zusammengestellt. Wann willst du dir das ansehen? In den nächsten Tagen muss ich allerdings unsere Präsidentin bei einigen Protestveranstaltungen begleiten, aber danach? Ich verspreche dir, dass ich anrufe.«

Ich stehe vor einer dieser Kreuzungen, an denen das Leben auf einen Entscheidungspunkt zusteuert. Mit drei fertigen Manuskripten hat mein neues Leben eine Rechtfertigung. In meiner Beziehung zu Ziba deutet sich, wenn auch nur zaghaft, ein möglicher Weg an. Das Festhalten hat sich gelohnt, obwohl sich auch weiterhin der endgültige Ausgang nicht absehen lässt. Das gilt sowohl für Sarah wie auch für Ziba.

Warum spüre ich diese Angst vor einem Übermaß an Glück? Der Neid der Götter, früher oder später fordern sie von Sisyphos das Glück zurück und zwingen ihn erneut zu dem Punkt, an dem er schon immer war.

Und wenn die Götter mir nur einen Wunsch zugestehen, wie würde ich entscheiden? Ziba lebt, aber Sarah, nach unserem zähen gemeinsamen Ringen? Wenn nach mühsamem Aufstieg der Gipfel endlich zum Greifen nahe ist, gibt es kein Aufgeben. Das gilt auch für Sarah und Ziba. Es müssen beide sein, alles oder nichts!

An einem Abend komme ich nach Mitternacht von einer Einladung nach Hause. Nahe bei meinem Hauseingang kommt mir eine Frau entgegen, ihr Gesicht von einigen Narben gezeichnet, in sich versunken. Aber sie kommt mir bekannt vor. Sie muss meinen Blick bemerkt haben.
»Warum starrst du mich an? Was willst du von mir?«
Sie hat eine überraschend weiche Stimme, ich meine auch einen leichten Akzent herauszuhören.
»Entschuldige, ich habe dich mit jemandem verwechselt.«
Sie zuckt die Achseln, wirft mir einen ärgerlichen Blick zu und geht weiter. Im selben Augenblick erinnere ich mich: das Drogenmädchen aus dem Jardin du Luxembourg!
»Warte bitte, einen Moment!«
Sie bleibt stehen und blickt mich fragend an. Ich zögere, eigentlich habe ich sie nur ein einziges Mal gesehen. Aber es besteht kein Zweifel.
»Wir sind uns vor Jahren im Luxembourg begegnet.«
»Ich kann mich nicht erinnern. Aber ich kann mich an vieles nicht erinnern. Haben wir miteinander was gehabt? Oder warum?«
»Nein, wir sind wortlos aneinander vorbeigegangen. Und nur dieses eine Mal. Ich habe versucht, mir vorzustellen, wie du lebst, ich bin Schriftsteller und habe über dich ein Buch geschrieben. Es spielt in New York. Du siehst heute anders aus. Aber ich bin ganz sicher, dass du es gewesen bist.«

Sie schüttelt verwundert den Kopf, ohne den Blick von mir zu nehmen. Scheue blaue Augen, müde und stumpf. Fast unmerklich huscht ein Lächeln über ihr Gesicht.
»Ein Buch über mich? Kann ich das Buch lesen?«
»Ich schreibe auf Deutsch, außerdem ist es noch nicht veröffentlicht.«
»Ich habe Germanistik studiert, bevor ich hierhergekommen bin. Ewigkeiten ist das her.«
»Du bist Deutsche?«
»Aus Göttingen. Als Studentin habe ich dort nebenher im Lektorat eines Verlags gearbeitet. Ich hatte gehofft, Romane zu schreiben, aber dann bin ich in Paris hängengeblieben. Jetzt putze ich nachts Büros. Aber ich lebe, und das stand auch längst nicht immer fest.« Sie antwortet mir auf Deutsch.
»Du kannst das Manuskript bei mir lesen. Ich wohne hier gegenüber.«
Allerdings kommen mir sofort Bedenken, eine Fremde mitten in der Nacht in die Wohnung einzuladen. Aber wenn ich einem solchen Zufall nicht vertrauen kann, wem dann?
»Ich bin müde, vielleicht ein andermal.«
»Komm jederzeit vorbei. Rue Bonaparte 17, im dritten Stock. Übrigens, wie heißt du?«
»Justine, in meinem jetzigen Leben. Und du?«
»Arthur. Arthur Heller.«
Warum habe ich mir eigentlich nicht auch einen neuen Namen zugelegt? Mit meinem Umzug nach Paris habe ich alles sonst in meinem Leben auf den Kopf gestellt. Arthur Heller, das kommt mir mit einem Mal ziemlich normal vor und vor allem sehr alt.

Später stehe ich am Fenster und blicke auf die nächtlich verlassene Straße hinunter. Ich hätte ihr meine Telefonnummer geben sollen, anrufen ist doch einfacher als an der Tür eines Fremden zu klingeln! Ein Außenstehender, der endlich hier meine Manuskripte lesen könnte. Aber wahrscheinlich hat sie sich mit ihren Drogen sowieso das Hirn kaputt gemacht.

Unerwartet erhalte ich eine Nachricht von meinem Frankfurter Freund Michael. Er habe kürzlich den Verleger Dr. Zapf vom Zwei-Falken-Verlag getroffen und ihm von mir erzählt. Dr. Zapf sei bereit, mein Buch zu lesen, und überhaupt, woran ich denn momentan arbeite?
Michael hätte keinen besseren Zeitpunkt wählen können. Ich habe sofort ein gutes Gefühl. Der Zwei-Falken-Verlag wäre eine traumhafte Adresse.
Ich sende Dr. Zapf einen Einführungsbrief zusammen mit einer Beschreibung von *Sarahs Paris*.
Kurz darauf bittet er um das Manuskript.
Eine neue Phase des Wartens. Ich schlafwandle durch die Tage. Als ich mit ihr nicht mehr gerechnet habe, steht Justine plötzlich vor der Haustür. Sie sieht blass aus, obwohl ein wenig gepflegter als vor kurzem bei unserer Begegnung in der Nacht. Die Vergangenheit lässt sich nicht aus ihrem Gesicht löschen.
»Du musst das Manuskript hier lesen. Ich habe nur die eine Kopie.«
Sie blickt sich misstrauisch in der Wohnung um. Ich biete ihr zu essen und zu trinken an, aber sie interessiert sich nur für das Buch. Nachdem sie einige Seiten gelesen hat, bittet sie um einen Bleistift.

»Ich hoffe, du hast nichts dagegen, wenn ich Anmerkungen mache.«
Ich stelle Justine meiner Hausgehilfin vor und lasse sie in der Wohnung allein. Als ich einige Stunden später wiederkomme, ist sie verschwunden. Außer den Anmerkungen in dem Manuskript erinnert nichts an ihre Anwesenheit, jedenfalls scheint in der Wohnung nichts zu fehlen. Sie hat in der kurzen Zeit knapp siebzig Seiten gelesen, ihre Korrekturen haben Hand und Fuß. Ich hätte gerne gewusst, was sie von dem Buch hält, ob sie sich darin wiedererkennt?

In mir wächst die Überzeugung, dass der Zwei-Falken-Verlag absagen wird. Von der steil ansteigenden Hoffnungskurve, als *Central Park South* bei der ersten Agentin landete, zu dem ebenso tiefen Absturz nach ihrem kläglichen Versagen. Danach eine Enttäuschung auf die andere. Und nun der Todesstoß durch Dr. Zapf?
Überraschend ruft Michael wieder an. Er habe mit Dr. Zapf bei einem gemeinsamen Abendessen über mein Buch gesprochen. Das sei ein gutes Buch, man müsse allerdings noch daran arbeiten, habe er gemeint. Als Michael sich erkundigte, wer denn sonst als Verleger in Deutschland für diesen Stoff in Betracht komme, meinte Dr. Zapf, damit solle man vorerst warten, er sei selbst interessiert.
Warum teilt er mir das dann nicht mit? Schließlich melde ich mich kurzerhand zu einem Besuch in Frankfurt an. Seine Entscheidung muss doch längst gefallen sein. Mein Manuskript liegt als Einziges auf seinem Schreibtisch. Als gebe es für ihn nur dieses Buch.

»Selten erhalte ich ein Manuskript, das so weit gediehen ist.«
Wie zur Bekräftigung hebt er den Stapel mit beiden Händen hoch. Ich mache mich auf die Gründe gefasst, aus denen er das Manuskript trotzdem ablehne. Krampfhaft versuche ich, meine Unsicherheit zu überspielen, verdammt, ich als gestandener Geschäftsmann!
»Die Geschichte hat Hand und Fuß, sie ist gut aufgebaut, die Struktur stimmt. Allerdings muss an verschiedenen Stellen gestrafft, an anderen einiges präziser angesprochen werden. Gelegentlich müssen Sie deutlicher werden, wie im Film. Sie dürfen die emotionale Kontrolle nicht abgeben.«
Ich spüre, wie sich meine Beklemmung legt. Als er durch das Manuskript blättert, fallen mir seine handschriftlichen Notizen auf. Der Mann ist mir sympathisch, er dürfte in meinem Alter sein, da fällt es ihm sicher leichter, sich mit der Materie zu identifizieren. Die Art, wie er den Text angeht, gefällt mir. Manchmal ereifert er sich, dann deutet er auf Entwicklungen und Linien, die mir bisher nicht aufgefallen waren. Am Ende reicht er mir das Manuskript.
»Wenn Sie mir in den nächsten Wochen einen neuen Entwurf liefern, können wir *Sarahs Paris* möglicherweise noch in unser Herbstprogramm aufnehmen. Wir haben noch einen Programmplatz frei. Versprechen kann ich nichts. Sie müssen mich überzeugen.«
Damit ist der Ernstfall eingetreten. Im Ernstfall konnte ich immer schon einen Gang zulegen, der Druck, wenn man weiß, dass es nun um alles geht. Etwas überrascht bin ich allerdings, dass er nichts von einem Vertrag er-

wähnt hat. Aber vielleicht kommt das später, erst eine Fassung, mit der sich der Verleger einverstanden erklärt, dann der Vertrag.
Plötzlich sieht es so aus, als sollte mir wenigstens dieser Wunsch vom Schicksal erfüllt werden. Was wiegt mehr, das Hochgefühl des Sieges oder der Schmerz der Niederlage? Der Sieg bei Sarah oder die Niederlage bei Ziba?

Justine kommt jetzt regelmäßig in meine Wohnung. Ich bitte sie, sich meine Korrekturen zu *Sarahs Paris* anzuschauen. Mit Sarah entscheide sich schließlich auch die Zukunft von *Central Park South*. Ich schlage ihr vor, in das kleine Zimmer hinten am Gang einzuziehen, während wir an Sarah arbeiten und vielleicht auch danach.
»Schließlich gibt es noch eine Menge an *Central Park South* und an meiner Novelle über Johanna van Gogh zu tun. Du wolltest doch einmal Lektorin werden! Und ich brauche jemanden wie Johanna, wäre das nicht eine ideale Aufgabe für dich?«
Tatsächlich habe ich mich in letzter Zeit immer wieder gefragt, was mit meinen Romanen passieren würde, sollte mir etwas zustoßen. Justine als meine Statthalterin, warum nicht? Natürlich gegen Bezahlung, sage ich. Aber sie zögert.
»Lass uns abwarten, was aus Sarah wird. Dann sehen wir weiter.«
Vielleicht hat sie recht, und wie würde es aussehen, diese Frau, die eigentlich nicht in mein sonstiges Leben passt, in meiner Wohnung zu haben.

An dem Tag, an dem ich das vollständig überarbeitete Manuskript an den Zwei-Falken-Verlag sende, steigen die Temperaturen in Paris auf über dreißig Grad. Möglich, dass es die vergangenen Wochen auch schon so heiß war und mir in meinem Arbeitswahn nur nicht aufgefallen ist.
Die meisten meiner Bekannten sind vor dem drückenden Wetter aus Paris geflohen. Auch Justine ist verschwunden, nachdem es zwischen uns zu einem dummen Missverständnis gekommen ist, alles meine Schuld, als ich ihr plötzlich zu nahe trat. Im Nachhinein unverständlich, was mich dabei beritten hat. Wie auch immer, ich schlafe schlecht, die Hitze, die Erschöpfung nach der pausenlosen Anspannung der vergangenen Wochen. Am nächsten Morgen in den Tuilerien überkommt mich ein Schwächeanfall, ich muss meinen Lauf abbrechen. Später stelle ich hohes Fieber fest. An einem der heißesten Tage in der Geschichte von Paris liege ich frierend im Bett.
Eine Woche verbringe ich schlaff in der Wohnung, schlafend oder gedankenlos treibend. Ich registriere kaum den Eingang der E-Mail von Dr. Zapf, dass das Buch angekommen und er auf das Ergebnis gespannt sei. Dabei spricht er vom Buch, nicht mehr vom Manuskript.

Am Ende eines Lebensabschnitts. Bei Sarah bleibt nichts weiter zu tun, alle Zeichen stehen auf Sieg. Ziba, die andere Frau in meinem Leben, ist mehr Traum als Wirklichkeit. Mitte fünfzig ist die Zeit für Träume vorbei. Aber tatsächlich ruft Ziba an.

»Mein Schwager wird weg sein, er verreist für einige Zeit, erst in den Libanon, dann in den Irak. Ich habe das hinter seinem Rücken eingefädelt, die Präsidentin hat mir geholfen.«
Als ich schweige, fragt sie: »Warum sagst du nichts? Oder hast du mich schon aufgegeben?«
»Noch nicht, aber ewig kann das nicht so weitergehen.«
»Es ist meine Schuld.«
»Du musst dich entscheiden, Ziba. Wir leben im einundzwanzigsten Jahrhundert, was soll schon geschehen.«
»Du verstehst diese Zwänge nicht, die mein Leben bestimmen. Natürlich möchte ich zu dir!«
»Irgendwann kommt dein Schwager von seiner Mission zurück, und dann? Ich bin es gewohnt, Probleme unmittelbar anzugehen. Wir müssen uns aussprechen, dein Schwager und ich.«
»Es ist sinnlos.«
»Kann deine Präsidentin dabei nichts für dich tun?«
»Sie steht auf meiner Seite, aber ihrer Macht sind Grenzen gesetzt. Sie ist die Politik, mein Schwager der Islam. Hier geht es um den Islam.«
»Trotzdem, wir wären nicht die ersten. Sobald dein Schwager abgereist ist, komme ich nach Auvers. Dann sehen wir weiter.«
Die Vorstellung, ein paar Nächte mit Ziba, wieder ihren Körper, in Auvers oder vielleicht kommt sie auch zu mir nach Paris. Ein Stein auf dem anderen. Plötzlich stimmt die Richtung.
Einige Tage später ruft sie erneut an, völlig durcheinander.

»Es ist vorbei, ich habe meinem Schwager alles von uns gesagt!«

»Beruhige dich, was ist denn geschehen.«

»Die anderen Frauen im Haus hatten mich seit einiger Zeit gewarnt, aber ich habe sie nicht ernst genommen. Heute stellte er mich plötzlich einem Mann vor, einem in Dortmund lebenden Iraner, weil ich offensichtlich für Deutsche etwas übrig hätte. Ein Anhänger von Maryam Radjani und ein sehr angesehener Muslim dort, den er für mich ausgewählt hätte. Ich war darauf nicht vorbereitet. Als der Mann auf mich zutrat, wehrte ich ihn mit beiden Armen ab. Ich habe ihn weggestoßen und ihm gesagt, dass ich ihn unmöglich werde heiraten können, habe mich mit meinem Schwager, als er einzugreifen versuchte, gestritten, weder ihn noch einen anderen würde ich heiraten, weil ich seit langem ein Verhältnis mit dir hätte, dich liebte und zu dir ziehen würde. Ich hatte jede Kontrolle über mich verloren, habe ihn angeschrien, dass ich nicht weiter zulassen würde, mir mein Leben von ihm stehlen zu lassen. Jetzt wohne ich in der Zentrale unter dem Schutz von Maryam. Hier kann mir mein Schwager nichts anhaben. Aber ich will zu dir und immer bei dir bleiben!«

»Ziba, endlich, wie lange habe ich darauf gewartet.«

»Maryam weiß über alles Bescheid. In zwei Tagen ist das Projekt, an dem ich seit langem für sie arbeite, abgeschlossen. Dann werde ich Auvers für immer mit dir verlassen.«

»Ich komme morgen nach Auvers und hole dich dann übermorgen in aller Frühe in der Zentrale ab. Du kannst mich vorher jederzeit bei Gérard oder in dem kleinen Gasthaus erreichen.«

»Ich habe furchtbare Angst, und im selben Moment fühle ich mich unendlich erleichtert. Versprichst du mir, dass du mich nie verlassen wirst?«

Wenn ich mit Ziba nach Paris zurückkehre, liegt mit etwas Glück auch die Zusage des Zwei-Falken-Verlags vor. Mein neuer Lebensabschnitt nimmt feste Umrisse an. Ich liebe das Leben.

Am Nachmittag steht Justine vor der Tür, sie sieht müde und fertig aus, sie zittert.

»Vergessen wir, was war. Gilt dein Angebot noch, bei dir zu übernachten? Zwei oder drei Tage brauche ich das Zimmer, höchstens eine Woche? Ich könnte an *Central Park South* weiterarbeiten und mich mit Johanna van Gogh befassen, jedenfalls so weit du damit mittlerweile bist.«

Sie schaut mich flehend an, die Augen eines misshandelten Tiers. Als spekuliere sie mit meinem schlechten Gewissen. Ich hatte ihr das Zimmer ja angeboten, jedoch nun passt es nicht mehr in meine Pläne. Aber ich kann sie doch nicht zurück auf die Straße schicken, nicht nach dem, was hinter uns liegt. Wiederholt sich so die Geschichte des Drogenmädchens, wird sie mich in den Abgrund ziehen?

»Gut, du kannst das Zimmer hinten am Gang nehmen. Ich werde sowieso ein paar Tage verreisen.«

»Keine Sorge, du wirst mich nicht bemerken.«

Sie bewegt sich lautlos, wie ein Schatten in der Wohnung. Auch bei der Überarbeitung von *Sarah* hatte ich

ihre Anwesenheit manchmal völlig vergessen. Nur wie wird Ziba reagieren? Aber das muss sie doch sehen, dass ich mit jemandem wie Justine nichts haben kann. Obgleich das nicht völlig stimmt.
Ein Schritt nach dem anderen. Ich werde meine Pläne ändern, mit Ziba erst ein paar Tage ans Meer fahren und dann zurückkommen, wenn Justine für immer verschwunden sein wird. Wohl ist mir bei der Sache nicht. Aber ich werde das schon hinbekommen.

Die Macherinnen

Es bereitet mir große Sorgen, mir sagen zu müssen:
Ich habe so viele Bilder und Zeichnungen gemalt,
ohne jemals etwas zu verkaufen.

Vincent van Gogh, Brief an Johanna van Gogh
vom 9. Mai 1889

1.

Ein Schlag folgte dem anderen. Am Ende kam es Johanna van Gogh vor, als befände sie sich im Nichts. Das Einzige, das ihr verblieben ist, sind die Verpflichtungen: das vaterlose Kind, die Wohnung in Paris und die Vielzahl unverkaufter, unverkäuflicher Gemälde aus Vincents Hinterlassenschaft.

Theos Tod war eine Erlösung, aber haben sich damit die Wolken verzogen?

Niemand hat sie vor dem Fluch der van Goghs gewarnt. Wird er als Nächstes ihren unschuldigen Sohn treffen, Vincent Willem, an den Patenonkel gekettet, an ihn und seinen Wahnsinn? Sie sucht nach Spuren in seinem Gesicht, aber sie sieht nur diesen ganz normalen Kleinkinderkopf, verschnupft und blass, der winzige Körper, der wie ein Hund auf allen Vieren hinter ihr her krabbelt.

Fest steht, dass sie Holland nie wieder verlassen werden. Wo sollten sie auch hin, ankerlos in diesem Leben, dem plötzlich jeder Sinn genommen ist?

Wenn sie damals nach Theos erstem Heiratsantrag nur standhaft geblieben wäre, das Unheil wäre spurlos an ihr vorbeigegangen. Irgendwann später hätte Andries erwähnt, dieser van Gogh, du erinnerst dich, der dich einmal heiraten wollte, ist dem Wahnsinn verfallen und

in einer Anstalt in Paris elendig verreckt, dreiunddreißig Jahre ist er alt geworden, stell dir vor, du wärst jetzt Witwe.
Warum sie seinen zweiten Antrag nicht ebenso zurückgewiesen hat wie den ersten, wird ihr ewig unerklärlich bleiben. Viel hatte er nicht vorzuweisen, und besonders ansprechend sah er auch nicht aus. Dennoch hat sie Ja gesagt, vielleicht gereizt von der Aussicht, in Paris ein neues, aufregendes Leben fern von der Enge ihrer holländischen Provinz zu führen.
In Wirklichkeit hat Theo ihr nie gehört. Vincent lastete allgegenwärtig wie ein Albatros über ihrem Leben. Allerdings hat sie seinen zerstörerischen Einfluss damals nicht erkannt. Erst jetzt, in diesen langen einsamen Wintertagen, fällt es ihr wir Schuppen von den Augen. Theo lebte tatsächlich von Brief zu Brief des Bruders, erfüllte ihm jeden seiner nie endenden Wünsche. Dabei konnte er es Vincent nicht recht machen, wie sehr er sich auch bemühte.
Vincent verstand es meisterhaft, seinen Bruder zu beherrschen. Fast schlimmer noch als die Selbstverstümmelung in Arles war sein oft monatelanges Schweigen. Heute im Rückblick bezweifelt Johanna auch, dass es ein Versehen war, dass Vincent der Selbstmordversuch nicht sofort gelungen ist. Erst musste er Theo in seinen letzten aussichtslosen Kampf miteinbeziehen, um ihn so für immer an sich zu ketten.
Vincents Zustand damals bei seiner Ankunft in Paris wirkte wohltuend und beruhigend auf Theo. Aber sobald Vincent spürte, dass ihm die Macht über Theo entglitt, verließ er überstürzt Paris, von einem Tag auf den

anderen. Aus Auvers schrieb er wieder diese quälenden Briefe und verfiel erneut in sein unruhiges, unstetes Dasein. Von neuem beherrschten seine Nachrichten, sein Schweigen und seine Probleme Theos und Johannas Leben. Als hätten sie nicht an ihren eigenen Sorgen genug zu tragen gehabt!
Schließlich hatte er es erreicht, dass sie, Johanna, sich die Schuld am Verfall der Familie gab. Denn durch sie wurde das Gleichmaß im Leben der Brüder gestört, sie war der Fremdkörper. Vincents schwerste Krisen fielen mit den wichtigsten Anlässen im Leben von Theo und ihr zusammen. Geschah alles deswegen, weil sie das zwischen den Brüdern bestehende, unsichtbare Gefüge durcheinandergebracht hatte?
Die Einheit zwischen den Brüdern war die Konstante in Vincents und Theos Leben. Dies hat Theo in aller Deutlichkeit in dem Brief, den er unmittelbar nach Vincents Tod an ihre Mutter schrieb, zum Ausdruck gebracht: *Er war so sehr mein eigener Bruder!* hatte er geschrieben. Als hätte er damit alles verloren, als gäbe es Johanna nicht und seinen Sohn! Aber so war es in der Tat, er hatte alles verloren. Ohne Vincents Selbstmord wäre Theo nie so schnell dem Wahnsinn verfallen. Natürlich lässt sich das im Nachhinein nicht beweisen.
Vincent war ihr Verhängnis, er hat ihr Leben zerstört. Niemals will sie mit ihm je wieder zu tun haben, sie hat ihn aus ihrem Leben verbannt, für immer!

Auch sonst stand ihr Leben in Paris unter keinem guten Stern. Andries, ihr Bruder, war eine einzige Enttäuschung. Seit Theos Tod maßt er sich die Rolle ihres

Vormundes an, jedenfalls fühlt sie sich so von ihm behandelt. Die unmündige kleine Schwester, die dankbar sein sollte, dass er sich um ihre Anliegen in Paris kümmerte! Die Wohnung verkomme, der riesige Stapel von Bildern, den Vincent hinterlassen hat, gehöre auf den Müll! Dass sie unverkäuflich seien, habe Theo doch wohl ausreichend unter Beweis gestellt. Ihr fehle die Lebenserfahrung für die vielen Entscheidungen, die unvermittelt auf sie zukämen, hielt Andries ihr vor.
Trotzig widerspricht sie Andries. Dabei wäre die einzig vernünftige Lösung, seinem Rat zu folgen, einen Schlussstrich zu ziehen, die Wohnung aufzulösen, zu verkaufen, was man verkaufen kann, und den Rest auf den Abfall zu geben, allem voran Vincents Bilder, auch wenn das einem Verrat an Theo gleichkäme. Und was soll mit den Kisten Briefe geschehen, die Theo aufgehoben hat? Wen würde das je interessieren? Wegwerfen, natürlich, was sonst!
Aber etwas in ihr wehrt sich gegen alle Vernunft, hält sie von diesem Schritt zurück. Andries sieht nur auf die Kosten, den Aufwand, das »Zeug«, wie er es nennt, zu verpacken und nach Holland zu senden.
»Dann sieh doch selbst nach dem Rechten hier! Ich habe die Nase voll von deiner Uneinsichtigkeit. Nichts als Undank!«
Ohne zu wissen, wie es weitergehen soll, fühlt sich Johanna erleichtert, nicht mit überhasteten Entscheidungen unverrückbare Fakten geschaffen zu haben. Eines Tages erhält sie einen Brief von Émile Bernard. Er fragt an, ob er ihr in irgendeiner Form behilflich sein könnte. Dankbar nimmt sie sein Angebot an. Émile überwacht

die Verpackung der Bilder und schickt sie zusammen mit ihren sonstigen in Paris verbliebenen persönlichen Dingen nach Holland. Damit ist das Kapitel Paris beendet. Die Höhen und Tiefen zweier Jahre.

Eine junge Witwe mit ihrem gerade einjährigen Sohn, aber der Tod macht einen alt, weit über die Jahre hinaus. Das kurze Glück, das sie mit Theo erlebt hat, liegt unter den schmerzhaften Eindrücken der letzten Monate in Paris verschüttet. Bis sie bemerkt, dass die Erinnerungsstücke aus ihrer glücklicheren Zeit von damals, die nun überall in ihrem Haus herumstehen, die gemeinsamen Hoffnungen und Sehnsüchte nach und nach wieder in ihr aufleben lassen. Als wäre Theo insgeheim zu ihr zurückgekehrt.

Allerdings gehörte damals Vincent zu ihnen, jedoch mit dem ihr nichts als Unheil bringenden Schwager hat sie in den Stunden ihrer tiefsten Einsamkeit abgerechnet. Für ihn gibt es keinen Platz mehr in ihrem Leben. Obwohl sie im Stillen immer noch gehofft hat, Theo würde mit seinem unerschütterlichen Glauben an Vincent recht behalten. Kurz sah es auch danach aus, als im vergangenen Dezember, noch vor Theos Tod, in Holland zwei lobende Artikel über ihn erschienen waren. Aber niemand erkundigte sich daraufhin nach seinen Bildern, geschweige denn, dass eines verkauft worden wäre. Ein Windhauch, der einfach vorüberzog.

Und was haben ein oder zwei Artikel in Holland schon zu bedeuten? Für den großen Erfolg zählt nur Paris. Und mittlerweile sind seit dem Erscheinen dieser Artikel auch wieder Monate vergangen.

Johanna verspricht sich wenig davon, aber um sich später nichts vorwerfen zu müssen, lässt sie die Bilder von einem Sachverständigen auf ihren Wert schätzen. Nicht nur die von Vincent, sondern auch die Werke von Monet, Cézanne, Seurat, Toulouse-Lautrec und Gauguin und all den anderen, mit denen Vincent und Theo ständig Bilder getauscht hatten. Wie befürchtet, fällt das Ergebnis beschämend aus, insbesondere was Vincent betrifft. Zweihundert seiner großen Ölbilder werden von dem Sachverständigen auf insgesamt lediglich zweitausend Gulden geschätzt. Zehn Gulden für ein Bild! Die Leinwände und die Farben hatten Theo mehr gekostet. Mit anderen Worten: In dem Augenblick, in dem Vincent in seiner ungestümen Art eine Leinwand bemalte, hat das Material an Wert verloren.
Johanna behält dieses Ergebnis für sich, insbesondere Andries gegenüber, weil es auch ein schlechtes Licht auf Theo wirft. Aber es ist schon hart, all das Geld, das Theo für Vincent abgezweigt hat, für nichts und wieder nichts. Wie konnte er nur so blind sein, wo doch jeder in Paris seinen Kunstverstand lobte! Oder Émile Bernard und die anderen Malerfreunde, die Vincent als den wichtigsten Neuerer ihrer Zeit verehrten!
Aber an der Bewertung des Sachverständigen führt kein Weg vorbei.
Damit kann sie das Kapitel Vincent mit Fug und Recht abschließen.

2.

Sabine Bucher ist hundemüde, als wollten sie und Peter alles in diese eine Nacht packen, bis sie endlich eingeschlafen sind. Wahrscheinlich schläft er noch, und sie hockt in dieser unbequemen Maschine nach Frankfurt. Von Urlaub keine Spur. Warum hat sie sich nicht einfach geweigert? Manchmal versteht man sich selbst nicht mehr. Allein der anmaßende Stil des Verlegers. Er sollte doch jedes Interesse haben, ihr entgegenzukommen.

Und was weiß sie schon von Arthur Heller? Sie hatte gestern Abend begonnen, seine Tagebücher zu lesen, chronologisch, zunächst nur oberflächlich, besonders die letzten Jahre, unmöglich, alles zu lesen, außerdem war seine Handschrift nicht leicht zu entziffern. Leider hatte sie das aktuelle, das letzte von diesem Jahr, das sie am meisten interessiert hätte, in seiner Aktentasche, die er in Auvers dabei hatte, in Paris zurückgelassen.

In den Tagebüchern hat sie ihren Onkel kaum wiedererkannt. Irgendwann verschwammen die Details zu einer diffusen Vorstellung von dem, was Arthur Heller in den zehn Jahren seit seinem Ausstieg aus dem Berufsleben in Deutschland durchgemacht haben musste. Dennoch, je mehr sie über sein Leben erfährt, umso weniger kann sie sich seinen Selbstmord erklären.

Mehr als alles ärgert sie, dass Peter mit dieser lässig hingeworfenen Bemerkung, ihr Onkel werde an ihr hängenbleiben, recht behalten würde. So viel ist ihr inzwischen klar geworden. In mehrfacher Hinsicht: Denn der Blick, der sich für Sabine durch die Tagebücher in Hellers Privatleben geöffnet hat, ließ sie nicht unberührt. Und ein Testament, das sie aus der Verantwortung bringt, ist bisher nicht aufgetaucht. Es muss doch einen Anwalt geben, bei dem er sein Testament hinterlegt hat, denkt sie. Wenn sie nur seine Haushaltshilfe oder wen auch immer in der Wohnung erreichen könnte! Zwischenzeitlich muss man den Anrufbeantworter doch abgehört haben.

Arthur Heller war, als er vor zehn Jahren nach Paris gezogen war, nicht viel älter als sie heute. Sie versucht sich in ihn zu versetzen, die unerfüllten Sehnsüchte zu verstehen, die er als erfolgreicher Unternehmer lange in sich unterdrückt hatte, und dann seinen Mut, dieser Bestimmung zu folgen, ungeachtet aller Hindernisse, die sich ihm in die Quere stellen würden.

Drei Romane hat er geschrieben, und anscheinend zu jedem Buch eine neue Lebensgefährtin gefunden. Als lebte er im Schreiben eines Buches jeweils ein anderes Leben, das mit dem vorherigen nichts gemein hatte. Dann die Träume vom äußeren Erfolg, von der Zusage eines Verlegers oder eines Agenten. Nach den ersten Absagen nahm die Verzweiflung überhand. Am Ende schrieb er mit der Wut im Bauch. Bis er, an einem bestimmten Tiefpunkt angelangt, durchgedreht ist.

Anders als ihr Onkel unterdrückt Sabine keine heimlichen Träume. Sie lebt ihr Leben, das sie sich so aufgebaut hat. Arthur Heller ist kein Vorbild. Sie beneidet ihn auch nicht, seine inneren Zwänge kann sie nicht nachempfinden. Oder macht sie sich nur etwas vor, fragt sie sich mit einem Mal, hat sie sich je ehrlich und offen dieser existentiellen Frage gestellt: Ist dein Leben, so wie es ist, richtig? Hast du überhaupt den Mut, dir diese Frage zu stellen?

In Frankfurt herrscht dieselbe unerträgliche Hitze wie in Paris, man berichtet in der Zeitung schon von einer Sterbewelle dort. Nach der Landung ruft sie als Erstes in Hellers Wohnung an. Sie ist seltsam erregt, doch niemand beantwortet das Telefon. Sie wird Arthur Heller nicht los. Was bedeutet er für ihr Leben, warum die überraschend in seinen Tagebüchern geäußerte Sympathie ihr gegenüber, die er sich nie hatte anmerken lassen?
Der Zwei-Falken-Verlag befindet sich in einer der herrschaftlichen Villen aus der Gründerzeit in der Myliusstraße. Eine gediegene, gepflegte Atmosphäre. Die Dame am Empfang behandelt sie zuvorkommend, wahrscheinlich nicht dieselbe, die sie gestern am Telefon abblitzen ließ. Sie haben auch allen Grund, ihr für ihr Kommen dankbar zu sein. Allerdings wird sie nach einigen Minuten Warten ungeduldig. Ich sitze hier nicht als aufgeregte Jungautorin, die dem Urteil des Verlegers entgegenzittert, denkt sie. Die Empfangsdame muss ihre Unruhe bemerkt haben.
»Dr. Zapf weiß Bescheid, er wird Sie jeden Moment empfangen.«
Eine junge Frau kommt vom Gang her auf sie zu. Kaum über dreißig, schätzt sie, mit kurzem, hoch stehendem

rotem Haar und einer Nickelbrille. Sie trägt eine rosa ärmellose Bluse und einen langen Rock. Ihre Haut ein wenig ungepflegt Auf den ersten Blick nicht unbedingt Sabines Typ.

»Guten Morgen, Frau Bucher, ich heiße Diana Weber-Block, ich bin die Cheflektorin. Ich werde Sie bei der Überarbeitung des Manuskripts unterstützen. Folgen Sie mir doch bitte ins Besprechungszimmer, Herr Zapf wird jeden Augenblick hinzukommen.«

Auch nicht die feine Art, denkt sie, erst überredet der Verleger mich und dann schiebt er mich an seine Lektorin ab. Eine missmutige Stimmung erfasst sie. Warum habe ich mich auf dieses Spiel eingelassen?

»Wir sind Ihnen zu besonderem Dank verpflichtet, Frau Bucher, Sie sind unsere einzige Hoffnung, das Buch noch bis zur Messe druckreif zu bekommen.«

»Und was genau erwarten Sie von mir?«

»Es geht um einige Änderungen und Kürzungen, die ich bereits hier drin markiert habe.«

Sie hebt das Manuskript vor sich hoch, wie um ihre Aussage zu bekräftigen. »Wir müssen das Manuskript in der nächsten, spätestens übernächsten Woche druckreif bekommen.« Sabine fallen die abgenagten Fingernägel auf. Das soll ich lesen? Wo ich doch kaum je einen Roman in die Hand nehme! Angesichts des dicken Papierstapels schüttelt sie zweifelnd den Kopf.

»Ich komme in meiner Anwaltskanzlei mit der Arbeit nicht nach!«

»Im Urlaub haben Sie doch Zeit! Autoren arbeiten auch an ihrem Urlaubsort. Und mit dem Stoff sind Sie vertraut, nehme ich an?«

»Nicht im Geringsten, ich kenne ja kaum den Autor. Als ich ihn vor drei Tagen tot in Auvers liegen sah, war er für mich wie ein Fremder.«
»Dann lernen Sie ihn auf diese Weise wieder kennen. Übrigens, die Geschichte spielt im Jahr 1965, sie trägt anscheinend autobiografische Züge, also Ihr Onkel von damals, den sollten Sie wohl wiedererkennen.«
»Da war ich gerade geboren! Verstehen Sie denn nicht, dass mich nichts mit ihm verbindet?«
In diesem Augenblick betritt Dr. Zapf das Besprechungszimmer. Eine angenehme Erscheinung, besonders im Kontrast zu dieser Lektorin, die Sabine mittlerweile auf die Nerven geht. Ein Mittfünfziger, ohne Krawatte, schlank und athletisch, welliges volles Haar, leicht angegraut, ein ausdrucksvolles Gesicht. Der Anflug des Künstlerischen umgibt ihn.
»Erstmals vielen Dank, Frau Bucher, dass Sie gekommen sind. Ich stehe vor einem Rätsel, so kurz vor der Veröffentlichung, und dann gibt ihr Onkel aus einem mir unerfindlichen Grund auf. Vielleicht muss man die Antwort tatsächlich bei van Gogh suchen, der sich, wie man weiß, ebenfalls vor dem Erfolg gefürchtet hatte. Und dass er vor dem Durchbruch stand, das habe ich Arthur Heller in aller Deutlichkeit gesagt?«
»Möglicherweise hat es mit einer Frau zu tun, mit der er verabredet war und die ihn womöglich sitzenließ oder mit der er sich gestritten hat. Sein letzter Tagebucheintrag vor dem Selbstmord weist in diese Richtung.«
»Eine Frau? Wie auch immer, wir sollten bei dem Van-Gogh-Bezug bleiben.«

»Wie haben Sie sich das weitere Vorgehen vorgestellt?«
Sie ist fest entschlossen, die Rahmenbedingungen selbst vorzugeben. Der Umfang des Manuskripts verspricht nichts Gutes.
»Frau Weber-Block wird mit Ihnen unsere Ergänzungsvorschläge durchsprechen. Wissen Sie, Autoren stehen bei uns Schlange, Ihr Onkel kann von Glück reden!«
»Wieso?«
»Na ja, in seinem Alter. Ein fünfundfünfzigjähriger Debütant, das gibt es eigentlich nicht, jedenfalls nicht in der Belletristik. Bei Sachbüchern ist das anders, da kommt es durchaus auf Erfahrung an, aber bei Romanen suchen der Leser und die Kritik nach den neuen Stimmen, und die sind eben jung. Aber der Stoff hat Brisanz und Tiefgang, eine deutsch-jüdische Liebesgeschichte, ein heikles Thema, und dies so ganz ohne Berührungsängste anzugehen, dazu gehört schon eine gewisse Stärke. Ohne van Gogh wäre die Kommunikation in die Öffentlichkeit dennoch nicht einfach gewesen. Jetzt lässt sich was draus machen.«
»Van Gogh hin oder her, das Manuskript muss stimmen!«, wirft die Lektorin ein.
»Natürlich, Frau Weber-Block, Sie haben völlig recht. Am besten lasse ich Sie nun allein, wenn Sie mit dem Manuskript durch sind, sollten wir uns über die vertraglichen Einzelheiten verständigen, Frau Bucher.«
Ohne auf ihren Einwand zu achten, verlässt Dr. Zapf das Besprechungszimmer.
Frau Weber-Block rückt ihren Stuhl unangenehm nahe an Sabine. Sie hat ihre Korrekturen in schulmeisterlichem Rot angezeichnet. In erster Linie scheint es um

Stilistisches und Rechtschreibung zu gehen. Nach einigen Seiten unterbricht Sabine sie.

»Ihre Vorschläge gehen so in Ordnung. Es erscheint mir nicht notwendig, dass wir beide das hier alles zusammen durchsprechen.«

»Bestimmte Szenen habe ich allerdings erheblich gekürzt oder ganz gestrichen, da gibt es etwa eine Beischlafszene, bei der der Protagonist beim Blick auf Sarah plötzlich an ein Foto nackter jüdischer Frauen kurz vor ihrer Erschießung vor ihren selbstgeschaufelten Gräbern denken muss und dann nicht mehr mit Sarah schlafen kann. So etwas muss natürlich raus.«

So etwas? Was soll sie dazu sagen? Arthur Heller hat das sicher nicht aus dem hohlen Bauch erfunden, er muss sich etwas dabei gedacht haben, vielleicht kommt dieser Stelle eine wichtige Funktion im Roman zu. Es geht um seinen Roman und was er damit beabsichtigte, auch wenn dies das Buchprojekt gefährden sollte. Bei der Auseinandersetzung mit der Lektorin empfindet die plötzlich eine Verbundenheit und überraschende Zuneigung zu ihrem Onkel.

»Gut, dann nehme ich das Manuskript erst mal mit.«

Sie hatte sich die Besprechung länger vorgestellt, aber nach knapp einer Stunde verlässt sie den Verlag. Dr. Zapf übergibt ihr bei der Verabschiedung eine Kopie des Vertrags, den er für Arthur Heller vorbereitet hatte.

»Der Vertrag enthält unsere üblichen Klauseln und Konditionen.«

»Ich verlasse mich in dieser Sache auf Sie, möchte ihn mir aber doch erst in Ruhe ansehen.«

»Wann können wir mit der Rückgabe des Manuskripts rechnen? Ende der Woche? Spätestens dann sollte das Buch in den Druck.«

»Ich kann Ihnen nichts versprechen. Nächste Woche bin ich völlig ausgebucht in der Kanzlei. Wenn ich es diese Woche nicht schaffe, dann eben nicht.«

»Vergessen Sie bitte nicht, was die Veröffentlichung Ihrem Onkel bedeutet hätte. Letztendlich geht der Verlag ein enormes Risiko ein.«

Warum hat sich Arthur Heller bloß auf dieses Spiel eingelassen, denkt sie nach dem Gespräch? Der literarische Betrieb, der sich ihm entgegenstellen würde, junge Lektoren, junge Autoren, das musste er doch wissen. Als ob ein lebenserfahrener Späteinsteiger nicht sicherer als ein tastender Jungautor den nächsten Erfolgsroman garantieren könnte. Ganz abgesehen von den Lesern, die überwiegend älter sind und um deren Meinung und das, was sie eigentlich bewegt, sich keiner der jungen Autoren und Lektoren schert.

Später Vormittag, es bleiben ihr einige Stunden bis zum Rückflug nach Sylt. Ihr Büro befindet sich in der Nähe des Verlags, aber jeder würde denken, sie könne nicht einmal ein paar Tage ohne die Arbeit auskommen. Sie entschließt sich, die Wartezeit in ihrer Wohnung zu verbringen. Ein seltsames Gefühl, mitten im Urlaub einfach so bei sich zu Hause aufzutauchen.

Sie liest zwanzig Seiten des Manuskripts, ohne anzuhalten oder die roten Verbesserungen zu beachten. Schließlich blickt sie auf, wie um Luft zu holen. Die Geschichte gefällt ihr, geschrieben aus der Perspektive von

Steffen, dem jungen Studenten. Was ihm zustößt, stößt auch dem Leser zu. Kurze Sätze, klar, nichts Überflüssiges, keine unnützen Abschweifungen.
Wenn Arthur Heller diese Spannung aufrechterhalten kann, aber sie befürchtet, dass ihm irgendwann die Luft ausgehen wird. Seine Sprache klingt jung, jedenfalls empfindet sie dies so. Vielleicht lebte er deswegen in einem anderen Sprachumfeld, um seine Sprache auf diese Weise jung zu halten. Vielleicht hat ihn auch die Zweisprachigkeit vorsichtiger im Umgang mit Worten werden lassen. Jedenfalls kann man den Text nicht einfach überfliegen, jeder Satz verlangt volle Aufmerksamkeit. Sie spürt, wie das Buch sie, fast gegen ihren Willen, in seinen Bann gezogen hat.
Sie beginnt noch einmal von vorn, um diesmal auf die Änderungen der Lektorin einzugehen. Die roten Anmerkungen versieht sie mit einem schwarzen Haken, um auf diese Weise ihre Zustimmung zu bekunden. Manchmal wird sie vom Geschehen mitgerissen und vergisst über Seiten hinweg ihre Haken. Plötzlich hat die Lektorin mit ihrem Rotstift einige Seiten durchgestrichen, vehement, wie Messerstiche. Die Gefühle des Protagonisten, als er das jüdische Viertel in Paris besucht, um dort Sarah zu treffen, verschwommene Empfindungen, dunkle Ahnungen und Rückblenden in die Zeit der deutschen Besatzung. Ihr leuchtet nicht ein, warum die Lektorin diesen Teil streichen will. Sie zieht eine Wellenlinie durch die roten Striche, um deutlich zu machen, dass sie mit dieser Änderung nicht einverstanden ist.
Später schneidet der Rotstift der Lektorin brutal über

die Seite der Beischlafszene. Sabine glaubt, sich an dieses grausame Foto der entsetzten und verängstigten nackten jüdischen Frauen vor ihrer Hinrichtung erinnern zu können. Wie sollte man es je vergessen! Für die junge Lektorin vielleicht lediglich ein historisches Dokument, ohne Bezug zu ihrer heutigen Gefühlswelt, aber für Arthur Heller, einem Kind der Tätergeneration, behält diese verheerende Schuld eine nahe und tiefer gehende Bedeutung. Sabine steht auf der Seite ihres Onkels, besonders nachdem sie erkennt, wie sehr diese Szene den weiteren Verlauf der Handlung bestimmt.

Im Weiterlesen wird ihr klar, dass die Streichungen der Lektorin überwiegend die jüdischen Bezüge betreffen. Dabei ist es doch von Anfang an eine deutsch-jüdische Liebesgeschichte, 1965, als die Schatten der Vergangenheit undurchdringlich schienen. Das beklemmende Gefühl, das unterschwellig bis heute weiterlebt, kennt Sabine selbst.

Tief ins Lesen versunken, reißt sie das Klingeln ihres Handys aus dem Text. Sie ist mit mehr als der Hälfte durch und hat dabei alles um sich vergessen. Es ist Peter aus Sylt.

»Du wolltest mir doch Bescheid geben, bevor du abfliegst. Hat der Flug Verspätung? Bist du noch am Flughafen?«

»Ich bin in meiner Wohnung, lese das Manuskript meines Onkels. Wie spät ist es überhaupt? Drei Uhr schon, den Flug schaffe ich nicht mehr. Ich glaube, das war der letzte direkte Flug heute.«

»Und das nennst du Urlaub?«

»Jetzt muss ich mich wohl oder übel doch im Büro melden, damit meine Sekretärin herausfindet, wie ich heute noch zu dir nach Sylt komme.«
»Langsam schaue ich mich schon mal nach Ersatz für dich um. Ich habe das Gefühl, nicht mehr mit dir rechnen zu können.«
»Ganz im Gegenteil! Ich werde dem Verleger noch das Manuskript zurückbringen und damit sind meine Pflichten erfüllt. Übrigens ein überraschend gutes Buch.«
»Also ich hoffe, es klappt. Gibt es in Auvers Neues?«
»Sobald ich mit dem Text durch bin, rufe ich dort noch schnell an.«
In Auvers teilt man ihr mit, dass Crosnier unterwegs sei, es habe mit ihrem Onkel zu tun, sie solle in einer Stunde nochmals anrufen. Sie wollte ihm die Zustimmung zur Einäscherung erteilen, aber ihm einfach eine entsprechende Nachricht zu hinterlassen und sich davonzuschleichen, das ist nicht ihre Art.
Nachdem sie sich bei ihrer Sekretärin gemeldet hat, ruft sie Thilo Holzer an, einen Freund aus Studienzeiten, der nun als Gerichtsmediziner tätig ist. Sie ist erleichtert, als er selbst den Hörer abnimmt.
»Thilo, ich habe da eine Sache, die an mir arbeitet. Mein Onkel in Paris hat Selbstmord begangen. Es gibt ein plausibles Motiv, nämlich dass er als erfolgloser Schriftsteller mit dem Selbstmord Aufsehen erregen wollte. Bisher allerdings fehlt ein Abschiedsbrief und es gibt keinerlei Hinweis, dass er depressiv war oder sonst vor einer hoffnungslosen Situation gestanden hätte.«
»Wie hat er es denn gemacht?«

»Er hat sich angeschossen, irgendwie hat er es dann noch in das Sterbehaus von van Gogh geschafft und ist dort in dessen Todeskammer verblutet. In Auvers, in der Nähe von Paris. Ziemlich mysteriös, wie du siehst.«

»Das kann man sagen. Hat er sich in die Brust geschossen oder in den Rachen?«

»In die Brust, aber das Merkwürdige daran, seitlich von links, dabei hat er das Herz verfehlt. So jedenfalls verstehe ich die bisherigen Ermittlungen.«

»Nicht so einfach, mit einem Einschuss von links Selbstmord zu begehen. Stell dir das doch mal vor! Wie genau sieht der Einschusswinkel aus?«

»Wir warten noch auf die endgültigen Ergebnisse. Die örtliche Polizei mutmaßt, dass er im letzten Augenblick, als es schon zu spät war, gezögert und deswegen das Herz verfehlt hat.«

»Das kann ich mir beim besten Willen nicht vorstellen!«

»Was sonst?«

»Du musst eine bessere Erklärung finden. Ruf mich an, wenn du mehr Informationen hast. So wie du das beschreibst, scheint mir ein Selbstmord eher unwahrscheinlich.«

»Thilo, dies ist genau wie bei van Gogh!«

»Van Gogh ist ein in der Pathologie ziemlich bekannter Fall. Er hat die Waffe von vorne auf sich gerichtet und zu tief gezielt. Die Kugel saß genau unter dem Herz.«

»Was kann es denn sonst gewesen sein?« Sabine hält den Atem an.

»Denkbar ist, dass ihm jemand geholfen hat, quasi Sterbehilfe beim Selbstmord, und dass dann im letzten

Augenblick etwas schiefgelaufen ist. Also halt mich auf dem Laufenden.«
Sie blickt auf das Manuskript vor ihr. Ohne die Parallele zu van Gogh wäre Arthur Heller ein unbekannter toter Schriftsteller, in den kein Verlag sein Geld stecken würde.

Der Verleger reagiert erstaunt, als sie ihm das Manuskript am Nachmittag wieder zurückbringt. Die Cheflektorin hat das Büro bereits verlassen, was Sabine nicht unlieb ist.
»Sie haben doch auf Eile Wert gelegt! Also, ich schlage Folgendes vor: Ich stimme allen stilistischen und grammatischen Korrekturen zu. Allerdings mache ich dort, wo ihre Lektorin ganze Passagen herausstreicht, nicht mit. Das verstellt die Absichten des Autors. Wenn Sie damit leben können, sind wir uns einig.«
»Ich danke Ihnen erst mal für Ihre Unterstützung, Frau Bucher. Meine Lektorin war allerdings in dieser Sache sehr bestimmt.«
»Das überlasse ich Ihnen. Frau Weber-Block scheint sich vornehmlich an Arthur Hellers Auseinandersetzung mit dem Jüdischen und hier insbesondere der deutsch-jüdischen Vergangenheit zu stoßen. Vielleicht ist sie zu jung, um die Ansichten meines Onkels, die sicher begründet sind, zu verstehen. Man muss das im zeitlichen Kontext lesen. Obwohl es im Grunde zeitlos ist. Darin liegt meines Erachtens die Stärke des Textes. Es endet ja mit einem durchaus hoffnungsvollen Ausblick, den wir heute noch genauso brauchen.«
»Sie und ich sehen das gleich.«

»Gut, und nun?«
»Wir bringen das Buch heraus! Apropos Messe: Sie müssen uns dann allerdings nochmals zur Verfügung stehen, sozusagen stellvertretend für Ihren Onkel.«
Wir werden sehen, denkt sie. Jedenfalls wäre das erledigt. Ihre Sekretärin hat noch einen Flug ausfindig gemacht, am frühen Abend nach Hamburg und von dort mit dem Hubschrauber nach Sylt zum Abendessen mit Peter. Sie ist überrascht über ihre plötzliche Erregung beim Gedanken an Peter und die kommende Nacht mit ihm zusammen.
Gemächlich läuft sie in Richtung Opernhaus. Am Opernplatz angekommen, erreicht sie auch Gendarm Crosnier am Telefon.
»Wir haben Neuigkeiten, Madame Bucher. Mittlerweile steht fest, wo ihr Onkel Selbstmord verübt hat, oder genauer, wo er auf sich geschossen hat. Es war ganz in der Nähe des Van-Gogh-Hauses und nicht auf dem Feld, wo van Gogh seine Tat begangen hat. Spuren führen von dort zu dem Ort, an dem er gefunden wurde. Eine Erklärung zu dem etwas ungewöhnlichen Einschusswinkel steht noch aus.«
»Halten Sie es für möglich, dass eine zweite Person mitgewirkt haben könnte, sozusagen Sterbehilfe zum Selbstmord?«
»Sterbehilfe, wieso? Nach Aussage von Dechaize war er bei bester Gesundheit. Nein, er muss allein gehandelt haben. Wie steht es nun mit der Einäscherung, haben Sie und Ihre Verwandten eine Entscheidung getroffen?«
»Können wir damit nicht bis zum Abschluss der Unter-

suchungen warten? Jetzt kommt es auch nicht mehr auf einen Tag mehr oder weniger an.«
Crosnier passt ihr Vorschlag nicht, sie spürt, dass er dieses lästige Kapitel ohne weiteres Aufsehen abhaken möchte. Aber etwas in ihr sträubt sich gegen die Endgültigkeit der Einäscherung und damit die völlige Spurenbeseitigung. Thilo Holzers Fragen haben sie verunsichert. Wie, wenn doch eine zweite Person beteiligt war? Die Frau, auf die er gewartet hat?
Sie macht sich wenig Hoffnung, jemanden in der Pariser Wohnung zu erreichen. Warum sonst hätte die Hausgehilfin nicht von sich aus zurückgerufen? Aber nach dem vierten Klingelzeichen meldet sich eine Frauenstimme.
»Hallo?«
»Hier ist Sabine Bucher, ich bin die Nichte Arthur Hellers. Spreche ich mit seiner Hausgehilfin?«
»Nein!«
Die Frau am anderen Ende unterbricht die Verbindung. Was hat das auf sich, dieses abrupte, abweisende Nein? Ob es die Frau war, die er in Auvers treffen wollte? Hat sie doch etwas mit seinem Tod zu tun?
Als Sabine erneut seine Wohnung anwählt, nimmt niemand das Telefon ab und sie landet beim Anrufbeantworter. Aufgeregt ruft sie Peter an.
»Vielleicht ist an der Sache doch mehr dran.«
»Ich fürchte, mir bleibt keine andere Wahl, als das nächste Flugzeug nach Paris zu nehmen. Aber allein traue ich mich unter diesen Umständen nicht, in die Wohnung zu gehen. Ich wäre dir wirklich dankbar, wenn du mich begleiten würdest.«

Die Vorstellung, mit Peter zusammen in Paris zu sein, beruhigt sie. Wer weiß, was sie dort erwartet.

3.

Für Johanna van Gogh gibt es nur noch Vincent Willem. Haushalt und Kinder, sah nicht so der ihr vorgeschriebene Weg aus? Wie der jeder anderen Frau in ihrem Umkreis? Eigentlich war das in Paris nicht anders, zwar etwas aufregender, weil Theo sie an seinem Leben teilhaben ließ, aber letztlich war sie für den Haushalt verantwortlich und er für das Leben draußen. Das Kunstgeschäft ist keine Frauensache.
Überall im Haus stapeln sich die Gemälde. Zeitweilig hatte Johanna mit dem Gedanken gespielt, das eine oder andere Bild von Gauguin, Toulouse-Lautrec oder Monet aufzuhängen, Bilder, mit denen sie in Paris gelebt hatten. Aber sie kann die überschwänglichen Farben und das Licht, das aus ihnen strömt, nicht ertragen. Dann lieber weiße und leere Wände!
Und unter keinen Umständen Vincents Bilder!
Sie hat sich unter dem Druck der Ereignisse von dieser Vergangenheit gelöst, ohne sie durch etwas Neues zu ersetzen. Nicht einmal im Ansatz. Sie nimmt sich vor, wenn sie einmal die Kisten und Leinwände weggeschafft hat, einige Zimmer in ihrem Haus zu vermieten, damit Abwechslung in ihren Alltag kommt. Aber sie kann sich nicht überwinden, die Kisten mit Theos Briefen, Aufzeichnungen und Notizen zu vernichten.

Eine seltsame Scheu hält sie zurück. Jedoch solange sie sich nicht zu dem endgültigen Schlussstrich durchringt, werden die unseligen Erinnerungen auch in Zukunft auf ihr lasten.

Gelegentlich ertappt sie sich, wie sie gedankenverloren vor den Kisten steht. An einem regnerischen Nachmittag greift sie ein Bündel Briefe. Es handelt sich um Briefe von Vincent. Theo hat jeden seiner Briefe aufgehoben.

Sie liest den erstbesten Brief, datiert vom 17. März 1873. Vincent hat ihn in Den Haag geschrieben, anscheinend zu einer Zeit, als er und Theo beide in der Kunsthandlung Goupil beschäftigt waren, kurz vor Vincents Versetzung nach London. Ein unkomplizierter, mitteilsamer Brief. Vincent wirkt ausgeglichen, offen und interessiert. Sie ist über diese Stimme überrascht, so hat sie ihn nie gekannt. Und so hat sie ihn sich nie vorgestellt. Sie hat ihn nur als den ungestümen und verschlossenen Menschen erlebt, dem es niemand recht machen konnte. Nicht als den freundlichen, ratgebenden Bruder. Er muss wohl durchaus erfolgreich gewesen sein, warum sonst hätte man ihn nach London in die dortige Galerie gesandt?

Der nächste Packen enthält Briefe aus London, nach Datum sortiert. Schon damals Theos strenger Ordnungssinn. Sie lächelt beim Gedanken an seine unverbesserlichen Manien. Sie verspürt plötzlich die vertraute Nähe zu Theo, ein Gefühl von Wärme, wie schon lange nicht mehr.

Die Londoner Briefe enthalten Mitteilungen über das Leben dort und seine Tätigkeit in der Galerie. Sie ver-

sucht sich vorzustellen, wie sich die Brüder gegenseitig geschäftlich die Bälle zuspielten. Vincent erkundigt sich nach dem Wohlergehen von Verwandten, deutet eine Liebschaft an, gibt Theo Anregungen und Ermahnungen. Der große Bruder spricht zu seinem jüngeren Bruder. Geistvoll und intelligent. Sie mag diesen Menschen, den sie in den Briefen entdeckt.
Sie nimmt einen Brief aus einem anderen Stoß, geschrieben in Amsterdam am 30. Mai 1877. Vincent ist nicht mehr im Kunsthandel tätig, der Beginn seines unsteten Wanderns deutet sich an. Er bereitet sich aufs Pfarramt vor, spricht von der Reinheit vor Gott und Christus. Der Stil ist dringlicher geworden, nur in der Anteilnahme an Theos Leben schwingt eine gewisse Leichtigkeit mit.
Fast ein Jahr später, anscheinend lebt er noch in Amsterdam, ein Brief nach einem Besuch von Theo. Man ahnt, dass sich die Brüder gegenseitig das Herz ausgeschüttet haben. Ein unglaublich langer Brief. Vincent ist über den Tod des Malers Daubigny bestürzt, dessen Garten er Jahre später in Auvers als eines seiner letzten großen Bilder malen würde. Die Wege des Schicksals, die auf undurchsichtige Weise vorgezeichnet sind, denkt sie.
Vincent ist vollständig im Religiösen aufgegangen. Hinter dem vertrauten Gespräch mit Theo bricht sein unerbittlicher Glaube durch. Als Prediger lässt er nur die reinsten Ideale gelten, er fordert absolute Härte und Strenge, insbesondere gegen sich selbst. Sie hat nie einen ergreifenderen Brief gelesen. Das tragische Ende lässt sich nur für den erahnen, der es kennt.

Auf eine fast hypnotische Weise fühlt sie sich von Vincent angezogen. Theo muss dies ebenso empfunden haben. Durch ihn, wie die Ehrlichkeit und Offenheit der Briefe belegt, war es Vincent möglich, sich einem anderen Menschen mitzuteilen. Vielleicht sein einziger Kontakt in jener Zeit im Leben außerhalb der Religion.
Es entstehen Lücken, plötzlich schreibt Vincent auf Französisch, obwohl er noch in Holland lebt. Er muss Schiffbruch erlitten haben. Der erste Brief an Theo nach langer Pause, im Jahr 1880. Ernst im Stil, ein Ereignis, Johanna erkennt nicht, welches, hat Spuren hinterlassen, ihn zum Nachdenken gezwungen. Lange starrt sie auf den Satz: *Ich bin ein leidenschaftlicher Mensch, fähig und dazu bestimmt, mehr oder weniger unsinnige Dinge zu tun, die ich dann mehr oder weniger zu bereuen habe.* Zehn Jahre bevor er sich die Kugel ins Herz geschossen hat, nach einer langen Kette mehr oder weniger unsinniger Dinge.
Im selben Brief spielt er auf unerträgliche Entbehrungen an, nur um sich kurz darauf leidenschaftlich über Malerei, über Rembrandt und Millet zu ergehen. Als lebe er gleichzeitig zwei Leben, zwischen denen keine Verbindung besteht.
Tatsächlich hat sich daran nie etwas geändert. Mit diesen Widersprüchen setzte er sich noch genauso auseinander, als sie ihn Jahre später kennenlernte. Täglich aufs Härteste geprüft, und doch mit einer verzehrenden Begeisterung seiner Arbeit gegenüber.
Beim Lesen fällt ihr auf, dass sie kein Mitleid mit ihm verspürt, vielleicht weil Vincent nicht nach Mitleid trachtet. Ganz im Gegenteil, sie wird von seiner Leidenschaft mitgerissen, der Klarheit seiner Gedanken und

seinem besessenen Glauben an das außerordentliche Künstlerische, das er anstrebt. Vor ihrem Auge entsteht ein neuer Mensch, ein ganz anderer als der, den sie gekannt hat und dem sie die Schuld an ihrem Unglück gibt. Dieser neue Mensch umschließt die ganze Welt und versucht mit aller Gewalt, ihr die Augen zu öffnen.
Im Grunde lebt er in trostloser Einsamkeit. Die Einsamkeit ist der Kern seiner Existenz. Wie früher in seinem religiösen Übereifer stellt Vincent viel zu hohe Ansprüche an seine Umwelt. Niemand ist dem auf Dauer gewachsen, niemand außer Theo.
Tatsächlich sind die beiden grundverschieden. Es gibt Spannungen, aber die körperliche Entfernung lässt sie am Ende noch jede Schwierigkeit überbrücken. Meistens ist es Vincent, der nach längeren Pausen das Schweigen bricht. Als brauche er Theo mehr als umgekehrt. Theo hält ihn durch seine moralische und insbesondere durch seine finanzielle Unterstützung am Leben. Möglich, dass sich Vincent deswegen verpflichtet fühlt, ihm ausführlich seine Gedanken und Absichten mitzuteilen. Oder ging es ihm darum, einen Zeugen aufzubauen, der sein Werk der Welt vermitteln würde?
Erschöpft legt sie am Abend die Briefe beiseite. Vincents Gegenwart empfindet sie plötzlich nicht mehr bedrohlich, eher fürsorglich und beschützend. Durch seine Briefe ist er zu ihrem Vertrauten geworden.
Am folgenden Tag entdeckt sie die Briefe aus St. Rémy. Sie erinnert sich deutlich, wie jeder von ihnen sie in ihrem angenehmen Pariser Leben erschüttert hat. Jetzt

fällt ihr auf, dass sich auch in ihnen diese beiden Seiten abwechseln, die eine der begeisternden und eindringlichen Erläuterungen seiner künstlerischen Absichten und die andere der tiefen Verzweiflung gegenüber den Lasten des täglichen Lebens. Manchmal erweckt Vincent den Anschein, dass er dem Aufgeben nahe ist, nur um kurz darauf überschwänglich von seiner neuesten Arbeit zu berichten.

Allerdings hat sich der Rahmen verengt. Den Briefen fehlt das Sendungsbewusstsein von früher. Zunehmend sucht er sich zu rechtfertigen, es geht um das Schicksal des Malers, die Überzeugung von der Richtigkeit seiner künstlerischen Sprache trotz aller Abweisungen durch den Markt, gegen dessen Voreingenommenheit er unermüdlich anstürmt.

In jedem dieser Briefe bricht seine Einsamkeit durch. Irgendwann wird sich Johanna dadurch auch ihrer eigenen Einsamkeit bewusst. Oder ist es die Leere, in der sie lebt?

Nie hat sie sich Vincent näher gefühlt, plötzlich erkennt sie ihn so, wie nur Theo ihn gekannt hat. Sie sieht nicht mehr den düsteren Sonderling mit seiner krankhaft gesteigerten Empfindsamkeit, der sich selbst im Weg steht, reizbar und aufbrausend, ständig mit dem Vorwurf, verschmäht und ungerecht behandelt zu werden, dabei unfähig zu einem geregelten und verantwortungsvollen Leben. Vor ihr steht der einfühlsame und geniale Mensch, der verzweifelt ihre Sympathie und Freundschaft sucht.

Natürlich ging er mit einem unbeugsamen Willen und einer bis ans Selbstzerstörerische reichenden Arbeits-

wut ans Werk. Aber bei der riesigen Aufgabe vor ihm und der kurzen Zeit, die ihm dafür zugesprochen war, blieb ihm nur die Möglichkeit, wie in einem fieberhaften Rausch das Letzte aus sich herauszuholen.
Schicht um Schicht räumt sie mit jedem neuen Brief die Trümmer ab, die auf dem tragischen Ende der Brüder liegen, bis allein das einzigartige Werk zurückbleibt, das sie gemeinsam ihrer Nachwelt vermacht haben. Sie spürt diesen Funken, der auf sie übergesprungen ist, als hätte sich Vincent ihres Lebens bemächtigt. Und auf eine unerklärliche Weise bringt Vincent sie auch Theo wieder näher.
Der Wahnsinn und die Tragik der Brüder und dann das Durcheinander ihrer fluchtartigen Abreise aus Paris hatten sie blind für Vincents und Theos Hinterlassenschaft gemacht. Aber nun erkennt sie in der Vermittlung dieses Werks an die Welt ihre eigene Berufung. Für sie hat Vincent ausführlich jedes Bild beschrieben, seine Gefühle und Absichten, die ihn bei der Arbeit bewegten, festgehalten. Und aus demselben Grund hat Theo wie besessen alles aufgehoben, um ihr für ihre Aufgabe ein sich selbst erklärendes Gesamtwerk zu überlassen.
Leise beugt sie sich über den schlafenden Vincent Willem. Wir werden deinem Vater und deinem Patenonkel Ehre machen, flüstert sie ihm zu, vor uns liegt ein aufregender Weg.

4.

Sabine Bucher hat ihre Unabhängigkeit stets über alles gestellt, und nun wird seit Tagen über ihren Kopf hinweg entschieden. Erst zitiert sie dieser Polizist nach Auvers. Dann beordert der Verleger sie aus dem Urlaub nach Frankfurt. Und nun sitzt sie im Taxi vom Flughafen Charles de Gaulle nach Paris, anstatt zurück in den Urlaub nach Sylt.
Nur dass in diesem Fall niemand sie gezwungen hat, nach Paris zu kommen. Aber sie musste handeln, jetzt oder nie, jede Stunde zählt. Sie muss die Frau finden, die in der Wohnung war. Vielleicht kommt sie sowieso zu spät.
Als sie an der Seine entlang zur Rue Bonaparte fahren, erfasst sie eine beklemmende Unruhe. Die Frau in seiner Wohnung, hatte sie einen anderen Anruf erwartet? Was geht hier vor?
Beim Haus ihres Onkels angekommen, blickt sie unschlüssig zur Wohnung hoch. Vorgestern hatte sie, ohne sich etwas dabei zu denken, dort übernachtet. Aber jetzt scheut sie sich, allein die Wohnung zu betreten. Außerdem würde sie Peter kaum zumuten, in der Wohnung eines Toten zu schlafen, selbst wenn er ihr Onkel war. Der Taxifahrer empfiehlt ihr das Hotel *L'Hôtel* um die Ecke in der Rue des Beaux-Arts. Sie hat

Glück, ein geräumiges Doppelzimmer wurde gerade frei, die Besucher sagen reihenweise bei der Hitzewelle ab. Das stilvoll altertümlich renovierte Hotel bietet aber Kühlung. Bleibt ihr nur zu hoffen, dass Peter sie nicht im Stich lässt.

Das Zimmer liegt im dritten Stock mit Blick auf den Innenhof. Zur rechten Seite liegt das Wohnhaus ihres Onkels. Wenn sie nicht alles täuscht, befindet sich ihr Hotelzimmer auf gleicher Höhe mit seinen Fenstern. Die Vorhänge drüben sind vorgezogen, woraus sich natürlich nichts schließen lässt.

Sie ruft Peter an, aber sein Handy ist ausgeschaltet. Was mache ich nun? Mittlerweile glaubt sie auch, dass sie die Sache mit dem Telefon überdramatisiert. Wahrscheinlich war es die Putzfrau, die das Telefon abgenommen hat, die fremde Stimme hat sie verschreckt und dabei hat sie versehentlich die Verbindung unterbrochen. Obwohl sie doch eine Nachricht hinterlassen hat! Sie entschließt sich, hinüberzugehen, besser noch solange es hell ist als später mit Peter bei Dunkelheit. Und wer weiß, wie lang sie noch auf Peter warten muss.

Niemand antwortet auf ihr Klingeln. Sabines Unruhe ist verflogen, als sie den Aufzug nach oben nimmt. Meist steht man sich mit seinen Ängsten selbst im Weg, denkt sie.

In der Wohnung ist alles still. Aber jemand war heute hier, es sei denn, fällt ihr plötzlich ein, sie hätte sich verwählt. Keiner seiner Freunde und Bekannten in Paris hat von seinem Selbstmord erfahren können. Zurückgezogen hat er sich seine Romane abgerungen, und dann nimmt niemand Kenntnis von seinem Tod. Als hätte er nichts bewirkt, nichts, nicht einmal eine kleine Bewegung.

Als sie in Frankfurt seinen Roman las, hat sich ihr dahinter das Bild eines selbstbewussten Schriftstellers aufgedrängt, jemand, der weiß, was er will. Jetzt tut er ihr im Grunde leid.

Was kann er nach seinem Firmenverkauf schon vorweisen? Zehn Jahre lang hat er nach Anerkennung gestrebt. Und als er erkannte, dass er mit seinen ehrgeizigen Plänen scheitern würde, hat er sich erschossen.

Seine Aktentasche und Koffer stehen noch an derselben Stelle, wo sie sie abgestellt hatte. Sabine will sich das ihr fehlende Tagebuch herausnehmen, aber sie sucht vergeblich danach. Sie ist sich sicher, dass sie es in die Tasche zurückgesteckt hat. Jemand muss hier gewesen sein! In dem offenstehenden Zimmer hinten im Flur fällt ihr das ungemachte Bett auf. Sie meint sich auch zu erinnern, dass die Tür dort, als sie nach ihrer Übernachtung morgens die Wohnung verließ, geschlossen war.

Ihr Handy klingelt, sie hofft, dass Peter in Paris gelandet ist. Aber es ist Crosnier.

»Madame Bucher, da habe ich aber Glück, um diese Zeit. Wie ist das Wetter auf Sylt?«

»Ich bin in Paris, in der Wohnung meines Onkels.«

»In Paris? Oh, das trifft sich gut, können Sie da morgen gleich nach Auvers kommen?«

»Ich habe in Frankfurt mit einem Spezialisten gesprochen. Seiner Ansicht nach ist es kaum möglich, sich selbst einen Einschuss aus dem Winkel zuzufügen, den man bei meinem Onkel ermittelt hat.«

»Darüber möchte ich mit Ihnen sprechen, ich habe gerade die Ergebnisse der Untersuchung erhalten. Der Schuss wurde aus einer Entfernung von zwei bis fünf Metern abgegeben.«
Sabine muss diese Nachricht erst einmal auf sich wirken lassen. Unbemerkt hat sich ihr Atmen beschleunigt.
»Weiß man, wann es passiert ist?«
»Gegen vier Uhr morgens, mit Spielraum in beide Richtungen.«
»Und jetzt?«
»Der Schuss wurde aus einer Pistole abgegeben, gängiges Modell, gängige Munition. Die Waffe haben wir noch nicht gefunden. Aber die Situation ist jetzt eine andere. Hatten Sie nicht eine Frau erwähnt, mit der er verabredet war?«
»Das stand in seinem letzten Tagebucheintrag.«
»Wenn Sie in der Wohnung den Namen oder ein Foto einer Frau entdecken, auf die die Beschreibung zutreffen könnte, dann bringen Sie es am besten gleich mit. Morgen Vormittag, wäre das möglich?«
Sabine bewegt sich nicht. Arthur Heller ist mit Vehemenz in ihr Leben zurückgekehrt. Um sie absolute Stille. Ihr Onkel wurde erschossen! Er hat nicht aus Verzweiflung über seine Erfolglosigkeit gehandelt. Es war nicht die Tat eines Nachahmers. Die Parallele zu van Gogh war die falsche Spur.
Auf ihrem Handy blinkt das kleine rote Licht. Während sie mit Crosnier sprach, hat Peter eine Nachricht hinterlassen. Wo genau soll ihn das Taxi abliefern?

Abends essen sie im Restaurant *Voltaire* an der Seine. Peter gefällt ihr Hotel, überhaupt scheint ihm der überraschende Verlauf ihres Urlaubs zuzusagen.
»Wir sollten in unserem Leben mehr dem Zufall überlassen.«
»Wie romantisch, die Macht des Zufalls! In seinem Roman spielt der Zufall auch eine wichtige Rolle. Aber wir leben nicht im Roman. Mittlerweile geht es um Totschlag oder sogar um Mord.«
»Ich meine uns: Diner an der Seine. Wenn du mir das gestern vorausgesagt hättest!«
Sie streicht zärtlich über seinen Arm. Romantik war nie so ihre Art, aber in einem gewissen Sinn hat Peter recht, das Unerwartete hat durchaus seinen Reiz.
»Wie geht es nun mit dem Verlag weiter?«
»Dr. Zapf und ich sind uns im Wesentlichen einig, er wird das Buch verlegen, und auf der Buchmesse wird Arthur Heller groß herauskommen, jedenfalls glaubt Zapf fest daran.«
»Die haben doch in erster Linie wegen van Gogh zugesagt. Zu dumm, dass die Geschichte des erfolglosen Nachahmers mittlerweile überholt ist!«
»Sie hatten sich bereits vorher zur Annahme des Buches entschlossen. Die Entscheidung war gefallen. Van Gogh machte die Sache dann vom Verkauf her attraktiv. Außerdem gibt es einen Vertrag. Von dem wird der Verlag wohl kaum zurücktreten können.«
»Erinnere dich, als du dem Verleger den Tod Arthur Hellers mitgeteilt hattest, hat er sofort einen Rückzieher machen wollen. Erst nachdem er die Auswirkung der Van-Gogh-Verbindung überblickte, ist er bei sei-

nem Entschluss geblieben. Da hatte es mit dem Buch schon nichts mehr zu tun.«
»Niemand zwingt uns, dem Verleger die neuesten Erkenntnisse mitzuteilen!«
»Du machst echt Urlaub von der Anwältin, Sabine!«
»Es geht um sein Buch, Peter. Arthur Heller hat sein Leben dafür geben müssen, warum sollte ich im Nachhinein seine Pläne durchkreuzen? Im Juristischen nennen wir das Güterabwägung.«
»Güterabwägung hin und her, irgendwann musst du dem Verleger in die Augen blicken.«
»Er ist im Sterbezimmer van Goghs tot gefunden worden. Allein darauf kommt es an und das stellt niemand in Frage. Ich habe ihn dort selbst liegen gesehen.«
Später schlendern sie in der warmen Nacht durch die verwinkelten Gassen von Saint-Germain-des-Prés. Peter hat einen Arm um sie gelegt, sie empfindet wohltuend seine Nähe. Sie kommen am Wohnhaus ihres Onkels vorbei. Vor einer Woche ging er noch selbst durch dieses herrliche nächtliche Paris. Und ohne jede Vorwarnung ist es vorbei. Nichts, worauf man sich verlassen könnte.
»Nur das Jetzt zählt«, sagt sie unvermittelt.
»Wie bitte?«
Sie waren schweigend an den kleinen bunten Galerien und Läden entlang gebummelt.
»Ich komme einfach von meinem Onkel nicht los. War es Zufall oder Vorbestimmung? Das einzig Verlässliche in unserem Leben, an dem es kein Rütteln gibt, ist das Jetzt.«
Sie spürt Peters verwunderten Blick.
»Wenn nur das Jetzt zählt, schlage ich vor, dass wir ins

Hotel gehen. Um mit unsrem Urlaub in Paris noch etwas Vernünftiges anzufangen.«
Peter hat recht. Auch ihr Jetzt ist unwiderruflich. Das Leben geht weiter.

Ihr Zimmer ist im opulenten Stil des neunzehnten Jahrhunderts ausgestattet. Das Bett wird von einem Baldachin aus rotem Samt beschirmt. Es gibt nur noch ihre Körper. Später tritt Sabine nackt und zufrieden an die offene Balkontür, um die milde Nachtluft einzuatmen. Sie spürt ihr verschwitztes Haar auf den Schultern, während sie dem Surren des nächtlichen Paris zuhört. Ein gelblicher Schimmer liegt über den Dächern. Ich bin wunschlos glücklich, denkt sie. Ihr Blick streift das Wohnhaus ihres Onkels.
»Peter, in der Wohnung ist Licht!«
»Was sagst du?«
»Jemand ist drüben bei meinem Onkel! Wir müssen sofort hinüber!«
Peter tritt neben sie, legt seinen Arm wie zum Schutz um sie. Im selben Augenblick geht das Licht in einem anderen Zimmer an.
»Bist du sicher, dass das seine Wohnung ist?«
»Unser Zimmer liegt auf derselben Ebene.«
»Ganz geheuer ist mir das nicht, mitten in der Nacht, das ist ziemlich riskant. Meinst du nicht, dass das bis morgen warten kann?«
»Ich suche seit Tagen nach einer Verbindung hier. Das ist unsere Chance!«
Peter zögert. Sie löst sich aus seiner Umarmung, um sich im Dunkeln anzuziehen.

»Lass das Licht aus, damit man drüben nicht auf uns aufmerksam wird.«
»Mittlerweile bist du schon ziemlich paranoid. Als sollte jemand in der Wohnung das Licht in unserem Hotelzimmer auf sich beziehen!«
Es ist kurz nach eins. Anstatt den alten, krächzenden Aufzug zu nehmen, steigen sie die Treppen hoch. Jeden Lärm vermeidend. Sabine ist froh, jetzt nicht allein zu sein. Schwer atmend kommen sie bei der Wohnungstür an. Woher nehmen wir uns überhaupt das Recht, mitten in der Nacht in die Wohnung einzudringen, denkt sie?
»Ich vermute, du willst immer noch nicht klingeln«, flüstert Peter.
Sie schüttelt den Kopf, was er in der Dunkelheit wahrscheinlich nicht sehen kann. Vorsichtig führt sie den Schlüssel ins Schlüsselloch, wartet einen Augenblick, ob sich drinnen nicht doch etwas rührt, dann schließt sie ruckartig die Tür auf. Der Gang vor ihnen ist menschenleer.
»Hallo?«
Ihre Stimme klingt zaghaft. Niemand antwortet, aber sie spürt sofort eine Anwesenheit. Doch die Frau, mit der er in der Nacht vor seinem Tod verabredet war? Oder Einbrecher? Sie schaltet das Licht ein und geht langsam den Gang entlang, Peter unmittelbar hinter ihr. Die Heldenrolle lag ihr eigentlich nie. Aber jetzt gibt es kein Zurück.
Alles unverändert vom Nachmittag, allerdings ist die Tür zum Zimmer am Ende des Gangs, die vorher definitiv offenstand, geschlossen. Vorsichtig öffnet sie die

Tür. Plötzlich schnellt katzenhaft ein Körper aus dem Dunkel, stößt sie zur Seite und prallt voll auf Peter. Nach einem kurzen Gerangel hält Peter die schmale Frauengestalt fest. Sie starrt sie aus weit aufgerissenen Augen an. Langes strähniges Haar, ihr Gesicht vernarbt, vom Leben ausgezehrt, wahrscheinlich eine Drogenabhängige, auf frischer Tat ertappt, die sich in der leeren Wohnung das Geld für ihren nächsten Schuss Heroin zu stehlen erhoffte. Sie blickt verängstigt von Peter zu Sabine.

»Wer sind Sie? Was machen Sie hier mitten in der Nacht?«

»Arthur hat mir erlaubt, hier zu übernachten.«

Sie haucht die Worte mehr, als dass sie sie spricht, als wollte sie sich dahinter verstecken.

»Sie kennen meinen Onkel?«

»Er hat mir den Schlüssel zur Wohnung gegeben, hier sehen Sie.«

Überrascht lässt Peter die junge Frau los. Sie reibt die Stelle am Arm, an der er sie festgehalten hat. Sie trägt ein weißes T-Shirt, Jeans und Sandalen. Dünn und abgemagert, nur eine unbestimmte Ahnung, dass sie vielleicht einmal schön gewesen ist. Worauf hat sich Arthur Heller unter dem Deckmantel der Anonymität mit dieser Frau eingelassen?

»Er wollte für einige Tage verreisen, hat er mir gesagt. Aber nicht, dass sonst jemand die Wohnung benutzen würde. Ich sah seine Aktentasche und den kleinen Koffer im Flur und dachte, er habe sie hier noch schnell abgestellt.«

»Er ist tot. Ich bin seine Nichte.«

Die Frau hält erschrocken eine Hand vor ihren Mund. Sie starrt Sabine mit weit aufgerissenen Augen an.
»Mein Gott!«
Wie abwesend geht sie ins Wohnzimmer, schaltet das Licht an und setzt sich in einen Sessel. Sie sitzt regungslos, hält den Kopf in die Hände gestützt und blickt ins Leere. Sabine sieht ihr Gesicht nicht, vielleicht weint sie. Schwer vorzustellen, wie sie in das Leben ihres Onkels passt. Aber man sieht immer nur die Oberfläche, nicht was sich hinter den Kulissen abspielt.
»Wir haben hier vor ein paar Tagen noch zusammen an einem Manuskript gearbeitet. Er schien kerngesund. Woran ist er gestorben?«
»Er wurde erschossen.«
Entsetzt blickt die Frau Sabine an. Ohne Fragen zu stellen, als erwarte sie eine zusätzliche Erklärung.
»Vor einigen Tagen in Auvers, mehr weiß ich nicht.«
»Er war in Auvers verabredet, mit einer Iranerin, glaube ich. Er hatte sich in letzter Zeit viel mit dem Islam beschäftigt, besonders mit der Rolle der Frau im Islam. Ich nahm an, das hätte mit seinem nächsten Roman zu tun.«
Plötzlich sieht Sabine den Vorfall in neuem Licht. Arthur Heller hielt sich in der fraglichen Nacht bei der Iranerin auf, und im Morgengrauen, auf dem Weg zurück in das Gasthaus, wurde er von Iranern, mit denen er sich gestritten hatte, überfallen und angeschossen und hat es gerade noch in das Van-Gogh-Haus geschafft. Aber dann wäre er doch mitten in die Aktion der Polizei geraten.

»Es hat nichts mit den Iranern zu tun.«
»Warum nicht?«
Sabine fehlt eine plausible Erklärung. Ein betretenes Schweigen tritt ein.
»Frag sie doch mal, woher sie Heller kennt«, regt Peter an.
Sabine hatte in der Aufregung vergessen, dass er kein Französisch spricht. Die Frau blickt zu ihm auf und antwortet plötzlich in fließendem Deutsch.
»Vor einigen Jahren, als es mir wahnsinnig schlecht ging, sind wir uns im Jardin du Luxembourg begegnet, jedenfalls behauptet er das. Er nahm mein Schicksal, oder wie er es sich vorstellte, als Vorlage für einen Roman über eine Drogenabhängige in New York, über das Dunkel, vor dem niemand sicher ist. Vor einigen Wochen hat er mich auf der Straße wiedererkannt. Er bat mich, das Manuskript zu lesen. Übrigens, ich heiße Justine.«
Sabine ist völlig durcheinander. Die Frau spricht deutsch und kennt ihren Onkel, hält sich hier mit seiner Erlaubnis auf und hat seine Manuskripte gelesen. Mit einem Mal fühlt sie sich hundemüde. Es hat keinen Sinn, sie noch weiter auszufragen, das muss man auf morgen verschieben, morgen früh und dann mit klarem Kopf.
»Es tut mir leid, dass wir Sie mitten in der Nacht gestört haben. Ich heiße Sabine Bucher, wir wohnen im Hotel nebenan an der Rue des Beaux-Arts. Ich schlage vor, dass wir uns morgen in aller Ruhe weiter unterhalten. Sie kennen meinen Onkel besser als ich.«

»Ich hoffe, du weißt, was du tust, diese Type allein in der Wohnung zu lassen. Ihre letzte Chance, groß abzuräumen«, sagt Peter auf dem Weg zum Hotel.
»Er hat ihr die Wohnungsschlüssel gegeben. Es war seine Entscheidung.«
»Aber jetzt, nachdem sie weiß, dass er nicht zurückkommen wird? Ich habe ein ungutes Gefühl.«
Sabine will nur noch schlafen, alles andere ist ihr gleichgültig. Aber eine bohrende Unruhe hält sie wach. Sie steht auf und tritt ans Fenster. In der Wohnung ihres Onkels ist es dunkel.
»Vielleicht schläft sie.«
»Oder sie durchwühlt die Schränke in den anderen Zimmern. Und dann setzt sie sich auf Nimmerwiedersehen ab.«
Wenn sie jetzt tatsächlich die Wohnung ausraubt, weil ich ihr dazu die Möglichkeit gelassen habe, denkt Sabine? Aber sie muss doch gespürt haben, dass sie ihr vertraute, so wie ihr Onkel ihr vertraut hat. Wie wird sie sich entschließen, für ihr Schattendasein oder die Wirklichkeit mit uns?
Was hat ihr Onkel mit dieser Frau gehabt? Hat er sie wie eine Marionette an den Fäden geführt? Immer mehr hat Sabine das Gefühl, dass er auch sie an diesen Fäden in den Händen hält.
Wenn sie nur endlich einschlafen könnte!

Am nächsten Morgen frühstücken sie in einem der kleinen Straßencafés in der Nachbarschaft. Ein weiterer heißer Sommertag kündigt sich an. Sabine ist müde und unruhig, Peter dagegen bestens gelaunt, Tourist in

Paris, man müsse die Dinge nehmen, wie sie kommen, meint er.

»Was hast du eigentlich gestern Nacht damit gemeint, dass nur das Jetzt zählt?«

Sie blickt ihn ohne zu antworten an.

Nach dem Frühstück gehen sie zur Wohnung. Von Justine keine Spur. Wenigstens sieht es nicht danach aus, als hätte sie den Schreibtisch oder die Schränke ausgeräumt.

»Die werden wir nie wiedersehen!«

»Sie hat einen Spalt in das Leben meines Onkels geöffnet, nur um ihn dann gleich wieder hinter sich zu schließen.«

»Wenn du zu lange im Dunkel gelebt hast, wirst du lichtscheu. Natürlich wäre es mir auch lieber, wenn sie hier wäre und uns was erzählen könnte. Aber meine Überraschung hält sich in Grenzen.«

In ihrer Handtasche klingelt das Telefon.

»Guten Morgen, Frau Bucher, hier ist Zapf, aus Frankfurt. Haben Sie die *Frankfurter Allgemeine Zeitung* von heute schon gelesen?«

»Ich bin in Paris.«

»In Paris, warum haben Sie mir das gestern nicht gesagt? Allerdings, wenn Sie schon dort sind, dann sehen sie doch mal nach, was Sie an Manuskripten auftreiben können. Herr Heller hatte eine Novelle oder einem Roman über Johanna van Gogh erwähnt, das wäre in der gegenwärtigen Situation das ideale Nachfolgeprojekt. Und eventuell gibt es ja auch sonst noch Aufzeichnungen, Notizen oder Kurzgeschichten. Aber deswegen rufe ich nicht an, sondern wegen der *FAZ*. Im heutigen

Feuilleton steht ein Artikel mit der Überschrift: *Schriftsteller begeht Selbstmord im Sterbezimmer van Goghs.* Sie sehen, wir gehen gleich voll an die Sache ran. Das wird ein Riesenerfolg! Also, wir können uns gratulieren, Sie und ich, dass wir uns durch die Umstände nicht von dem Projekt haben abbringen lassen.«
Sie verschweigt die neuesten Untersuchungsergebnisse. Wozu auch, die Veröffentlichung des Romans hat ein Eigenleben angenommen.
»Ich verstehe diese Verleger nicht. Erst lassen sie dich jahrelang am ausgestreckten Arm verhungern, und dann wollen sie dich innerhalb von vierundzwanzig Stunden berühmt machen.«
»Du hättest ihm trotzdem reinen Wein einschenken müssen.«
»Zu viele Fragen sind noch unbeantwortet. Das Einzige, das unverrückbar feststeht, ist, dass er im Sterbezimmer van Goghs tot aufgefunden wurde. Und nur das interessiert doch den Leser! Auch wenn es Selbstmord gewesen wäre, hätte dies nichts mit van Gogh zu tun gehabt, sondern mit einer Frau. So viel wissen wir mittlerweile.«
»Irgendwie hast du dich verändert, Sabine.«
Sie tut seine Bemerkung achselzuckend ab. Vor dem Verlassen der Wohnung wirft sie schnell noch einen Blick aufs Telefon in der Küche. Kein Lichtsignal, das einen gespeicherten Anruf anzeigen würde, obwohl sie doch mindestens drei Nachrichten aufs Band gesprochen hat. Justine muss sie abgehört und dann gelöscht haben. Aber wenn sie vorgewarnt gewesen wäre, hätte sie vergangene Nacht nicht so verzweifelt auf die Mit-

teilung von seinem Tod reagiert, denn ihr Entsetzen war nicht gespielt. Also muss außer ihr noch jemand Zugang zur Wohnung haben.

Sie schreibt ihre Telefonnummer mit der Bitte, sie sofort zurückzurufen, auf einen Zettel und legt ihn auf den Tisch im Gang.

5.

Nie hätte Johanna van Gogh geglaubt, dass sie, nachdem sie sich von den van Goghs, von Theo und Vincent und ihrem Wahnsinn, losgesagt hatte, dem Ruf als Vollstreckerin ihres Werks folgen würde.
Im Rückblick hat aber alles seinen Sinn. Erst musste sie hier auf dem Land ihre eigene tiefe Einsamkeit erfahren, um für Vincents verzweifelte Hilferufe aus seinen Briefen offen zu sein. Um die schicksalhafte Verbindung Theos zu Vincent frei von jeder Eigensucht zu erkennen. Und um ihre Liebe zu Theo neu zu entdecken.
Es sei nur eine Frage der Zeit, hat Theo, wenn sie früher ihre Zweifel äußerte, unablässig betont. Jetzt ist Vincents Zeit gekommen.
Woher will ich das wissen?, fragt sie.
Ich weiß es einfach!
Sie weiß auch, dass es sich bei den Impressionisten in erster Linie um eine französische Entwicklung handelt, der Befreiungsschlag gegen eine verstaubte Pariser Akademiekunst, und dass der Durchbruch in Paris die Voraussetzung für den Erfolg auch anderswo ist. Sie hat das nicht erfunden, auch diese Einsicht stammt von Theo.
In Theos Unterlagen stößt sie auf den Artikel des

Kunstkritikers Georges-Albert Aurier, der kurz vor Vincents Entlassung aus St. Rémy erschien. Sie erinnert sich, wie damals jeder darüber sprach und dass nur deswegen Durand-Ruel sich die Bilder in ihrer Wohnung angesehen und später seine Galerie für eine Ausstellung angeboten hatte, zwar lediglich einen Raum, aber immerhin, dem wäre irgendwann der nächste Schritt gefolgt. Erst Aurier und dann Durand-Ruel, eine bessere Referenz für Paris gibt es nicht.

Ob das Angebot von Durand-Ruel noch Bestand hat? Seitdem ist über ein Jahr vergangen. Ein Jahr bedeutet eine Ewigkeit im schnelllebigen Kunstbetrieb.

Sie wendet sich an Andries in der Hoffnung, dass er sie bei ihrem Vorhaben unterstützen würde. Gefühlsmäßig glaubt sie, über einen Geschäftsmann bei dem Galeristen eher etwas zu erreichen, als wenn sie ihn als Frau anspricht.

Paris wartet förmlich auf Vincents erste umfassende Ausstellung, schreibt sie Andries.

Eine seit langem nicht mehr gekannte Hochstimmung. Zuversichtlich betrachtet sie die Bilder in ihrem Haus. Natürlich wird sich Durand-Ruel die erste offizielle Gesamtausstellung nicht entgehen lassen. Aufgeregt berichtet sie Theos Mutter und seiner Schwester Wil von ihren Plänen. Endlich die ersehnte Antwort von Andries. Ungeduldig reißt sie den Umschlag auf. Nach den ersten Zeilen stockt ihr der Atem.

Meine liebe Schwester,
gestern hat mich der Galerist Paul Durand-Ruel empfangen und ich habe ihm Dein Anliegen vorgetragen. Er hat sich natür-

lich an den Besuch in Eurer Wohnung erinnert und sich auch anerkennend über Vincent geäußert. Aber an eine Ausstellung in seinen Räumen sei nicht zu denken, sagt er, jedenfalls vorerst nicht, vielleicht in ein paar Jahren, wenn sich genügend Staub über die tragische Angelegenheit gelegt habe.
Er fördere mittlerweile einige Impressionisten und glaube auch, dass der Durchbruch dieser Bewegung nicht mehr aufzuhalten sei. Man müsse allerdings noch ein paar Hindernisse beseitigen, bis ein breiteres Publikum dafür aufgeschlossen sei. Deswegen wäre momentan nichts schädlicher, als die Bewegung mit dem Anflug von Wahnsinn in Zusammenhang zu bringen, und noch schlimmer dem doppelten Wahnsinn von Vincent und Theo. Das müsse man unter allen Umständen im Interesse der anderen Künstler dieser Bewegung verhindern.
Es tut mir leid, Dir keine bessere Nachricht geben zu können.
Dein Dich liebender Bruder Andries

Als hätte man ihr den festen Boden unter den Füßen entzogen. Die trostlose Bussumer Einsamkeit lastet bedrückender als je auf ihr. Hat so auch Theos und Vincents Wahnsinn begonnen? Es dauert Wochen, bis sie sich von dem Schlag erholt hat.
Das Schicksal des Neuen, am Anfang stehen herbe Enttäuschungen. Als hätten das Vincent und Theo nicht zur Genüge erfahren.
Dann eben nicht Durand-Ruel! Er ist schließlich nicht der Einzige.
Wie Schuppen fällt es ihr von den Augen, natürlich, die Niederlassung der Galerie Goupils am Boulevard Montmartre, Theos alte Galerie, die unter seiner Leitung bereits einen gewissen Bekanntheitsgrad für die Impres-

sionisten erlangt hatte. *Nur noch diesen einen Versuch*, fleht sie Andries an.
Sofort schlägt ihre Stimmung um. Das sind sie Theo in seiner Galerie schuldig, den Künstler auszustellen, für den er sein Leben geopfert hat. Alles erscheint wieder möglich, Vincent wird seine Ausstellung bekommen. Er hat sich auf sie verlassen, und sie wird ihn nicht enttäuschen.
Die Tage dehnen sich ins Endlose. Nach Wochen erhält sie endlich das ersehnte Schreiben von Andries. Diesmal kann es nur eine Antwort geben.

Meine liebe Schwester,
ich habe nun Theos ehemalige Galerie aufgesucht und dem neuen Leiter, einem Herrn Maurice Joyant, Dein Anliegen vorgetragen. Beim Gang durch die Galerie ist allerdings schnell jede Hoffnung verflogen. Nicht ein einziger Impressionist, kein Pissaro, Gauguin oder Monet. Herr Joyant hat auch keinerlei Sinn für die neue Malerei. Er hält die Impressionisten allesamt für künstlerische Randgestalten, unfähig und nicht willens, sich anzupassen. Allen voran Vincent, sein Wahnsinn spreche für sich selbst.
Nicht dass es mir eine Genugtuung bereiten würde, durch diese zweite Ablehnung in meiner früheren Ansicht bestätigt zu sein, aber ich glaube nicht, dass es sinnvoll ist, weitere Versuche zu unternehmen.
Wie immer, Dein Bruder Andries

Sie versteht Vincent besser als je zuvor. Einmal mehr erweist sich die eingefahrene Maschinerie dem Neuen gegenüber als mächtiger. Weil er es wagte, das Mittelmaß des Kunstbetriebs und die Borniertheit der dafür Verantwortlichen an den Pranger zu stellen. Kein Wunder, dass ihn das in den Wahnsinn getrieben hat. Irgendwann wandelt sich ihre Enttäuschung in Wut, gegen dieses Paris und insbesondere gegen Andries. Hat er wirklich alles versucht, um die mächtigen Galeristen umzustimmen? Sie hätte niemals auf ihn setzen dürfen, seine Rechthaberei sitzt zu tief, als dass er ihr den Triumph gegönnt hätte. Um Vincent und Theo ging es ihm von Anfang an nicht.

Warum nicht aufgeben unter diesen Umständen? Der Kunsthandel ist Männersache, das weiß sie von Theo. Allein die Schwierigkeit, die Galeristen auf Vincent einzustimmen, und dann sie als Frau.

Es soll nicht sein.

Aber wenn sie vor der Aussichtslosigkeit ihres Unterfangens kapituliert, denkt sie an Vincent mit seinem unumstößlichen Glauben in sein Werk. Ich bin sein letzter Halt, sagt sie sich.

Bis ihr auffällt, dass sie ebenso auf Vincent angewiesen ist. Durch Vincent hat sie Theo wiedergefunden, durch ihn hält sie ihr Band zu Theo aufrecht. Wenn sie Vincent fallen lässt, wird sie Theo zum zweiten Mal verlieren.

Sie schreibt an Émile Bernard. Sobald sie etwas unternimmt, verfliegt ihre Schwermut. Vincent wird der Durchbruch gelingen, manchmal spürt man so etwas einfach. Es bedarf nur eines Blickes auf die sprühenden Farben überall im Haus! Mit diesem Gefühl kann sie nicht allein sein, andere müssen das Leben aus den Bildern doch auch spüren.

Émile antwortet sofort, dass er sich ihrem Anliegen verpflichtet fühle. Mit Andries als Außenseiter, das war von Anfang an zum Scheitern verurteilt. Émile ist mit jedem Detail des Pariser Kunstlebens vertraut.
Erneut muss sie warten. Sie begreift nicht, warum jeder Schritt so unendlich viel Zeit beansprucht. Zunehmend schwindet ihre Hoffnung. Als endlich der ersehnte Brief eintrifft, sind ihre Erwartungen so tief gesunken, dass sie eine weitere Ablehnung nicht mehr erschüttern kann.

Verehrte, liebe Jo,
zuerst möchte ich Ihnen nochmals für Ihr Vertrauen danken, dass Sie mich als Fürsprecher für meinen Freund Vincent in Paris ausgewählt haben. Er war mein Lehrer, ich habe ihn stets über alles verehrt und halte ihn für den bedeutendsten Maler unserer Zeit. Aber häufig bleibt gerade den großen Neuerern die Anerkennung verwehrt. So scheint auch Vincents Schicksal auszusehen. Leider muss ich Ihnen nach allem, was ich gehört habe, sagen, dass das tragische Ende von Vincent und Theo den Zeitpunkt für eine Ausstellung weit in die Ferne gerückt hat.
Jeder Galerist erwähnte, meist hinter vorgehaltener Hand, dass es schwer genug sei, die Impressionisten erfolgreich bei den Sammlern einzuführen. Sollten die Umstände von Vincents und Theos Tod einer breiteren Öffentlichkeit bekannt werden, würde dies wie ein Fluch alle anderen belasten.
Trotzdem schätzen ihn Galeristen wie Durand-Ruel und Bernheim-Jeune, was Sie daran sehen, dass sie sich seine Bilder für ihre privaten Sammlungen erstehen. Aus diesem widersprüchlichen Verhalten zeigt sich, dass Vincents Aussichten langfristig

durchaus vielversprechend sind, kurzfristig die Situation hier in Paris sich allerdings als aussichtslos darstellt.
Sobald sich eine Änderung andeutet, werde ich mich melden.
Bis dahin verbleibe ich Ihr Ihnen stets freundschaftlich verbundener
Émile Bernard

Solange sie auf den Erfolg in Paris hoffte, fühlte sie sich von der Zuversicht der Farben Vincents beflügelt. Aber plötzlich dringen die Farben nicht mehr zu ihr vor. Theo und Vincent haben vergeblich auf sie gesetzt.

6.

Sabine hatte sich geschworen, nicht nochmals an diesen Ort zu kommen, und jetzt sitzt sie doch wieder auf dem harten Holzstuhl in der Amtsstube von Gendarm Crosnier. Mit Peter zusammen nimmt sich die Sache allerdings schon eher wie ein Abenteuer aus. Aber die Situation ist todernst, wo man sich hinwendet, gibt eine brüchige Wand nach der anderen nach. Was kann man überhaupt noch glauben? Und wem?

Der Nachahmereffekt hätte der Polizei das ideale Motiv für den Selbstmord geliefert. Der Fall wäre in die Akten gewandert. Mord und Totschlag lassen sich dagegen nicht so ohne weiteres abheften. War Heller schlicht am falschen Ort zur falschen Zeit?

Die Vorhänge vorgezogen, die Luft im Raum ist stickig. Wieder kleine Schweißperlen auf der Stirn von Crosnier.

»Heute wird die Anführerin der Exiliraner in Paris aus der Haft entlassen, sie und ihre engsten Gefolgsleute. Damit rollt der nächste Presserummel auf unseren Ort zu.«

»Sie spielen auf meinen Onkel an?«

»In gewisser Weise kommt das noch hinzu.«

»Das heißt, Sie sind mit der Untersuchung noch nicht weiter?«

»Der Fall wird wohl an die Kriminalpolizei in Paris abgegeben werden müssen, wir machen jetzt erst die Voruntersuchungen. Sie hatten mich am Telefon nach einer Frau namens Ziba gefragt. Eine Ziba Taleb gehört tatsächlich zu den Vertrauten von Maryam Radjavi. Sie wurde bei der Aktion in der Zentrale verhaftet und befindet sich seitdem in Polizeigewahrsam. Als mögliche Täterin scheidet sie aus.«

»Vielleicht gibt es mehr als eine Ziba.«

»Monsieur Dechaize hat uns inzwischen bestätigen können, dass Ihr Onkel Ziba Taleb, wie soll ich sagen, besser gekannt hat.« Crosnier untermauert seine Bemerkung mit einem leichten Augenzwinkern.

»Wurde sie schon zu der Tat vernommen? Ist sie verheiratet? Ist es denkbar, dass jemand sie hindern wollte, sich mit einem Christen, einem Ungläubigen, einzulassen? Könnte da der Schlüssel liegen?«

»Madame Bucher, die Frau wurde verhaftet! Sie wurde zum vermutlichen Tatzeitpunkt am entgegengesetzten Ende von Auvers aufgegriffen, als es überall nur so von Sicherheitskräften wimmelte.«

»Warum haben die dann nichts bemerkt?«

»Mittlerweile hat sich ein Zeuge gefunden, der Bäcker, der einen Schuss gehört haben will, in etwa als der Einsatz anlief. Er schwört darauf. Sein Laden liegt nahe beim Van-Gogh-Haus. Trotzdem, niemand hat etwas gesehen. Wir gehen der Spur nach.«

Der Gendarm blickt sie unschlüssig an. Offensichtlich passt ihm der Fall nicht in den Kram, er hat andere Sorgen.

»Maryam Radjavi wird in wenigen Augenblicken von

der Presse begleitet im Dorf ankommen. Ich muss mich jetzt entschuldigen.«

»Ich nehme an, Sie werden diese Frau Ziba sofort vernehmen, bevor sie mögliche Beweise beiseiteschafft?«

»Ich verspreche mir wenig von ihrer Vernehmung, sie war wirklich zu weit vom Tatort entfernt. Ich halte es für wahrscheinlicher, dass Arthur Heller sich aus einem nicht ersichtlichen Grund frühmorgens im Ort aufhielt, dabei auf die Sicherheitskräfte gestoßen ist und auf ihre Aufforderung hin nicht stehenblieb. Vielleicht um unerkannt zu entkommen und keine Schande über die Frau zu bringen. Jemand hat einen Schuss abgegeben, aber als er weiterlief, als sei er nicht getroffen worden, hat die Polizei den Vorfall nicht weiterverfolgt, man hatte schließlich andere Probleme. Ein Versehen der Sicherheitskräfte, und wie soll man das jetzt noch aufklären?«

Sabine ist verblüfft über Crosniers oberflächliche Einstellung. »Der Beamte hätte in jedem Fall den Schuss seinem Vorgesetzten melden müssen, stellen Sie sich die Aufregung bei der Presse und in der Allgemeinheit vor, wenn bei diesem riesigen Polizeieinsatz ein Unbeteiligter getötet worden wäre.«

»Mit absoluter Sicherheit steht nichts fest, allerdings kann ich mir anders den Vorfall, nach allem, was wir wissen, nicht erklären. Natürlich hätte es gemeldet werden müssen, jeder macht Fehler. Nun wird das die Kriminalpolizei von Paris klären müssen, es ist nicht mehr unser Fall.«

»Werden Sie Frau Taleb dann auch nicht zu der Tat vernehmen?«

»Ich würde an Ihrer Stelle keine allzu großen Erwartungen daran knüpfen.«
Crosnier breitet mit sichtlicher Ungeduld verschiedene Formulare vor ihr auf dem Tisch aus. Der Totenschein wurde bereits von ihm und einem Arzt oder Leichenbeschauer unterschrieben. Peter sieht sie fragend an.
»Es hat keinen Sinn«, sagt Sabine zu ihm auf Deutsch, »Versehen, menschliches Versehen, damit tun sie die Sache ab. Ich werde jetzt die Formulare unterschreiben. Und dann werden wir abwarten müssen, was die Pariser Polizei ermittelt.«
Warum der Totenschein allerdings noch ihrer Unterschrift bedarf, leuchtet ihr nicht ein. Sie stutzt, als sie beim Überfliegen des Textes Selbstmord als Todesursache liest.
»Hier steht Selbstmord, Monsieur Crosnier, diese These ist inzwischen doch wohl überholt. Er wurde erschossen oder angeschossen, jedenfalls kein Selbstmord.«
»Mit letzter Sicherheit steht nichts fest. Selbstmord liefert eine plausible Erklärung, bis sich ein anderer Tatverlauf nachweisen lässt.«
»Es war kein Selbstmord! So unterschreibe ich dieses Formular keinesfalls.«
»Gut, dann geben Sie wenigstens Ihre schriftliche Zustimmung zur Einäscherung. Ich bin nicht sicher, dass Ihre Unterschrift für den Totenschein überhaupt notwendig ist.«
»Verlange doch zuerst den Bericht der Autopsie und das schriftliche Ergebnis der ballistischen Untersuchung. Daraus ergibt sich doch einwandfrei, dass Selbstmord ausscheidet«, sagt Peter.

Sie blickt ihn verwundert an. Anscheinend bekommt er doch mehr von dem Gespräch auf Französisch mit, als sie annahm. Und natürlich liegt er mit seinem Hinweis völlig richtig! Crosnier hat die geforderten Papiere nicht griffbereit. Sie erinnert sich an die Warnung Thilo Holzers, dass die Einäscherung das Ende der unmittelbaren Spurensicherung bedeuten würde.

»Ich werde dies erst nach Einsicht aller Dokumente unterschreiben, Monsieur Crosnier. Insbesondere solange Sie auf Selbstmord als Todesursache beharren. Selbst wenn ich Ihnen damit unbequem werde, werde ich gegebenenfalls eine unabhängige ballistische Untersuchung beantragen. Außerdem erscheint ja jetzt die gesamte Presse in Auvers. Glauben Sie nicht, dass die an der Geschichte interessiert wären?«

»Wollen Sie mir drohen? Das werden Sie tunlichst unterlassen!«

»Ich will damit nur zum Ausdruck bringen, dass ich darauf bestehe, das Ganze zu einem sauberen Abschluss zu bringen.«

Natürlich passt es ihr selbst nicht, den Schlussstrich noch einmal hinauszuzögern. Und zum Leben erwecken wird sie Arthur Heller durch ihr Beharren auch nicht. Aber es steht fest, dass er erschossen wurde. Und sie wird nicht zulassen, dass dies einfach in den Akten verschwindet. Sie gehen nicht ohne die feste Zusage Crosniers, Ziba Taleb zu befragen. Die Vernehmung von Ziba muss doch neue Einblicke bringen. Sie verabreden sich zu einem weiteren Termin später am Nachmittag.

Zum Mittagessen im Restaurant des Van-Gogh-Hauses bekommen sie den letzten noch freien Tisch. Gérard Dechaize kommt sofort zu ihnen.
»Was für eine Überraschung! Ich habe schon den ganzen Morgen überlegt, wie ich Sie erreichen könnte. Diese Aufregung um Arthur Heller trifft uns völlig unvorbereitet.«
»Wovon reden Sie?«
»Haben Sie den Artikel in der *Frankfurter Allgemeinen Zeitung* noch nicht gesehen?«
Herr Dechaize reicht ihr ein Fax, das er vor einigen Stunden, wie die Faxkennung zeigt, aus Deutschland erhalten hat.
Arthur Heller, der in Paris lebende deutsche Schriftsteller, dessen Erstlingsroman Sarahs Paris *zur Frankfurter Buchmesse im Zwei-Falken-Verlag erscheinen wird, wurde tot im Sterbezimmer Vincent van Goghs in Auvers-sur-Oise aufgefunden. Nach Angaben der Polizei handelt es sich um Selbstmord. Arthur Heller hat ein umfangreiches Werk hinterlassen, für das er seit fast zehn Jahren nach einem Verlag gesucht hat. Ein Künstlerschicksal wie van Gogh.*
»Und so weiter. Warten Sie bitte einen Moment.«
Dechaize führt einen anderen Gast zu ihnen an den Tisch. »Das ist Jean-Pierre Mazol, Reporter von *Le Monde*. Ein guter Bekannter von mir. Ich habe ihn sofort angerufen, nachdem ich dieses Fax bekommen hatte. Natürlich ist er interessiert, Details zu erfahren.«
Mazol gibt ihr die Hand: »Dass eine Frankfurter Zeitung als Erste von dem Selbstmord Arthur Hellers unmittelbar vor den Toren von Paris wusste, ist mehr als peinlich. Mein Chef will jetzt wenigstens den ersten

umfassenden Bericht mit dem ganzen Hintergrund bringen. Dafür brauche ich Ihre Unterstützung.«

»Monsieur Dechaize kannte Artur Heller besser als ich!«

Aber Mazol lässt sich nicht beeindrucken.

»Schildern Sie mir doch bitte, was Sie über den Vorfall wissen, Madame Bucher, insbesondere, was Arthur Heller zum Selbstmord getrieben hat.«

»Nun, Selbstmord war es nicht.«

Gérard Dechaize blickt sie erstaunt an.

»Wie bitte? Das ist neu.«

»Er wurde außerhalb in der Nähe des Hauses angeschossen und hat es dann aus welchen Gründen auch immer noch in van Goghs Kammer geschafft, wie aus einem instinktiven Trieb. Der Schuss wurde aus einigen Metern Entfernung abgegeben.«

»Und der Täter?«

»Die Tat erfolgte zum Zeitpunkt der Festnahme der Iraner, meint die Polizei jetzt. Deren Vermutung ist, dass mein Onkel, als ihn die Sicherheitskräfte dazu aufforderten, nicht stehenblieb, jemand einen Schuss abgegeben hat und, als er einfach weiterlief, man annahm, dass er nicht getroffen wurde. Ich halte dies allerdings für kaum glaubhaft.«

»Mir gegenüber hat die Polizei immer von Selbstmord gesprochen.«

»Das ließ sich nach den Ergebnissen der ballistischen Untersuchung nicht mehr aufrechterhalten.«

»Ich habe auch nichts an ihm bemerkt, das auf Selbstmord gedeutet hätte, insbesondere hat er nie über Selbstmord gesprochen, was ja hier im Van-Gogh-Haus

nahegelegen hätte. Ganz im Gegenteil, er machte die zuversichtlichsten Andeutungen über sein neues Leben mit Ziba«, sagt Dechaize nachdenklich.
»Ziba?«, fragt der Reporter und macht sich Notizen
»Ziba Taleb, eine Iranerin hier im Ort. Sie hilft uns bei Führungen aus, allerdings habe ich sie seit der Razzia nicht mehr gesehen.«
»Sie wurde heute Vormittag in Paris aus der Haft entlassen, zusammen mit der Anführerin der Iraner. Sie werden jeden Augenblick in Auvers erwartet«, sagt Sabine.
»Sie sind gut informiert!«
»Wir kommen gerade von der Polizei.«
Sabine blickt auf die Uhr.
»Wenn wir schon hier sind, solltest du dir auch das Sterbezimmer van Goghs anschauen«, schlägt sie Peter vor. Sie vergisst immer wieder, dass er den Großteil ihres Gesprächs auf Französisch nicht versteht.
Auf dem Weg in den oberen Stock fragt sie Dechaize, ob Ziba mit dem Tod Arthur Hellers etwas zu tun haben könne.
»Ziba? Völlig ausgeschlossen, aus diesem Grund habe ich sie ursprünglich auch nicht erwähnt.«
Aber wer könnte es sonst gewesen sein? Alles in ihr sträubt sich gegen die Vermutung der Polizei. Die Sicherheitskräfte waren ja nicht einzeln im Dorf verteilt, sondern sind an dem fraglichen Morgen in Gruppen aufgezogen. Da gibt es Zeugen. Wenn einer von ihnen auf einen Flüchtenden geschossen hätte, wüsste man das. Crosnier ist bislang von Selbstmord ausgegangen, insofern war es verständlich, dass er die Nachricht von Ar-

thur Hellers Tod bei all dem Wirbel um die Iraner nicht an die große Glocke hängen wollte. Aber jetzt, wo der Vorfall an die Öffentlichkeit geht, wird er nicht mehr an einer anständigen Untersuchung vorbeikommen.

Die Mansarde ist gründlich gesäubert, nichts erinnert an den Vorfall von vor wenigen Tagen.

»Dein Onkel ist auf dem Boden verblutet? Ich hatte mir ein Holzbett vorgestellt, in dem auch van Gogh gestorben ist?«

»Wir haben das Zimmer bewusst unmöbliert gelassen. Bei van Gogh standen hier einige spärliche Möbel und Unmengen von Leinwänden, an denen er arbeitete. Es gibt ja die Bilder, die er von diesem Zimmer gemalt hat.«

Gérard Dechaize und Peter unterhalten sich auf Deutsch. Sabine bleibt das Übersetzen erspart, und was der Reporter mitbekommt, ist ihr ziemlich gleichgültig.

»Warum hängen Sie nicht wenigstens eines seiner Bilder auf, die kräftigen Farben als Kontrast zur Öde des Raums. Die Farben waren doch sein Anker, als er hier gehaust hat!«

»Sie sprechen mir aus dem Herzen! Van Gogh träumte bis zuletzt von seiner eigenen Ausstellung, die ihm nie vergönnt war. Jetzt ist daraus mein Traum geworden, ein Gemälde van Goghs an unsere Gedenkstätte zurückzuholen. Gelegentlich kommt ein van Gogh auf den Markt, allerdings zu unerschwinglichen Preisen. Aber ich gebe nicht auf, alles, was Sie hier sehen, hat mit einem Traum begonnen.«

»Als Investmentbanker neige ich dazu, Dinge pragmatisch anzugehen. Wo befinden sich denn die meisten van Goghs?«

»Es gibt einige Schwerpunkte, die Eremitage in St. Petersburg oder die Sammlung Dr. Gachets im Grand Palais in Paris. Die größte Sammlung befindet sich allerdings im Van-Gogh-Museum in Amsterdam.«

»Wem gehört das Van-Gogh-Haus hier?«

»Einer Stiftung, die speziell für diesen Zweck ins Leben gerufen wurde.«

»Haben Sie je daran gedacht, Ihre Stiftung in das Van-Gogh-Museum einzubringen? Ein Merger, wie unter Firmen üblich? Sie tauschen Ihre Unabhängigkeit gegen einen original van Gogh. Wäre Ihnen das die Sache wert?«

»Damit habe ich keinerlei Erfahrung, wie soll das vor sich gehen? Bleib ich bei einer Fusion mit dem Van-Gogh-Museum denn noch mein eigener Herr?«

»Amsterdam ist fern. Und das Sterbehaus van Goghs steht nun einmal in Auvers. Das wäre meine geringste Sorge. Niemand lebt ewig. Auf diese Weise würden Sie auch den Fortbestand Ihres Werks sichern.«

»An dem Vorschlag ist einiges dran.«

»Wenn Sie wollen, lasse ich die Möglichkeiten einmal im Einzelnen untersuchen. Vielleicht ziehen wir das Projekt dann gemeinsam durch.«

Sabine folgt staunend dem Gespräch. Peter und Kunst, eine völlig neue Seite an ihm. Eine Seite, die ihr, ehrlich gesagt, gut gefällt.

»Nun verknüpfst du dein Schicksal auch noch mit diesem Haus!«

»Weißt du, mit dem Investmentbanking wird nur die

kalte Seite meines Gehirns beansprucht. Es wäre reizvoll, auch die andere Seite ein wenig zu beleben, oder nicht?«

Gérard Dechaize schlägt ihnen vor, in der noch bis zum Termin bei Crosnier verbliebenen Zeit den außerhalb des Dorfes gelegenen Friedhof zu besuchen. Verwinkelte Gassen, sobald man von der Hauptstraße abbiegt. Die an der Friedhofsmauer gelegenen Gräber von Vincent und Theo sind dicht von Efeu überwachsen. Weiße Sommerwolken schweben wie Watteknäuel am blauen Himmel. Peter nimmt Sabine in den Arm. Sie sagen kein Wort.

Später gehen sie Hand in Hand ins Dorf zurück. Gelegentlich blickt Sabine zu Peter. Diese neuen Gefühle, die er in ihr auslöst. Wäre das auf Sylt auch so gewesen?

Am Spätnachmittag treffen sie in Begleitung des Journalisten von *Le Monde* auf dem Polizeirevier ein. Crosnier wurde inzwischen über die Berichte in der deutschen Presse informiert.

»Das hat uns noch gefehlt, dieser Artikel in der deutschen Zeitung. Unser Gespräch hat unter Ausschluss der Presse zu erfolgen, so lautet unsere Abmachung.«

Er verweist Mazol aus seinem Büro. Wahrscheinlich gibt er mir die Schuld an der Veröffentlichung, denkt Sabine. Sie betont zwar, dass sie von dem übereilten Vorgehen des Frankfurter Verlegers genauso überrumpelt wurde wie er. Aber Crosnier wirkt verändert, als traue er ihr nicht mehr.

»Wir haben eine einheitliche Sprachregelung gegenüber der Presse vereinbart.«

»Natürlich, Monsieur Crosnier, ich weiß nur, was ich durch Sie erfahren habe. Aber haben Sie diese Frau in der Zwischenzeit verhört? Was sagt sie?«
»Nichts was die Tat betrifft.«
Der Gendarm blickt zögernd zu Peter.
»Er ist mit mir hier, er hat mit der Presse nichts zu tun. Außerdem versteht er kein Französisch.«
»Also gut, Frau Taleb war von der Nachricht des Todes Arthur Hellers sichtlich erschüttert, in ihrem gegenwärtigen Zustand konnten wir ihr eine intensive Vernehmung nicht zumuten. Zur mutmaßlichen Tatzeit hielt sie sich, wie wir bereits wussten, im Hauptquartier der Iraner auf, wo sie auch die vorhergehenden Nächte verbracht hatte. Sonst lebt sie im Haus ihres Schwagers, in dessen Großfamilie, seit ihr Mann im Iran von den Truppen der Mullahs gefasst und hingerichtet wurde.«
»Hat sie wenigstens bestätigt, dass sie meinen Onkel gekannt hat, was hatten sie für eine Beziehung?«
»Wenn ich sie richtig verstanden habe, war sie mit ihm mehrmals in dem Gasthaus zusammen.«
»Aber warum ist mein Onkel dann beim ersten Morgengrauen allein durchs Dorf gegangen?«
»Frau Taleb behauptet, dass Herr Heller sie am frühen Morgen bei der Zentrale hätte abholen sollen. Und dann erfolgte der Zugriff der Sicherheitskräfte. Mehr kann ich nicht sagen.«
»Deckt sich die Aussage der Frau mit der ihres Schwagers, der spielt doch auch eine Rolle?«
»Er wurde ebenfalls bei dem Polizeieinsatz aufgegriffen, aber kurz darauf wieder entlassen. Seitdem hält er

sich, wie wir erfahren haben, im Ausland auf, wir konnten ihn noch nicht verhören.«

»Sieht das nicht so aus, als ob er sich schnellstens hätte absetzen wollen?«

»Offensichtlich handelt es sich um eine schon länger geplante Reise. Mehr wissen wir nicht, die Aktionen der Mudschahedin sind uns nicht bekannt.«

»Aber kommt Ihnen das nicht verdächtig vor?«

»Nein, wieso? Dass die Pariser Beamten die Mudschahedin zu Unrecht beschuldigt haben, wurde zwischenzeitlich mit der Freilassung jedes Einzelnen von ihnen vom Gericht bestätigt. Ich will sie nicht zusätzlich ungerecht belasten.«

»Hatte die Frau einen Grund, sich vor ihrem Schwager zu fürchten? Hat er sich dann, als er sie nicht finden konnte, an meinem Onkel gerächt?«

»Madame Bucher, er wurde zur Tatzeit in seiner Wohnung aufgegriffen! Ihre Vorurteile bringen uns nicht weiter.«

Crosnier verliert allmählich die Fassung. Eigentlich könnte er einem leidtun, überfordert wie er ist, denkt Sabine.

»Eine ganz andere Frage: Hat man bei der Obduktion die Kugel sichergestellt? Damit müsste man doch die Waffe des Beamten identifizieren können.«

»Es handelt sich um eine handelsgängige Munition, überall erhältlich.«

»Wurde diese Art Munition von den Sicherheitstruppen benutzt?«

»Nein, das können wir ausschließen.«

»Dann müsste der Schuss von jemand anderem als den

Sicherheitstruppen abgegeben worden sein. Also am Schwager kommen wir wohl nicht vorbei, Vorurteil hin oder her.«
»Frau Bucher, ich wiederhole mich, er wurde bei sich zu Hause aufgegriffen!«
»Vom Zeitpunkt des Todes her betrachtet, wäre es durchaus möglich, es besteht ja keine absolute Sicherheit. Sie wissen das so gut wie ich. Die Polizeiaktion bietet ihm ein bequemes Alibi. Hat man seine Wohnung wenigstens nach der Waffe durchsucht? Wer lebt sonst noch dort?«
»Wir können doch nicht plötzlich ohne jeden Grund Wohnungen durchsuchen! Bislang wissen wir nur, dass er am Tag zuvor mit einem im Ort unbekannten Mann gesehen wurde, doch hat das nichts mit der Tat zu tun. Spekulationen führen nicht weiter.«
»Was bleibt denn noch für mich zu tun?«
»Ich werde, mit Ihrem Einverständnis, die Einäscherung veranlassen, Madame Bucher.«
»Und der Reporter von *Le Monde*, werden Sie ihn über den bisherigen Stand der Ermittlungen entsprechend informieren? Sonst mache ich das nämlich.«
»Das habe ich, um ehrlich zu sein, zu verdrängen versucht, diese Presseberichte aus Deutschland über den Nachahmerselbstmord.«
»Der keiner war.«
»Richtig, natürlich nicht!«
»Der will wirklich nicht tiefer einsteigen«, sagt Sabine zu Peter beim Verlassen der Polizeistation.
»Er wird kaum daran vorbeikommen, denn nun werden ihn Paris und die Presse dazu zwingen.«

Bevor sie nach Paris zurückfahren, will Peter nochmals mit Gérard Dechaize die weitere Vorgehensweise zu seinem Vorschlag eines Mergers des Van-Gogh-Hauses mit dem Van-Gogh-Museum in Amsterdam besprechen.
»Ich möchte sicher sein, dass ihm die Sache ernst ist, wenn ich mich schon damit befasse!«
Sabines Handy klingelt, der Verleger aus Frankfurt, als komme er nicht mehr ohne sie aus.
»Frau Bucher, gut dass ich Sie erreiche! Sie machen sich ja keine Vorstellung, was hier los ist! Der Grund meines Anrufs: Ich muss mit Ihnen die Termine Ihrer ersten Lesereise abstimmen. Zwei Wochen Anfang November wären zeitlich genau der richtige Abstand nach der Werbewelle auf der Buchmesse. Wir haben Berlin, Leipzig, München et cetera bereits gebucht.«
»Lesungen? Ich bin doch nicht der Autor.«
»Na ja, in gewissem Sinne schon. Das Buch erscheint als Roman von Arthur Heller, in der Überarbeitung von Sabine Bucher.«
»Herr Dr. Zapf, das geht mir zu schnell, ich kann mich dazu jetzt nicht äußern. Ich bin noch in Frankreich.«
»Natürlich, das hätte ich fast vergessen. Haben Sie in seiner Wohnung die anderen Manuskripte gefunden? Sie sollten unbedingt sämtliche Unterlagen mitbringen, man kann nie wissen.«
»Ich bin in Auvers.«
»In Auvers, warum?«
»Ihre Propaganda hat hier einen riesigen Wirbel ausgelöst. Übrigens muss ich Ihnen noch mitteilen, dass Heller keinen Selbstmord begangen hat. Arthur Heller wurde erschossen. Die Polizei geht von einem Unfall

aus. Am selben Morgen lief eine großangelegte Polizeiaktion hier im Ort, gegen iranische Terroristen. Es habe sich dabei ein Schuss gelöst, meint man jetzt, und ein Unbeteiligter sei getroffen worden, Arthur Heller. Also sozusagen ein Kollateralschaden, jedenfalls kein Selbstmord, kein Nachahmer.«

Sie hört nur das schwere Atmen des Verlegers.

»Was machen wir jetzt?«, er klingt, als wäre ihm die Luft ausgegangen. All die Wörter, mit denen er ständig lebt, plötzlich haben sie ihn verlassen.

»Sie waren einfach zu voreilig!«

»Verblutet im Sterbezimmer van Goghs, wo Sie ihn doch selbst identifiziert haben, wenn meine Erinnerung mich nicht trügt, das stimmt aber doch noch?«

»Nachdem er angeschossen wurde, hat er es bis dorthin geschafft. Warum, wissen wir nicht. Er besaß die Schlüssel zum Haus und zu dem Zimmer, so viel ist bekannt.«

»Dann ist ja alles gut, Frau Bucher, warum jagen Sie mir einen solchen Schreck ein! Selbstmord hinterlässt immer einen etwas schalen Nachgeschmack, aber eine verirrte Kugel bei einer Aktion gegen Terroristen, das schafft in Deutschland Aufmerksamkeit, und dazu der Van-Gogh-Bezug, der Zufall, dass dies alles in diesem kleinen Ort geschieht, und die Ähnlichkeit ihrer Schicksale, zwei von der Öffentlichkeit zu ihren Lebzeiten verkannte Genies. Also ich glaube, damit lässt sich sogar noch ein Gang zulegen. Wir rechnen mit Ihnen für die Termine, nach der Veröffentlichung gibt es nur ein kurzes Zeitfenster, in dem der Markt über Erfolg oder Untergang eines Buches entscheidet. Sie können bei der

Lesereise mit unserer vollen Unterstützung rechnen. Und bitte, die Manuskripte und Unterlagen nicht vergessen!«

»Ein Barrakuda, dieser Verleger!«, Sabine schüttelt sich. Peter legt seinen Arm um sie auf dem Weg zum Van-Gogh-Haus und drückt sie an sich.

Sie blickt lächelnd zu ihm. Sie hat sich ihm nie so nahe gefühlt.

Die Gäste haben das Restaurant im Van-Gogh-Haus verlassen. Gérard Dechaize unterhält sich an der Theke mit einer dunkelhaarigen Frau. Sie hat ihnen den Rücken zugewandt, aber Sabine weiß sofort, dass es Ziba ist.

Gérard macht die Frau auf sie aufmerksam. Sie dreht sich zu ihnen um und blickt Sabine an. Kein Wort, nur dieser Blick. Fragende grüne Augen. Sabine ist sich nicht sicher, ob sie zu ihr hinübergehen soll. Sie spürt, dass ihr Herz schneller schlägt. Zibas Augen sind weich und sanft, aber sie wirkt niedergeschlagen und verstört. Sie muss geweint haben, in ihrem Blick liegt Trauer, und doch ein Stolz in ihrer aufrechten Haltung.

Schließlich, was wie eine Ewigkeit erscheint, kommt sie auf Sabine zu und umarmt sie, in einer wie selbstverständlichen Verbundenheit. Sabine atmet Zibas blumiges Parfum, spürt ihre Wärme, das Zittern ihres Körpers. Als stünde die Zeit still.

Sabine hat nie um ihren Onkel getrauert, auch jetzt nicht, sie empfindet allenfalls eine seltsame Betroffenheit. Anders als diese Frau, die ihm ihre Tränen nachweint und die, wie sie hofft, bei ihr Trost findet.

7.

Johannas Versuche, für Vincent in Paris etwas zu bewegen, sind kläglich gescheitert. Vincent und Theo und ihr Traum vom gemeinsamen Erfolg, den sie sich in den dunklen holländischen Nächten zurechtgestrickt hatte. Als Statthalterin der Brüder stand sie im Mittelpunkt dieses Traums, der sich wieder in ein qualvolles Nichts zerschlagen hat. Über ihr türmen sich die Wolken, die peitschenden Winde von der Nordsee, die Tage des ewig Gleichen. Ihr fehlt die Besessenheit, die Vincent und Theo beflügelt hatte. Sie ist wie alle anderen. Gelegentlich zeigt die eine oder andere Galerie in Holland Interesse an Vincents Bildern, sie hat kleinere Ausstellungen in Amsterdam, Rotterdam und Den Haag mit Leihgaben beschickt, aber jedes Mal kommen die Bilder unverkauft nach Bussum zurück. Und doch, völlig unbekannt ist Vincent in Holland nicht geblieben.

Beim Blick auf die zaghaften Fortschritte in seiner Heimat überkommt sie hin und wieder der Drang, einen allerletzten Versuch in Paris zu wagen. Die unruhig aufflackernde Hoffnung, das eintönige Dasein in dieser Provinz gegen das aufregend Neue von Paris zu tauschen. Aber es bleibt bei Träumen, verführt von den sprühenden Farben, die sie als einzige Erinnerung an

die damalige Zeit umgeben. Die sie verflucht, wenn sie mit ihrem Schicksal hadert.
Die Einzige, mit der sie darüber spricht, ist Vincents und Theos Schwester Wil, die sie häufig in Bussum besucht, weil auch sie hier in den Bildern die Nähe zu ihren Brüdern verspürt.
»Vincent war im Kern bodenständig, seiner Heimat verhaftet. Er hat vor allem für die Menschen hier gemalt.«
»Du meinst, in Paris konnte man ihn nicht verstehen, weil sein Werk von Anfang an nicht für sie dort gedacht war?«
»So ähnlich. Um das Licht seiner Farben zu erfassen, muss man wie wir hier im Dunkel leben. Es hat nichts mit Wahnsinn zu tun, sondern allein mit seiner Herkunft. Wir spüren in der strahlenden Helligkeit seiner Bilder, was uns fehlt. Unsere Sehnsüchte spiegeln sich darin.«
»Vielleicht sollte ich mich dann mit dem in Holland Erreichten zufrieden geben!«
Aber sie ist nicht zufrieden. Immer wieder und ohne jede Vorwarnung überkommt sie eine schmerzende Unruhe.
Émile Bernard berichtet ihr aus Paris, dass der Galerist Ambroise Vollard mit einer Cézanne-Ausstellung große Erfolge gefeiert und sich bei ihm nach Vincent erkundigt habe. Was die Impressionisten ganz allgemein betreffe, so fülle Vollard die Leere, die Theos früher Tod hinterlassen habe.
Also doch! Cézanne, der den Impressionisten den Weg aufgezeigt hat, auf dem Vincent weiter nach vorn ins

Unbekannte gestürmt ist. Der richtige Zeitpunkt, da allein liegt doch das Problem!
Kurze Zeit später erhält sie ein Schreiben von Vollard. Er plane eine erste Van-Gogh-Ausstellung und bitte um ihre Unterstützung. Bevorzugt Blumenbilder, denen er die besten Chancen einräumt. Johanna sendet ihm zehn Ölbilder und einige Zeichnungen. Vincents eigene Ausstellung in Paris, die ihm zu seinen Lebzeiten nicht vergönnt war. Und nun mit ihrer Hilfe!
Vergeblich wartet sie auf einen Zwischenbericht. Auch als sie nach einigen Monaten um Rücksendung der Bilder bittet, erhält sie keine Antwort. Erneut regen sich Wut und Misstrauen gegen den Pariser Kunstbetrieb in ihr. Auf Vollard ist so wenig Verlass wie auf alle anderen.
Nach acht Monaten berichtet ihr Vollard endlich, dass er ein Bild an einen Londoner Sammler verkauft habe. Sie mahnt umgehend den Verkaufserlös und die Rückgabe der anderen Bilder an. Drei weitere Monate vergehen, bis Vollard sich mit der Entschuldigung meldet, er sei umgezogen und habe sich räumlich erweitert, was seine Zeit in Beschlag genommen habe. Aber nun werde er sie besuchen, um Bilder für die nächste Ausstellung auszuwählen. Die erste Ausstellung sei immer ein Risiko, erst mit der zweiten fassten die Sammler Vertrauen. Sie kennt das von Theo, unbekannte Maler erfordern Geduld, hat auch er immer betont.
Vollard nimmt bei seinem Besuch über fünfzig Bilder und Zeichnungen mit. Ein Wagnis, natürlich, ihm zu trauen, nach der ersten Erfahrung. Aber er ist ihr einziger Zugang zu Paris.

Nach Vollards Erfolg mit Cézanne ist Vincent an der Reihe, genau wie es dem zeitlichen Verlauf des Impressionismus entspricht. Aber wieder erhält sie wochenlang keine Nachricht. Als hätte die Ausstellung nie stattgefunden. Vielleicht bildet sie sich alles tatsächlich nur ein. Wenigstens kommt von Émile Bernard ein begeisterter Brief, allerdings wisse er nicht, wie die Bilder bei Kritikern, Sammlern und dem breiteren Publikum angekommen seien. Wochen danach schließlich ein Schreiben von Vollard. Nach zwei Monaten habe er die Ausstellung abgehängt, die Kritiker hätten keinerlei Notiz genommen, es bestünde auch nur ein mäßiges Kaufinteresse, über die Preise müsse man noch sprechen, und Johanna müsse auf alle Fälle ihre Erwartungen zurückstufen.

Ihre hochtrabenden Hoffnungen sind verflogen. Sie spürt ihre Hilflosigkeit und Verlassenheit wie nie zuvor. Warum Cézanne, den Vincent zutiefst verehrt hatte?

Weil Cézanne Ruhe ausstrahlt, seine Pinselführung weniger hektisch ist, die Striche kurz und geordnet. Bei Vincent befindet sich die Welt in unruhigem Fluss. Vincent hat nie Ruhe und Beschaulichkeit angestrebt. Daher sucht sie der Betrachter in seinen Bildern auch vergebens. Insbesondere der Pariser Betrachter. Die Sonne des Südens hat für ihn nicht dieselbe aufbauende Kraft wie für den, der der Dunkelheit des Nordens entflohen ist. Deswegen stempelt man Vincent in Frankreich als Irrsinnigen ab, während man seinen unbändigen Ausbruch in Licht und Farben und Gefühlen hier in Holland mitfühlt und versteht.

Und darum wird Vincent der Zugang zu Paris, dem

Zentrum des Kunstgeschehens, auch in Zukunft versperrt bleiben. Weil er von Anfang an dort nicht hingehörte.
Enttäuscht verlangt Johanna die Rückgabe der Bilder. Vollard feilscht kleinlich um die sowieso niedrigen Preise. Auf den Scheck muss sie nochmals zwei Monate warten, den Vollard zahlbar in drei Monaten in Paris ausgestellt hat, anstatt sofort zahlbar in Amsterdam! Mit den hiesigen Galeristen hat es nie derartige Probleme gegeben.
Ob Vollard einen Mann anders behandelt hätte?

8.

»Es tut mir leid.«

Ziba löst sich mit einem Ruck aus ihrer Umarmung. Die Worte gehaucht, ihre Stimme ist zart und zerbrechlich. Wie alles an ihr. Tiefe Traurigkeit umgibt sie wie ein Schatten. Oder wie eine zögernde Frage. Glaubt sie, Sabine mache ihr Vorwürfe? Dabei fühlt sich Sabine ihr so nahe wie selten jemandem. Ziba muss das doch spüren!

»Ja, ich habe deinen Onkel gekannt und mich von unseren Träumen mitreißen lassen. Unser gemeinsames Leben, Arthur und ich, abseits der Beschränkungen, denen ich hier in meiner Familie unterworfen bin. Es war Leichtsinn von mir, mich darauf einzulassen, ich wusste es, ich hätte es nie so weit kommen lassen dürfen.«

»Was hattet ihr denn geplant? Und war jemand in eure Pläne eingeweiht?«

Trotz aller Sympathie für Ziba wieder die kalte Vernunft der Anwältin.

»Er wollte mich bei Tagesanbruch in der Zentrale abholen. Als ich morgens den Lärm hörte, glaubte ich erst, es hätte mit ihm zu tun, bis ich begriff, dass wir von den Sturmtruppen aus Paris überfallen wurden.«

»Und er?«

»Ich wusste nicht, wo er in diesem Augenblick war, der ganze Ort befand sich ja plötzlich in Aufruhr. Wir in der zentralen Anlage wurden als Erste abgeführt. Erst als ich aus dem Gefängnis entlassen wurde, erfuhr ich von Gendarm Crosnier von dem tragischen Vorfall, dass Arthur versehentlich und ohne dass dies weiter verfolgt wurde, von den Sicherheitskräften angeschossen wurde.«

»Was ich nicht verstehe, ist, warum ihr nicht zusammen im Van-Gogh-Haus oder in dem Gasthaus geblieben seid? Warum habt ihr euch nicht im Schutz der Dunkelheit davongemacht, anstatt bis zum Morgen zu warten?«

»Wir waren nicht zusammen! Ich hatte seit zwei Tagen die Zentrale nicht verlassen. Dafür hatte ich gute Gründe. Ich habe ihn hier nicht gesehen.«

Sie sieht Sabine beschwörend und mit wehmutsvollen Augen an, als wäre sie nicht sicher, ob sie ihr glaubte.

»Aber der Polizei hast du bei deiner Vernehmung doch angegeben, dass du bei ihm auf dem Zimmer warst!«

»Der Polizei? Ich habe dort genau dasselbe gesagt wie jetzt dir, dass ich in den Tagen vorher immer in der Zentrale war. Schließlich gibt es Zeugen. Du musst die Polizei fragen, wie sie zu dieser Behauptung kommen, von mir stammt die Aussage jedenfalls nicht.«

Sabine blickt ratsuchend zu Gérard Dechaize. Der Ausdruck in seinem Gesicht lässt sich nur schwer entziffern.

»Was sagt sie denn?«, fragt Peter.

Ungeduldig fasst Sabine Zibas Aussage zusammen.

»Du kannst der Frau glauben.«
Als wisse Peter das besser als sie! Die Polizei kann eine solche Tatsachenbehauptung nicht einfach aus der Luft gegriffen haben.
»Ich war überrascht, dass du in die Zentrale umgezogen bist. Hatte es mit ihm zu tun?«, bricht Gérard Dechaize das momentane Schweigen.
Ziba nimmt den Blick nicht von Sabine. Als gehe es ihr einzig und allein darum, sie zu überzeugen.
»Seit dem Tod meines Mannes lebe ich mit der Familie seines Bruders. Er hatte mir verboten, mich mit Arthur zu treffen. Er kannte unsere Pläne zwar nicht im Detail, aber er wusste, dass etwas vor sich ging. Die Trauerzeit für meinen Mann ist abgelaufen, ich bin frei, aber nach seinem Weltbild bestimmt er als der nächste Verwandte meines Mannes auch weiterhin über meine Zukunft. Er hat ohne mein Einverständnis einen Iraner aus Dortmund als Ehemann für mich ausgewählt und ihn mir vor einigen Tagen vorgestellt. Ich habe ihn vor meinem Schwager zurückgewiesen und ihnen gesagt, dass ich mit Arthur fortgehen würde. Daraufhin blieb mir nur die Flucht in die Zentrale.«
»Vielleicht wäre der Mann aus Dortmund aufgeschlossener gewesen als dein Schwager.«
»Kaum, sonst wäre er nicht mit einer Zwangsheirat einverstanden gewesen, und in dieses Gefängnis wollte ich mich keinesfalls freiwillig einmauern lassen. Außerdem, Arthur und ich hatten unsere Pläne.«
»Wohnst du jetzt wieder bei deinem Schwager?«
»Im Moment ist er im Ausland. Natürlich, irgendwann wird er zurückkommen.«

»Hältst du es für möglich, dass der Iraner aus Dortmund der Todesschütze war?«

»Bei der Razzia wurde er nicht verhaftet, was dafür spricht, dass er Auvers vorher verlassen hatte.«

»Und dein Schwager? Du hast ihn vor dem Iraner aus Deutschland und allen anderen, die anwesend waren, gedemütigt. Außerdem hast du angekündigt, dich mit einem Nichtgläubigen einzulassen. Er hatte mehr als einen Grund, sich an Heller zu rächen.«

»Das verstehst du nicht, dann müsste er mich töten! Und woher soll er gewusst haben, dass sich Arthur hier aufhielt?«

»Am Tag zuvor hat er ungewöhnlich lange hier vor dem Haus gestanden und gewartet. Wenn er Arthur erkannt hat, dann konnte er sich ausrechnen, dass Arthur deinetwegen hier war«, wirft Gérard Dechaize ein.

»Nein, wenn das so war, hatte er es auf mich abgesehen und gehofft, mich hier abzufangen, bevor ich in die Zentrale zurückkehre. Aber mein Schwager wurde an dem Morgen von der Polizei bei sich zu Hause festgenommen. Damit scheidet er als Täter aus.«

»Für die Tat gibt es lediglich einen Zeitrahmen, er hätte es ohne weiteres nach Hause geschafft. Seine Festnahme liefert ihm jetzt das ideale Alibi«, sagt Sabine.

»Ihr wollt es unbedingt meinem Schwager anhängen!«

»Warum nimmst du ihn in Schutz?«

»Er kann es nicht gewesen sein! Die Polizei hat mir gesagt, dass Arthur aller Wahrscheinlichkeit nach zu Beginn des Polizeieinsatzes versehentlich angeschossen wurde.«

»Die Polizei wird diese Version kaum noch aufrechterhalten können, Ziba! Zuerst nahm man Selbstmord an, aber jetzt, nach den Untersuchungen, steht fest, dass der Schuss von vorne abgegeben wurde. Aus maximal fünf Metern Entfernung. Jemand hatte es auf Arthur Heller abgesehen! Es war kein Versehen der Polizei, das sich sowieso nicht einfach unter den Teppich kehren ließe. Ein Unbeteiligter tot bei diesem Polizeieinsatz, die öffentliche Meinung würde Sturm laufen!«
Ziba schweigt. Als hätte sie nicht schon ausreichend Schande über die Familie gebracht, und nun den Schwager beschuldigen? Andererseits geht es um den Tod ihres Geliebten, für den sie, auch wenn sie ihn eigentlich kaum kannte, alles zu opfern bereit war.
»Ich weiß so wenig wie ihr. Der Rest ist Spekulation.«
Sabine merkt, wie in ihr die Wut aufsteigt. Für sie besteht kein Zweifel mehr, wer der Täter ist. Aber ohne Ziba oder ein anderes Familienmitglied lässt sich nichts beweisen. Und die werden niemals ihr Schweigen brechen. Aber Sabine weiß auch: Zibas Leben wurde durch den Tod Arthur Hellers zerstört, nicht ihres. Ihren Schwager als Täter hinzustellen, bringt ihr keinen Frieden. Im Gegenteil. Sobald Sabine und Peter Auvers verlassen haben, ist sie wieder seiner Willkür ausgeliefert. So sieht ihr Schicksal aus. Lediglich Arthur Heller hätte ihr diese Fesseln abnehmen können.
Sabine möchte ihr dennoch eine Brücke bauen.
»Die Wohnung in Paris steht leer. Du könnest dort einziehen, unbehelligt für ein paar Monate, keiner weiß, wo du bist, ich kümmere mich darum.«

»Gemeinsam mit Arthur hätte ich mir ein neues Leben vorstellen können. Aber allein, nein, ich wäre dort genauso gefangen wie hier.«
Peter, der geduldig dem Gespräch zugehört hat, blickt Sabine fragend an. Sie schildert ihm Zibas Situation, aus der sie keinen Ausweg sieht.
»Wie stellst du dir deine Zukunft vor?«, fragt Sabine. »Ich habe Angst um dich.«
»Mein Schicksal ist an diesen Ort gebunden, erst mit meinem Mann, und nun mit Arthur. Ich werde hier bleiben.«
»Und wenn dein Schwager zurückkommt?«
»Wir werden sehen, es gibt Grenzen seiner Macht. Wenn ich Trost brauche, finde ich ihn bei Gérard, meinem Mentor, und bei Vincent van Gogh.«
Zum Abschied umarmen sie sich. Auf Zibas Gesicht liegt eine zuversichtliche Ruhe, nur in ihren Augen flackern ängstliche Zweifel auf. Unsicher wie die Zukunft vor ihr, denkt Sabine.

Was haben wir eigentlich erreicht, fragt sie sich auf der Fahrt nach Paris. Arthur Hellers Mörder läuft frei herum, und die Polizei würde am liebsten den Fall in den Akten verschwinden lassen. Der Leichnam wird eingeäschert und jede weitere Spurensicherung insoweit abgeschnitten. Und wem würde die Wahrheit nutzen? Ziba am ehesten, aber gerade sie scheint keinen Wert darauf zu legen.
»Dieser Ausgang ist alles andere als zufriedenstellend, aber wer sind wir, um uns hier mehr als notwendig einzumischen?«

»Das klingt nicht unbedingt nach der Perfektionistin, als die ich dich sonst kenne.«
»Mag sein, aber es geht nicht um mich. Und Ziba wird sich mit ihrem Schicksal abfinden, das so aussehen wird wie bisher, nur um einen Traum ärmer.«
In Paris gehen sie sofort in die Wohnung. Vergeblich hatten sie gehofft, Justine dort anzutreffen. Als sei ein Vorhang gefallen.

Vom Vermieter erfahren sie am nächsten Morgen, dass Arthur Heller die Miete für drei Monate im Voraus bezahlt hat. Um mit Ziba unterzutauchen, wenn nötig, bis sich der Wirbel um ihre Flucht gelegt haben würde. Er hatte für alles vorgesorgt.
»Sein Leben lief auf diesen Punkt zu, die Zusage eines Verlages, der sein Buch druckt, und die Aussicht auf eine Zukunft mit Ziba. Und dann am Ziel seiner Träume dieser brutale Einschnitt. Im Zeitpunkt seines Todes muss er der glücklichste Mensch gewesen sein.«
»Eigentlich kein schlechtes Ende,« pflichtet ihr Peter bei.
An einem Zeitungsstand sehen sie die neueste Ausgabe von *Le Monde*: *Schriftsteller bei Anti-Terror-Einsatz in Auvers erschossen!* Mazols Bericht, allerdings mehr Fragen als Antworten. Ein Sprecher des Innenministeriums gibt bekannt, dass man einen bestimmten Vorfall während des Polizeieinsatzes untersuchen werde. Der Kommandant der Einheit, der den Sturm auf das Hauptquartier der Iraner leitete, hat angegeben, einen Schuss gehört zu haben.
»Damit ist Druck in die Sache gekommen. Ein Glück, die Presse!«

Als sie am Nachmittag in die Wohnung kommen, liegt die Post auf dem Küchentisch. Der Zettel mit Sabines Telefonnummer ist verschwunden. Beim Abhören ihres Handys findet sie eine Nachricht der Hausgehilfin, die ihr mit bebender Stimme eine Telefonnummer hinterlässt.

»Sie wird vielleicht wissen, wer sein Anwalt ist, dem ich dann den Fall übergeben werde. Er hat hoffentlich das Testament.«

Abends, in der Brasserie Lipp beim Abendessen, ruft Gérard Dechaize an. Zibas Schwager werde überraschend zurückerwartet, nur damit sie Bescheid wüssten, aber es gebe keinen Grund zur Beunruhigung und eingreifen könne man so oder so nicht. Außerdem habe er für Peter einen Kontakt zum Van-Gogh-Museum in Amsterdam herausgefunden.

»Warum teilt er uns das mit, wenn kein Grund zur Beunruhigung besteht?«, wundert sich Sabine. »In den Augen des Schwagers hat sie ein Tabu gebrochen. Alles andere ist zweitrangig.«

9.

Hätte man Johanna vor zehn Jahren vorausgesagt, sie würde sich eines Tages wieder verheiraten, hätte sie laut gelacht. Aber mit dem neuen Jahrhundert drängt sich wie von selbst ein neues Leben auf. An einem gewissen Punkt, und ohne dass man dies besonders bemerkt, verflüchtigen sich die Bilder in der Erinnerung Schritt für Schritt. Jedem ergeht das so.

Lange Zeit war ihr nicht zum Lachen zumute. Bis sie sich mit einem Mal wieder lachen hörte.

Dabei beabsichtigt sie nicht, vor der Vergangenheit davonzulaufen, aber sie kann nicht ewig im Gestern stehenbleiben.

Johan Gottschalk, Johannas zweiter Mann, ist Maler und Kunstkritiker. Als gebe es für sie kein Entkommen von der Kunst. Johan ist der krasse Gegensatz zu Vincent. Seine Bilder sind gefällig, sie entstehen nicht an der gefährlichen Randzone der Gegenwartskunst, an der sich Vincent aufgerieben hat.

Dank Johans guter Beziehungen zum Stedelijk Museum wird es in absehbarer Zeit eine Gesamtausstellung von Vincents Werk in dem ehrwürdigen Amsterdamer Museum geben. So hängen letztlich ihr altes und ihr neues Leben wieder zusammen.

Nach all den Enttäuschungen mit den Pariser Kunsthändlern verschafft ihr die Anerkennung in Holland eine besondere Genugtuung. Sie geht gar nicht erst auf das Ansinnen von Bernheim-Jeune ein, eine in seiner Galerie geplante Ausstellung mit Leihgaben zu bestücken. Es kommt doch nichts dabei heraus, und dann das Gezänk um die Rücksendung der Bilder und das Gefeilsche um das Geld, sollte tatsächlich etwas verkauft werden.

Mittlerweile sieht sie Vincents Zukunft auch eher in Deutschland als in Frankreich. Kürzlich erhielt sie einen Besuch von Paul Cassirer, einem jungen Berliner Galeristen, der von Vincents aufregenden Farben und kräftigen Pinselstrichen begeistert ist. Sie hat ihm ihre volle Unterstützung für seine erste Ausstellung zugesagt.

Allerdings ist sie doch vom Umfang der Bernheim-Jeune-Ausstellung überrascht, als ihr Bruder Andries ihr den Katalog zuschickt. Über fünfzig Bilder! Meist Sachen, die Vincent seinen Freunden in Arles und Auvers geschenkt oder die er mit Malerkollegen wie Gauguin getauscht hat. Außerdem zu ihrem Erstaunen *Die Sternennacht* und *Sonnenblumen*, die der aufdringliche Amedeé Schuffenecker vor einiger Zeit bei ihr gekauft, allerdings bisher noch nicht bezahlt hat. Sollte die Saat doch noch in Paris aufgehen? Aber dann schickt ihr Schuffenecker nach Ende der Ausstellung die beiden Bilder zurück, weil er das Geld dafür nicht aufbringen kann und sie offensichtlich bei Bernheim-Jeune nicht verkauft worden sind. Die kurz aufflackernde Hoffnung einmal mehr im undurchsichtigen Spiel des Pariser Kunsthandels erstickt.

Kein Vergleich zu den ermutigenden Nachrichten aus

Berlin! Cassirer hat gleich mehrere Sammler für Vincent gewonnen. Er veranlasst über einen Wiener Galeristen eine Ausstellung in Wien, wo sich der Maler Klimt vehement für Vincent einsetzt. Dann folgen Ausstellungen in München, Krefeld und Wiesbaden. Gibt es da noch Zweifel, wo die Zukunft liegt?
Sie meint, nun endlich ihren Frieden gefunden zu haben. Aber plötzlich treten bei ihrer Schwägerin Wil dieselben Anzeichen auf, die bei Theo den Wahnsinn angekündigt hatten: Vergesslichkeit, Irritation, Teilnahmslosigkeit und ständige Müdigkeit. Trügerisch geblendet durch ihr neues Glück, hatte sie den Wahnsinn der van Goghs verdrängt, aber nun kann sie beim Blick auf ihren Sohn an nichts anderes mehr denken. Vincent Willem ist gesund und kräftig, aber was heißt das schon, das war Wil auch. Und Vincent, sein Onkel, dieser Baum von Mann! Der Keim steckt in jedem von ihnen, bleibt allein die Frage, bei wem er ausbricht und wann.
Die Vorbereitung der Ausstellung im Stedelijk Museum wird zur Flucht vor sich selbst. Als entführte sie Vincent vom Wahnsinn der van Goghs zur Größe der van Goghs. Wie nahe sie beieinanderliegen!
Damit erfüllt sie Vincents lang gehegten Traum, und nicht etwa ein paar Bilder in einem kleinen Café, wie er sich das in seiner Bescheidenheit vorgestellt hatte, sondern das traditionsreiche Stedelijk Museum!
Für den Ausstellungskatalog verfasst Johan einen einfühlsamen und aufschlussreichen Artikel. Sie ist überrascht, wie er dieses so andere Temperament von Vincent in seiner ganzen Tiefe erfasst.

Stolz überreicht sie Vincent Willem den Katalog.
»Dies ist auch das Lebenswerk deines Vaters.«
Er blickt sie erstaunt an. »Mein Vater war doch nicht der Maler!«
»Aber ohne ihn hätte es diese Bilder nie gegeben. Er war Vincents Partner, sein Gegenüber, sein Spiegel. Auf diese bestimmte Weise ist er verantwortlich für das, was dein Patenonkel geschaffen hat.«
Tatsächlich drängt sich ihr beim Rundgang durch das Museum Theos Gegenwart nicht weniger auf als die Vincents. Fünfzehn Jahre nach dem frühen Tod der Brüder, und doch als wäre es gerade gestern geschehen. Vincent wäre heute zweiundfünfzig Jahre alt. Als hätte er geahnt, dass ihm nur diese kurze Zeitspanne vergönnt war, und darum der gerade in den letzten drei Monaten seines Lebens fast übermenschliche Schaffensdrang.

Mit der Ausstellung hat sie ihr Versprechen Theo und Vincent gegenüber eingelöst. Ihre Mission ist erfüllt. Vincent Willem wird in Kürze das Gymnasium abschließen und dann mit dem Ingenieurstudium beginnen. Aber plötzlich verfällt Johan in eine Schaffenskrise. Kränklich und gereizt hört er monatelang ganz mit der Arbeit auf. Der unbeugsame Schaffensdrang, wie sie ihn bei Vincent erlebt hat, geht ihm völlig ab. Ihre Aufmunterungsversuche erscheinen ihr selbst als zu durchsichtig.
Johan ist zehn Jahre jünger als sie. Sie hatte darauf gebaut, dass er sie pflegen würde, sollte sie eines Tages darauf angewiesen sein. Nun muss sie ihn pflegen!

Vorzeitig gealtert zieht er sich mehr und mehr in sich zurück.
Worauf kann man sich in diesem Leben überhaupt verlassen?

10.

Am nächsten Morgen treffen sie die Haushaltshilfe in der Wohnung. Sie weist sie weiter zu seinem Anwalt, bei dem sie auch sofort einen Termin erhalten. Er hatte bereits über den Artikel in *Le Monde* über Arthur Hellers Tod erfahren.

»Ich hatte angeregt, ein Testament aufzusetzen. Nein, wir hatten eigentlich mehr eine freundschaftliche Beziehung, er neigte sonst nicht dazu, die Dinge hinauszuschieben. Vielleicht gibt es ja auch eins, von dem ich nichts weiß, ansonsten gilt die gesetzliche Erbfolge. Die sieht in Frankreich nicht anders aus als in Deutschland«, erklärt der Anwalt.

»Er hat ja wohl einiges hinterlassen, Sabine. Da kannst du deinen Anwaltsjob an den Nagel hängen.«

»Ich wollte nie etwas anderes«, antwortet sie Peter.

Allerdings gibt es hier im Moment für sie nichts weiter zu tun. Sabine lässt von der Sekretärin des Anwalts einen Nachmittagsflug nach Frankfurt buchen.

»Kennen Sie eine Justine, die bei meinem Onkel gewohnt hat, wissen Sie, wie wir sie erreichen können?«

Der Anwalt schüttelt den Kopf.

Nachts, als sie unruhig und schlaflos im Bett lag, kam ihr der Gedanke, Justine die Betreuung von Arthur Hellers Büchern zu übertragen. Sie hatte bei ihrer Entste-

hung eine Rolle gespielt, und mit dem Lesen eines Manuskripts kennt sie sich auf alle Fälle besser aus.
Als Sabines Telefon klingelt, während sie noch mit dem Anwalt spricht, nimmt Peter den Anruf entgegen.
»Herr Dechaize?«
Regungslos hält Peter das Telefon. Seine Augen fixieren Sabine, ohne Dechaize zu unterbrechen.
»Ja, ich verstehe. Wir kommen sofort. »
»Was ist jetzt los?«, fragt Sabine.
»Ziba war gerade bei Dechaize. Ihr Schwager sei zurück, ob wir nach Auvers kommen könnten. Sie schien ungewöhnlich erregt. Dechaize sagt, wir seien ihr einziger Ausweg.«
Peter sieht sie fragend an. Alles in Sabine sträubt sich dagegen, noch einmal in die Sache einzusteigen. Und sie können Ziba nicht helfen, ihre Situation ist doch aussichtslos. Mit hilfesuchendem Blick wendet sie sich dem Anwalt zu.
»Es wäre wohl besser, hinzufahren«, sagt er.
»Sabine, den Rückflug heute nach Frankfurt können wir uns sowieso aus dem Kopf schlagen. Wir werden auf jeden Fall noch eine Nacht in Paris bleiben müssen. Damit geben wir auch Justine nochmals eine Chance.«

Als hätten sie ihre Rollen vertauscht. Wie selbstverständlich übernimmt Peter das Steuer. Sie sitzt stumm neben ihm bei der Fahrt durch die sonnige Landschaft der Oise, die schon die Impressionisten vor über hundert Jahren begeistert hat.
In der Gaststube des Van-Gogh-Hauses herrscht Hochbetrieb. Aber Gérard Dechaize lehnt wie teilnahmslos

an der Theke. Als sie eintreten, fährt er aus seiner Benommenheit hoch:
»Es gab Schüsse im Haus von Zibas Schwager. Mehr kann ich euch nicht sagen, aber ich befürchte das Schlimmste.«
»Mein Gott, lebt sie?«
Dechaize zuckt die Schultern »Am besten gehen wir sofort hin.«

Im Schatten des Hauses redet eine Gruppe Iraner aufgeregt miteinander. Der Eingang ist mit einem gelben Band abgesperrt. Crosnier tritt aus dem Haus, blass und müde.
»Es bleibt einem nichts erspart. Die haben mir noch nicht einmal die Leute aus Paris geschickt, und dann das.« Er blickt zu Sabine, als ob es ihre Schuld wäre. Natürlich, mit Arthur Heller hat es angefangen, und jetzt taucht sie schon wieder auf.
»Was ist passiert?«
»Schusswunde, in den Kopf. Als ich sie im Wohnzimmer liegen sah, schien es mir, als lächle sie mich an. Sie muss sofort tot gewesen sein.«
»Ziba, mein Gott, als hätte ich es nicht geahnt! Ihr Schwager?«
»Wir suchen nach ihm. Die Frauen im Haus sind nicht ansprechbar, unmöglich, etwas aus ihnen herauszuholen. Wir brauchen einen Übersetzer, am besten auch gleich einen psychologisch geschulten Sozialarbeiter. Die Tatwaffe haben wir sichergestellt, sie lag neben der Toten.«
Ziba hatte es in ihren Befürchtungen vorweggenom-

men: ein Ehrenmord, weil sie sich erst mit einem Ungläubigen eingelassen hat und dann den ihr zugewiesenen neuen Ehemann ablehnte. Und Ziba wusste, dass die Frau, die derart gegen die Gesetze verstößt, getötet werden muss.

Im Eingang taucht ein anderer Polizist auf.

»Crosnier, wir haben ihn!«

»Damit klärt sich hoffentlich alles auf. Warten Sie hier auf mich!«

Crosnier ist wie verwandelt, erwacht aus seiner Trägheit. Peter folgt ihm ins Haus, wahrscheinlich hat er seine Aufforderung, draußen zu bleiben, nicht verstanden. Nach kurzem Zögern kommen auch Dechaize und Sabine nach. Die Iraner vor dem Haus sind verstummt.

Im Haus ist es kühl, die Räume mit vorgezogenen Vorhängen abgedunkelt. Auf dem Boden im Wohnzimmer ein mit einem Leintuch abgedeckter Körper, aber ohne anzuhalten folgen sie Crosnier durch einen langen schmalen Gang in ein weiter hinten gelegenes Schlafzimmer. Zwei Frauen liegen sich schluchzend in den Armen, umdrängt von kleinen Kindern. Überall ist Blut. Auf dem Teppich liegt ein blutverschmiertes Küchenmesser. Einer der Polizisten tritt vor sie hin.

»Sie haben hier nichts zu suchen, machen Sie, dass Sie rauskommen!«

Sabine und Dechaize wenden sich zum Ausgang, aber Peter bleibt einfach stehen. Crosnier versucht, die Frauen zu beruhigen.

»Ziba war es, sie hat auf ihn gestochen!«

Plötzlich ist es Sabine klar, warum Ziba nicht mit ihnen

nach Paris kommen wollte. Erst musste sie Arthur Hellers Tod rächen. Als ihr Schwager zum Revolver gegriffen hat, hat sie ihn mit dem Küchenmesser angegriffen, bevor er sie erschossen hat. Tödlich verletzt ist er im Schlafzimmer verblutet.

»Also bitte, gehen Sie, sofort!«

Der Polizist drängt sie energisch aus dem Zimmer. Crosnier zuckt die Schultern, Vorschriften sind Vorschriften. Eine der Frauen blickt Sabine aus rotverweinten Augen an. An ihrer Hand, die sie schützend um die Kinder gelegt hat, fällt Sabine der Brillantring auf, den Ziba gestern noch getragen hat. Im Wohnzimmer bleibt Sabine vor Zibas Leichnam stehen. Sie stellt sich das Lächeln auf ihren Lippen vor, als Crosnier sie fand. Unter dem Leintuch ragt schmucklos eine fahlweiße Hand hervor. Dann stehen sie benommen vor dem Haus.

»Sie hat ihn erstochen und danach hat sie Selbstmord begangen«, sagt Peter.

Sabine ist nicht überzeugt. »Wenn es ihre Waffe gewesen wäre, hätte sie ihn doch nicht mit dem Küchenmesser erstochen. Der Revolver gehört ihm.«

»Aber nachdem sie ihn erst mit dem Messer im Schlafzimmer schwer verletzt hatte, wäre er nicht mehr in der Lage gewesen, sie im Wohnzimmer zu erschießen und sich dann zurück ins Schlafzimmer zu begeben.«

»Vielleicht hat er sie im Schlafzimmer angeschossen, und dann hat sie es noch ins Wohnzimmer geschafft.«

»Aber den Revolver hat man neben ihr gefunden!«

Schweigend gehen sie zum Van-Gogh-Haus. War Ziba in ihrem letzten Augenblick glücklich? Für einen

Außenstehenden schwer zu beurteilen. Jedenfalls hatte sie sich zu dem verzweifelten Schritt entschlossen, mit Arthur Heller ihre Fesseln abzulegen. Am Ende läuft es auf eine Frage des Timings hinaus, und ihr Timing war denkbar schlecht.

Auf eine seltsame Weise ist Sabine von Zibas Schicksal ungleich mehr betroffen als vom Tod ihres Onkels. Ziba, die sie gestern noch umarmt, deren Duft geatmet und deren zitternden Körper sie gespürt hatte.

In der Gaststube warten sie auf Crosnier.

»Manchmal zeigen sich einem die Dinge von außen klarer, als wenn man mittendrin steckt. Ich glaube, Ziba hatte erwartet, dass mit dem Tod Arthur Hellers die Ehre ihres Schwagers wiederhergestellt war. Oder sie hat gewusst, dass seine Rache niemals ruhen würde und hat absichtlich dieses Schicksal gesucht«, sagt Gérard Dechaize.

Die Zeit schleicht. Ob Crosnier sie vergessen hat? Er hatte versprochen, mit den neuesten Erkenntnissen noch zu ihnen zu kommen.

»Eine Tote unmittelbar vor dir, jemand, mit dem du gerade noch gesprochen hast, auch wenn es eine Fremde war, das kann man nicht so einfach abschütteln«, sagt Peter.

»Ich bin sicher, dieses Erlebnis wird Spuren hinterlassen«, antwortet Sabine langsam und lehnt sich erschöpft an Peters Schulter.

»Eine Erfahrung, wie ich sie damals nach meinem Unfall hier auch gemacht habe«, sagt Gérard Dechaize. »Aber es geht weiter, manchmal besser als zuvor, ich bereue nicht, wie sich mein Leben verändert hat.«

Sabine reagiert achselzuckend, mittlerweile reizt sie diese Warterei auf Crosnier.
»Lass uns bei der Polizei vorbeifahren, wahrscheinlich ist Crosnier direkt in sein Büro zurück.«
Sie treffen zusammen mit Crosnier auf dem Polizeirevier ein.
»Wahrscheinlich wird man der Sache nie ganz auf den Grund kommen. In jedem Fall halten Sie diesmal bitte die Presse heraus, das ist jetzt ausschließlich unsere Angelegenheit. Es ging um Ehre und Familie, also belassen wir es bei meiner zugegebenermaßen kurzen Version einer sehr komplizierten Ausgangslage. Was dann geschah, wann er seinen Revolver aus der Schublade holte, wo er ihn nach Auskunft der Familie aufbewahrte, und wann sie mit einem Küchenmesser mehrfach auf ihn eingestochen hat, wird sich wohl nie genau klären lassen. Die Untersuchung zeigt, dass er im Hals und in der Brust getroffen wurde. An der Stelle im Schlafzimmer, wo wir ihn fanden, ist er tödlich verletzt zusammengebrochen.«
»Ein eindeutiger Fall von Notwehr?«, sagt Sabine.
»Frau Taleb muss dann seinen Revolver genommen und sich im Wohnzimmer erschossen haben. Das Ergebnis haben sie ja gesehen.«
»Warum ist sie nochmals in sein Haus? Als hätte sie nicht gewusst, was sie dort erwartete.«
Crosnier blickt sie erschöpft an. »Darüber kann man nur spekulieren. Fest steht, dass sie erst ihn im Streit erstochen und sich dann selbst mit seiner Waffe erschossen hat. Es war seine Pistole, das haben beide Frauen bestätigt.«

»Hat das auch mit meinem Onkel zu tun?«

»Bei der Waffe handelt es sich um den Typ Revolver, mit dem Arthur Heller erschossen wurde. Insofern könnte durchaus ein Zusammenhang bestehen.«

11.

Das neue Jahrhundert, das mit Johannas Heirat so vielversprechend begonnen hatte, ihre zweite Chance, die sich nun in einen tristen Alltag verwandelt hat. Bei Theos Tod ist ihre Welt zusammengebrochen. Als Johan stirbt, empfindet sie ein Gemisch von Trauer und Erleichterung. Neununddreißig Jahre ist er alt geworden.

Erneut wendet sie sich Vincents Briefen zu, in denen sie damals nach ihrer Flucht aus Paris schon einmal Trost gefunden hat. Ergriffen verfolgt sie, wie er bei jeder noch so großen Enttäuschung an seinen hohen Idealen festhält, und gleichzeitig leidet sie mit diesem einsamen Menschen, wie er sich an seinen unerreichbaren Prinzipien aufreibt.

Früher hatte sie schon einmal überlegt, die Briefe der Brüder zu veröffentlichen, aber damals verwarf sie dieses Vorhaben, weil es Vincent um den Erfolg als Maler ging. Nach der Ausstellung im Stedelijk Museum ist sein Durchbruch allerdings nicht mehr aufzuhalten. Nunmehr dienten die Briefe dazu, seinen wachsenden Ruhm als Künstler zu untermauern und den Zugang zu seinem Werk zu erleichtern. Vor allem zeigen sie den wirklichen Menschen hinter der abweisenden Fassade.

Das Aufarbeiten der Briefe wird zum neuen Mittelpunkt ihres Lebens. Wer weiß, wie viel Zeit ihr noch bleibt? Mehr als einmal hat sie erlebt, wie schnell und unerwartet das Ende kommen kann. Und wer außer ihr wäre in der Lage, die Berge an Briefen zu sichten und das Durcheinander von Mitteilungen, Beobachtungen, Ausbrüchen und endlosen Rechtfertigungen zu sortieren?

Tatsächlich sind die Briefe die Kette, die die Brüder aneinanderschmiedete. Auf diese Weise schloss Vincent Theo in seinen schöpferischen Prozess ein. Andererseits hielt Theo seinen Bruder durch seine Mitteilungen mit der Welt verbunden und ermöglichte ihm so, sein Werk für die sich dramatisch wandelnde Gegenwart relevant zu halten. Der eine ist nur durch den anderen zu verstehen, und Vincents Werk nur durch seinen Dialog mit Theo.

Während die Welt mehr und mehr aus dem Ruder läuft, werden die Briefe zu ihrer Flucht aus der Wirklichkeit. Bei Kriegsbeginn im Jahr 1914 gibt sie der umfangreichen Darstellung den letzten Schliff.

Johanna hat nach Vincents Tod wie er demütigende Ablehnungen durch den Pariser Kunsthandel erdulden müssen. Bei seinen Briefen an den Bruder, mit ihrem ungeahnten Einblick in das Leben und Werk des einzigartigen Malers, stehen die Verlage Schlange.

Mit Stolz blickt sie auf das Erreichte. Was wäre ohne mich aus Vincent geworden?, denkt sie oft. Wenn sie ihrem Bruder Andries freie Hand gelassen hätte, die Bilder, Briefe und all die anderen Unterlagen zu vernichten! Auch ihr gebührt ein wichtiger Anteil am Werk der

Brüder, jeder von ihnen hatte seinen ganz speziellen und unerlässlichen Beitrag zu leisten. Ob die Brüder dies ahnten? Ob Theo sie bewusst auf diese Aufgabe vorbereitet hat?

In Theos Nachlass stößt sie auf die Beschreibung, wie Vincent in seinen Armen gestorben ist und dann auf dem kleinen Friedhof in Auvers begraben wurde. Als Selbstmörder abseits für sich. Einsam wie im Leben. Plötzlich erkennt sie, dass ihre Aufgabe unvollendet bleibt, solange die Brüder nicht auch im Tod vereint sind. Sie spielt erst mit dem Gedanken einer Überführung Vincents in das Familiengrab der van Goghs in Holland, aber eigentlich kommt nur Auvers in Betracht.

Allerdings, wie transportiert man die sterblichen Überreste von einem Land ins andere, über die Grenze, nach all den Jahren? Einfach die Gebeine ins Reisegepäck einpacken?

Den besten Vorsätzen stellen sich unerwartete Hindernisse entgegen. Sie folgt den offiziellen Kanälen, eine langwierige und umständliche Prozedur, scheinbar endlos gehen Anträge zwischen Holland und Frankreich hin und her, als wisse niemand so richtig, wie das abzulaufen habe, und jedes Amt hat seine eigenen Vorstellungen. Aber sie gibt nicht auf. Es vergehen Monate, bis allem Genüge getan ist.

In Auvers bietet man ihr für den berühmten Maler und seinen Bruder eine neue Grabstätte in bester Friedhofslage an. Aber sie besteht auf dem kleinen Grab an der Mauer, jetzt erst recht, nach all der Verachtung, die Vincent zu Lebzeiten über sich ergehen lassen musste.

Damit ist ihre Pflicht erfüllt. Alles andere läuft mittlerweile wie von selbst. Bei Vincents weltweit wachsendem Ruhm häufen sich die Anfragen nach Material für Ausstellungen, nach Informationen über sein Leben und das Interesse an Käufen. Paul Cassirer bietet an, die Briefe ins Deutsche zu übersetzen. Die englische Übersetzung behält sie sich selbst vor, um so den Brüdern auch für die kommenden Jahre verbunden zu bleiben.
Und wie wird es nach mir weitergehen?, fragt sie sich oft.
Vincent Willem hat für Kunst nichts übrig, obwohl er sein Leben lang von Kunst umgeben war. Er ist mit Leidenschaft Ingenieur und blickt eher argwöhnisch auf die Künstler. Praktisch veranlagt und in sich gefestigt, der absolute Gegensatz zu seinem Vater und erst recht zu seinem Onkel. Wenn er sich nur endlich verheiraten und Kinder haben würde!
Allerdings wird es in Zukunft eher auf die sachliche Verwaltung ankommen. Zum richtigen Zeitpunkt wäre Vincent Willem damit genau ihr geeigneter Nachfolger. Nur dass sie nicht wagt, im Blick auf die van Gogh'sche Krankheit langfristig zu planen.
Aber das Werk steht. Unser Werk! Niemand hatte ihr das zugetraut. Auch sie hat oft bezweifelt, als Frau dazu in der Lage zu sein. Doch während sich die Welt im Umsturz befand, hat sich auch nach und nach die Rolle der Frau verändert. Außerdem war sie nicht allein: Theo und Vincent standen immer hinter ihr.
Ob man auch sie eines Tages zusammen mit ihnen in Auvers ruhen lässt?

12.

Samstagnachmittags kommen Sabine und Peter in Frankfurt an. Ursprünglich wollten sie bis Sonntag auf Sylt bleiben, aber Sylt wurde zu Paris und Auvers, und jetzt ist Sabine dankbar für diesen freien Sonntag zu Hause. Abstand von dieser Woche Frankreich gewinnen.

»Das war schon einmalig, dieser Abstecher nach Paris! Trotzdem schuldest du mir noch ein paar Tage Sylt!«

Peter verabschiedet sie vor ihrem Wohnhaus und fährt mit dem Taxi zu seiner Wohnung weiter. Irgendwann muss er sich um sein Auto am Flughafen in Hamburg kümmern. Sie nimmt den Aufzug zu ihrem Apartment. Der vertraute Duft ihrer Wohnung. Endlich wieder Herrin ihres Lebens!

Sie geht durch jedes Zimmer, wie um sie einzeln in Besitz zu nehmen, öffnet Fenster und die Tür zur Veranda, lässt Sonne und frische Luft in die Wohnung. Als Hintergrundmusik legt sie ein Klavierkonzert auf. In der Küche hat ihre Haushaltshilfe die Post auf den Tisch gelegt. Irgendwann bemerkt sie, dass sie wohl schon eine Zeitlang einfach aus dem Fenster in die Leere hinausstarrt.

Bist du glücklich? Als käme sie nicht von Arthur Heller los, ohne den sie sich niemals diese Frage gestellt hätte.

Natürlich, dieses Leben, genau wie ich es gewollt habe. Was ich erreicht habe, verdanke ich allein mir. Ich bin niemandem etwas schuldig. Warum sollte ich da nicht glücklich sein?

Anders als Arthur Heller, der erst im zweiten Anlauf meinte, zu seiner Berufung gefunden zu haben. Wenn er es vielleicht anfänglich nicht ahnte, musste er dennoch bald festgestellt haben, dass er sich auf ein ziemliches Wagnis eingelassen hatte. Ein langer steiniger Weg, um dann, so kurz vor dem Ziel, abzustürzen.

Aber wie erfüllt sich das Leben: im Weg oder im Ziel?

Sie macht sich in der Küche zu schaffen. Später sitzt sie auf der Veranda bei einem Glas Wein. Eine seltsame Unruhe hat sie befallen. Sie geht früh ins Bett. Als das Telefon klingelt, ist sie völlig durcheinander, weiß erst nicht, wo sie sich überhaupt befindet. Es ist Peter.

»Ich bin schon auf dem Weg zu dir, wollte aber vorsichtshalber anrufen, damit du nicht erschrickst, wenn es gleich klingelt.«

Sie ist wie verwandelt. War das der Grund ihrer Unruhe? Allein zu sein? Aber das hat ihr doch noch nie etwas ausgemacht, ganz im Gegenteil, gelegentlich sucht sie gerade diese Inseln der Ruhe. Haben Paris und Auvers ihre Beziehung zu Peter verändert? Was heißt Lieben? Sie muss an Zibas Augen denken. Egal, sie weiß nur, wie froh sie über Peters überraschenden Besuch ist, und alles andere ist ihr gleichgültig.

Sie verbringen eine wunderbare Nacht zusammen. Mit einem Mal spürt Sabine, ohne sich dies im Einzelnen erklären zu können, dass sich Peter ihrer Eigenständigkeit bemächtigt hat und sie sich nicht dagegen wehrt.

Am Montag warten verschiedene Termine und eine Menge Arbeit in ihrer Kanzlei auf sie. Peter reist geschäftlich nach New York. Nach der Ankunft sendet er ihr eine kurze Nachricht, wie sehr er sie vermisse. Auch das ist neu.
Bei der Arbeit schweifen ihre Gedanken zu Arthur Heller. Zehn Jahre lang war er für sie mehr oder weniger tot, und nun ist er ihr allgegenwärtig. Als sei er zu ihr zurückgekehrt, Teil ihrer Familie, ihrer Verantwortung dem Leben gegenüber.
Manchmal kommt es ihr vor, als laufe sie vor etwas davon. Je mehr ihr altes Leben sich ihr aufdrängt, umso mehr sträubt sich etwas in ihr dagegen.
Vielleicht hat es mit dem zudringlichen Verleger zu tun, der sie mit Anrufen überschüttet. Dabei will er sie nur auf dem Laufenden halten, wie er erfolgreich die bevorstehende Veröffentlichung von *Sarahs Paris* in jedem Aspekt im Griff behält.

Einige Wochen später erhält sie einen Anruf aus Auvers.
»Neuigkeiten, Monsieur Crosnier?«
»Na ja, ich wollte mich nochmals melden, damit alles seine Richtigkeit hat. Bei unserem letzten Gespräch war ich wohl etwas kurz angebunden, aber es war einfach zu viel los. Entschuldigen Sie. Jedenfalls, die Untersuchung ist nun abgeschlossen. In einem wesentlichen Punkt ergibt sich allerdings ein völlig anderer Tathergang als ursprünglich angenommen. Von den beiden anderen Frauen, die nun mit der Hilfe eines Dolmetschers vernommen werden konnten, wissen wir definitiv, dass Frau Taleb plötzlich dort in der Küche

auftauchte und ihren Schwager des Mordes an Arthur Heller beschuldigte. Völlig außer sich, und bevor er etwas erwidern konnte, hat sie sich auf ihn gestürzt und mit ihrem Messer auf ihn eingestochen. Er versuchte trotz seiner erheblichen Verletzungen, ins Schlafzimmer zu entkommen, wo er zusammenbrach und sie ihm dann noch die Kehle durchschnitt. Daraufhin ist nach Aussage der Zeuginnen Frau Taleb in aller Ruhe ins Wohnzimmer gegangen, hat dort aus seinem Versteck die Pistole genommen und sich erschossen. Die Aussagen der beiden Frauen sind insoweit deckungsgleich.«

»Es war ihr Messer? Ziba hat das Messer mitgebracht und damit auf ihn eingestochen?«

»Sie kam mit dem festen Vorsatz, ihn zu töten.«

Sabine schweigt. Sie sieht wieder diesen sommerlichen Tag im Tal der Oise vor sich. Ziba musste Arthur Hellers Tod sühnen. Auch ihretwegen! Und deswegen hat sie sie noch einmal nach Auvers zurückgerufen, um sicherzustellen, dass Sabine es erfuhr.

»Ist damit der Fall beendet?«

»In jeder Hinsicht, was die beiden iranischen Toten angeht und auch den Mord an Arthur Heller. Bei dem Revolver des Schwagers handelt es sich zweifelsfrei um die Waffe, mit der Heller erschossen wurde. Es fehlten nur zwei Patronen. Deswegen wollte ich Sie in erster Linie anrufen. Übrigens, wir sind mit der Presse in Kontakt.«

»Gut gemacht, Monsieur, alle Achtung!«

»Und ohne die Pariser Polizei, wenn ich das noch sagen darf.«

Peter befindet sich in einer langen Besprechung wegen einer Firmenübernahme. Sie muss sich bis zum Abend gedulden.

»Ziba ist zu ihrem Schwager zurückgekehrt, um sich zu befreien, nicht um sich ihm zu unterwerfen«, sagt Sabine.

»Wir hatten sie unterschätzt.«

»Sie wusste genau, dass ihr Schwager der Mörder Arthur Hellers war. Aber sie hat uns das nicht eingestanden, weil sie längst entschlossen war, das Recht in die eigene Hand zu nehmen. Nur sie konnte Arthur Heller rächen. Wir waren letztlich Fremde für sie, sie konnte uns nicht vertrauen. Und nachdem der Artikel in *Le Monde* erschienen war, musste sie handeln, bevor die Polizei ihn verhören und verhaften konnte.«

Schweigend blicken sie einander an. Unvermittelt streichelt Peter ihre Hand. Ein Gefühl von Wärme und Vertrautheit. Sie neigt sich zu ihm und küsst ihn.

»Meinst du, wir hatten etwas mit ihrer Entscheidung zu tun?«, fragt Peter.

»Nein, es war ihre eigene Entscheidung. Vielleicht, weil sie wusste, dass die Iraner die Tat des Schwagers niemals verfolgt hätten, in den Augen der Muslime war sein Handeln gerechtfertigt. In Frankreich hätte man ihn zwar verurteilt, aber bei der Schuldzumessung wäre seine Glaubenseinstellung strafmildernd ins Gewicht gefallen. Es blieb ihr keine Wahl, nur sie konnte den Mord sühnen. Es war Selbstachtung, die sie trieb. Und Liebe.«

»Sie wollte, dass wir Zeugen wurden. Wir waren die ihr einzig verbliebene Verbindung zu Arthur Heller.«

»Als er sie fand, hatte sie ein Lächeln auf den Lippen, sagte damals Crosnier. In diesem letzten Augenblick war sie im Reinen mit sich. Sie hatte ihren Frieden gefunden.«
»Sie hat mit derselben Waffe Selbstmord begangen, mit der Arthur Heller erschossen wurde. Auf diese Weise schließt sich der Kreis.«

Kurz darauf schlägt Peter vor, zusammen eine Wohnung zu nehmen, am besten ein großes Penthouse mit weitem Blick über Frankfurt.
»Tatsache ist, dass ich inzwischen mehr Zeit bei dir verbringe als bei mir zu Hause. Und leisten können wir uns das auf alle Fälle. Besonders du jetzt als Erbin.«
Sabine wundert sich, warum sie nicht selbst längst diesen in ihr wachsenden Wunsch geäußert hat. Als wagte sie nicht, sich die Veränderungen, die sich in ihr Leben und besonders in ihre Beziehung zu Peter eingeschlichen haben, zuzugestehen. Und wenn sie ehrlich mit sich ist, haben die drei Toten von Paris ihr ein neues Bewusstsein vor diesem einen einzigen Leben eingeflößt. Sie ist entschlossen, das Beste daraus zu machen. Auch aus Respekt vor Arthur Heller.

Sarahs Paris fordert mehr und mehr ihrer Zeit. Sie stimmt den Pressekonferenzen anlässlich der Buchmesse zu. Widerspruchslos blockiert sie die Termine der geplanten Lesereise in ihrem Kalender. Ihre Kanzlei akzeptiert ihre neue Rolle. Selbst die anfänglich unangenehme Lektorin behandelt sie duldsamer. Nur dieses eine Mal, ihrem Onkel zuliebe, sagt sie sich, und

wenn schon, dann will sie ihre Aufgabe auch konsequent durchziehen.
Als Alleinerbin muss sie sich mit dem Nachlass befassen. Peter hatte recht, Arthur Heller ist vermögend gestorben, und ihr kommt das nun zu. Sie beauftragt den Pariser Anwalt, die Wohnung aufzulösen. Vergeblich sucht sie nochmals einen Kontakt zu Justine, um sie, wie sie annimmt, im Sinne ihres Onkels, mit seinem Geld vor dem Rückfall in ihr unstetes Leben zu retten.
Oft denkt sie an Ziba. Ziba war willens, das Unmögliche zu wagen. Und ich, was habe ich jemals gewagt, fragt sie sich?
Arthur Heller hat an einem bestimmten Punkt seines Lebens Mut bewiesen. Mit dem Schritt, aus den normalen Bahnen auszusteigen und Schriftsteller zu werden, hat er alles Erreichte aufs Spiel gesetzt. Vielleicht erschien er ihr deswegen fremd. Aber jetzt fühlt sie, wie nah sie ihm gekommen ist. Gelegentlich überrascht sie sich bei Zwiegesprächen mit ihm, wie mit einem Freund oder Vertrauten.
Nach und nach bemerkt sie, dass ihre früher unantastbaren Ambitionen, Karriere und Eigenständigkeit, an Bedeutung eingebüßt haben. Anderes hat sich in den Vordergrund geschoben, besonders ihre Beziehung zu Peter.
Es ist ja nicht das erste Mal, dass sie sich verliebt, aber dafür ihre ganze Welt umzustülpen?
»Dein Onkel hat dein Leben verändert. Ohne ihn hättest du dich wahrscheinlich nie auf unser Leben zu zweit eingelassen.«

»Er ist auch auf dich nicht ganz ohne Wirkung geblieben. Wie steht es überhaupt mit dem Van-Gogh-Haus und dem Museum in Amsterdam?«
»Mittlerweile sehe ich das eher als ein typisches Versprechen im Überschwang der Gefühle. Ich kann die Sache auch nicht wie sonst im Geschäft auf meine Mitarbeiter abwälzen, und die Kunstwelt ist mir absolut fremd.«

Der Erfolg des Romans überrascht selbst Sabine. Pressetermine nach dem Erscheinen des Buches, die Gespräche mit Kritikern und die Fernsehauftritte nehmen sie in Beschlag. Ihre Angst, etwas Falsches zu sagen, legt sich schnell.
Die Elemente von Liebesroman, Spannung und historischem Bezug habe Arthur Heller meisterlich miteinander verbunden, die Geschichte fließe in einem Zug, so was spürten die Leser. Eher wie ein Altmeister und nicht wie ein Debütant. Es sei einfach ein gutes Buch, und genau da liege der Grund für den Erfolg, heißt es in den Feuilletons.
Allerdings habe Arthur Heller mit dem Deutsch-Jüdischen auch die verwundbare Sensibilität der Leser angesprochen. Bewusst weicht Sabine der Frage aus, ob er das so beabsichtigt hatte und worauf es ihm letztlich angekommen sei. Sie könne insoweit nur spekulieren. Arthur Hellers Buch sollte doch ausreichend für sich selbst sprechen, seine Überzeugung, durch Liebe die Probleme der Vergangenheit zu überwinden, für eine neue, wenn auch nicht unbelastete Zukunft. Jedenfalls beweisen die Diskussionen, die das Buch im Feuilleton

der Zeitungen und in Leserzuschriften auslöst, und die gegensätzlichen Einlassungen von Historikern, Künstlern und Politikern die fortdauernde Brisanz des Themas. Das unterschwellige Unbehagen, das wieder einmal durchbricht.
»Da liegt das Problem posthumer Veröffentlichungen. Ich als Verleger würde mir jetzt einen aktuellen Beitrag Arthur Hellers zu den Auseinandersetzungen in der *FAZ* wünschen«, sagt Dr. Zapf.
»Ich bin in seinen Unterlagen auf einen Text gestoßen, der sich dafür meiner Ansicht nach eignen würde. Eine Deutsche und ein israelischer Diplomat, die sich fünfunddreißig Jahre nach ihrer jugendlichen Brieffreundschaft für eine Nacht in Straßburg treffen. Über ihre sich wandelnden Gefühle zwischen damals und heute und die fortdauernde Unsicherheit, ungezwungen miteinander umzugehen.«
Dr. Zapf gefällt die Geschichte. Es gelingt ihm, sie in der folgenden Wochenendausgabe der *Frankfurter Allgemeinen Zeitung* zu platzieren.

Eines Tages erhält sie ein Päckchen aus Paris mit dem fehlenden Tagebuch Arthur Hellers. Justine hat es also aus seiner Aktentasche genommen, deswegen konnte Sabine es dort nicht finden. Beim Durchblättern fällt ihr auf, dass einige Seiten fehlen, von Justine herausgerissen. Außerdem das Manuskript der Novelle über Johanna van Gogh. Mit ausführlichen Korrekturen. Justine muss ihren Onkel auf ihre Weise geliebt haben. Ob Justine im Beispiel Johanna van Goghs ihre eigene künftige Rolle für Arthur Heller gesehen hat?

Aber damit tritt Justine endgültig wieder in ihre Schattenwelt zurück. Ich werde nie wieder von ihr hören, weiß Sabine.

Anfänglich hatte sie sich vorgestellt, wie bisher hundert Prozent als Anwältin zu geben und irgendwie für Arthur Heller zusätzlich weitere fünfzig Prozent aufzubringen. Aber Zeit lässt sich nicht endlos dehnen, der Einsatz für Arthur Heller geht auf Kosten der Kanzlei. Was in der Vergangenheit über allem stand, hat längst seine absolute Stellung eingebüßt.
Seinen Markterfolg mit *Sarahs Paris* verdankt Arthur Heller der Schicksalsverbindung zu van Gogh. Sein langfristiger Erfolg hängt von ihr ab. Davon, dass sie ihn sich zu ihrer Lebensaufgabe macht.
Das Neue bestimmt ihr Leben. So oder so ähnlich erging es auch Arthur Heller, als er damals nach Paris kam. Unterschiedliche Wege mit demselben Ziel. Allerdings hat er die zweite Chance seines Lebens ganz gezielt gesucht, während sie sich ihr mehr oder weniger unbewusst aufgedrängt hat. Jedoch wehrt sie sich nicht gegen dieses neue Leben, ganz im Gegenteil.
In einem Zimmer ihrer neuen Wohnung richtet sie sich zwischen den Kisten aus Paris ein Studio ein. Natürlich nicht als Schriftstellerin, das wäre viel zu anmaßend. Die Rolle der Lektorin füllt sie aus, und auch die als Anwältin für Arthur Heller. Durch seine Tagebücher ist ihr Arthur Heller als Autor, besonders aber auch als Mensch näher gekommen.
Mit ihren Kollegen in der Kanzlei verständigt sie sich auf ein Sabbatjahr. Danach wird man weitersehen. Diese

Möglichkeit wurde doch gerade für Leute in ihrer Situation erfunden, ausgebrannt nach Jahren einseitiger Karriereausrichtung.

Arthur Hellers Roman entwickelt sich in Deutschland zu einem Bestseller. International werden die Rechte an führende Verlage vergeben, auch in den USA. Der Verleger nutzt den Tod im Sterbehaus van Goghs bis aufs Letzte aus. Wer weiß, was ohne die Verbindung zum Maler aus Arthur Heller geworden wäre. Sabine jedenfalls wäre Anwältin geblieben.

Zapf drängt auf das nächste Buch. In der Zwischenzeit hat er eingesehen, dass sie die Schlüssel zu Arthur Heller in den Händen hält. Dabei besteht sie auf Kontrolle einzig und allein, um zu verhindern, dass man seine Absichten verfälscht. Mit eigenen künstlerischen Ambitionen hat dies nichts zu tun.

Sabine entscheidet sich für *Central Park South*. Nach einigen Tagen ruft Zapf in seiner aufgeregten Art zurück, das Manuskript begeistere ihn, hier und da müsse am Sprachlichen und an der Konstruktion noch gearbeitet werden, aber damit sei sie ja zwischenzeitlich vertraut.

Justines Geschichte, nun tritt sie ins Rampenlicht. Sabine denkt gelegentlich an sie, auch mit einem gewissen Schuldgefühl. Was aus ihr wohl geworden ist? Vielleicht lässt sie sich, wenn ihr Buch in Frankreich erscheint, noch einmal aus ihrem Versteck locken. Als Inspiration für den Roman, nicht mehr, um Sabine ihre Position streitig zu machen.

»Wie es aussieht, werde ich das zweite Arthur-Heller-Buch veröffentlicht haben, bevor du auch nur einmal

mit dem Van-Gogh-Museum verhandelt hast«, sagt sie zu Peter beim Frühstück.
»Ich fühle mich nicht gut bei dieser Sache, sonst kenne ich mich aus.«
»Zwei Museen zusammenzuführen? Was soll da anders sein, als zwei Firmen miteinander zu verbinden.«
»Ursprünglich hatte ich gehofft, dass ich jemanden im Aufsichtsrat des Museums kennen würde. Aber keiner meiner holländischen Bankkontakte ist da drin.«
»Dann eben ein Cold Call, das machst du schließlich auch nicht zum ersten Mal.«
Später lässt Peter ihr von seiner Sekretärin mitteilen, dass er am nächsten Tag einen Termin mit dem Museumsdirektor vereinbart habe und deswegen noch am Nachmittag nach Amsterdam fliegen werde.

13.

Theo van Gogh ist jede körperliche Anstrengung zuwider. Man sieht es ihm an, füllig und mit einem aufgeschwemmten Gesicht. Auf Äußerlichkeiten hat er nie Wert gelegt. Die Kleider hängen an ihm, als passe nichts richtig, breite Hosenträger, eine etwas schlampig gebundene Fliege. Und dieser Blick, von dem man nicht weiß, ob er nun verschmitzt oder verächtlich ist.

Es ist der zweite November 2004. Er mag die Wintermonate, das neblig Verschwommene dieser Jahreszeit entspricht seinem Temperament. Nur das Radfahren wird dann leidig, aber oft hat er auf dem Weg ins Büro seine besten Einfälle.

Seit über zwanzig Jahren macht er Filme. Richtig berühmt ist er damit nicht geworden, er bewegt sich an den Randzonen, psychologische und politische Themen, dafür interessieren sich eigentlich nur Eingeweihte. Würde man ihn ohne den Namen van Gogh überhaupt wahrnehmen? Sein Urgroßvater war der Bruder des Malers. Ein Leben voller Widrigkeiten. Als Familientradition rechtfertigt er sein manchmal ungewöhnliches Verhalten.

Mitunter fragt er sich, wo er eigentlich hingehört: Filmemacher, Journalist, Berufsprovokateur? Das Medium Film dient ihm eher zum Tabubruch als zur ästhe-

tischen Erbauung. Seine Aufgabe sieht er darin, die Grenzbereiche der Toleranz auszuloten, ob als Clown oder als der politisch inkorrekte Beobachter, um die Widersprüche grenzenloser Toleranz aufzuzeigen. Amsterdam bietet ihm eine geradezu ideale Spielwiese, liberal bis zum Geht-nicht-mehr.
Als er sich aufs Fahrrad schwingt, spürt er wie jeden Morgen seinen untrainierten Körper. Aber dann radelt es sich doch recht angenehm. Täglich mitten im Berufsverkehr, er könnte ja später ins Büro, aber er ist nun mal ein Gewohnheitsmensch, was man ihm nicht ohne weiteres ansieht.
Auf dem Weg ins Büro denkt er an seinen neuesten Film *Submission*. Der zehnminütige Streifen wurde kürzlich im Fernsehen gezeigt. Natürlich hat sich alle Welt mal wieder aufgeregt. Dennoch war er nicht zufrieden, vielleicht weil das Ganze zu ernsthaft war. Aber er hatte nicht wie sonst selbst das Drehbuch geschrieben, sondern es von der aus Somalia stammenden Abgeordneten Ayan Hirsi Ali übernommen. Allerdings identifiziert er sich voll und ganz mit ihrem Ziel, die Intoleranz des Islam anzuprangern. Und provokativ war es natürlich, die Haut misshandelter muslimischer Frauen zu zeigen. Sollte er aber noch einmal einen Film mit Hirsi Ali drehen, dann muss das Ganze etwas lockerer werden.
Er hat in der Vergangenheit sämtliche Religionen mit haarsträubenden Witzen belegt. Wie könnte man wirkungsvoller das Rückständige einer Religion transparent machen? Gerade beim Islam, den er seit dem 11. September besonders auf dem Kieker hat.

Jedenfalls hat er mal wieder Aufsehen erregt.
Für einen Moment stellt er sich vor, was für eine Figur er auf dem Fahrrad abgibt. Überhaupt diese Massen von Radfahrern, eigentlich gefährlicher um diese Tageszeit als der Autoverkehr. Er atmet die kühle Morgenluft. Für Natur hat er nie viel übrig gehabt. Er ist ein Kopfmensch, der Kopf ist seine Waffe.
Plötzlich fallen Schüsse. Theo van Gogh spürt einen Schmerz im Körper, weiß sofort, dass er getroffen wurde. Er fällt vom Rad, rafft sich auf und schaut verwirrt um sich. Warum hat es jemand auf mich abgesehen? In panischer Angst überquert er die Straße, bevor er zusammenbricht. Er sieht einen bärtigen jungen Mann, der sich über ihn beugt und eine Pistole auf ihn richtet. Ruhige, unbarmherzige Augen. Theo fleht um Gnade, aber aus nächster Nähe jagt der Mann einige Schüsse in ihn. Dann löst sich alles in warmes Gelb auf.
Dass der Mann ihm mit dem Messer wie bei einer Ritualschlachtung die Kehle durchschneidet und ihn dabei fast köpft, nimmt er schon nicht mehr wahr.
Augenzeugen berichten, dass der Täter, ein in Holland geborener Muslim marokkanischer Abstammung, seelenruhig einen Zettel mit einer an Hirsi Ali gerichteten Todesdrohung auf das Messer spießt und es in den unbeweglich auf der Straße liegenden Körper von Theo van Gogh rammt.

14.

Früh am Vormittag ruft Peter an. Sabines Erinnerung nach war der Termin auf die Mittagszeit angesetzt. Vielleicht ist ihm langweilig, oder er möchte vor dem Ernstfall seine Gründe für die Zusammenführung der beiden Institute an ihr testen.

»Gerade wurde Theo van Gogh ermordet!«

»Theo van Gogh?«

»Nicht der Bruder des Künstlers, sein Urenkel. Er wurde von einem arabischen Fanatiker vom Fahrrad geschossen, auf dem Weg zur Arbeit. Die Polizei hat den Mörder nach einem Schusswechsel gefasst.«

»Und deine Besprechung?«

»Die hatten plötzlich andere Sorgen beim Van-Gogh-Museum. Es soll einfach nicht sein!«

In den Nachrichten und im Internet erfährt sie weitere Einzelheiten. Der Filmemacher Theo van Gogh prangert in seinem neuesten Film die Unterdrückung muslimischer Frauen durch den Islam an. Sabine denkt sofort an Ziba, die genauso in dieser Enge gefangen saß, aus der sie sich mit Hilfe Arthur Hellers befreien wollte. Dasselbe Thema, wegen dem sie sterben musste.

Abends trifft sie sich mit Peter in einem thailändischen Restaurant in der Innenstadt.

»Dieser van Gogh hat in Holland den Ruf eines schar-

fen und oft unangenehmen Intellektuellen. Ein wenig wie sein Vorfahre Vincent. Der eine endet im Wahnsinn, der andere wird hingemetzelt. Weil sie sich beide auf ihre Weise über die bestehenden Grenzen hinausgewagt haben. Natürlich ist das gefährlich. Irgendwo sind wir alle intolerant.«
Sie schweigen bedrückt. Plötzlich streicht Sabine über Peters Hand, beugt sich zu ihm und küsst ihn.
»Der Fluch der van Goghs. Wir sind die Einzigen, denen er Glück gebracht hat.«

Der Verleger ruft einmal mehr in seiner aufgeregten Art an.
»Mir liegt eine Anfrage aus Hollywood vor, wegen eines Films über Arthur Heller.«
Die englische Übersetzung von *Sarahs Paris* hat auch in Amerika Aufsehen erregt. Die Verfilmung des Stoffes liegt auf der Hand, sie hatte im Stillen gehofft, einer der Großen in Hollywood würde das auch erkennen.
»Wenn ich die Anfrage richtig verstehe, geht es denen nicht um *Sarah*, sondern um Arthur Heller. Ein Film über das verzweifelte Schriftstellerdasein in dem selbsterwählten Pariser Exil und sein Ende unter dem Einfluss van Goghs. Was halten Sie davon?«
»Warum nicht *Sarahs Paris*? Über Arthur Heller gibt es doch nichts, außer den Tagebüchern. Jemand müsste erst ein Drehbuch schreiben.«
»Das wäre doch eine tolle Aufgabe für Sie! Lassen Sie sich den Vorschlag in Ruhe durch den Kopf gehen. Als Lektorin haben Sie sich ja zwischenzeitlich bewährt.«

»Ich habe keine Ahnung, wie ein Drehbuch auszusehen hat. Ich bin Juristin!«
Drehbuchautorin, tatsächlich reizt sie die Aufgabe, auch wenn sie sie im selben Moment mit maßlosem Schrecken erfüllt. Zaghaft begibt sie sich einen weiteren Schritt näher zu Arthur Heller. Jedenfalls lässt sie sich ihre Auszeit als Juristin vorerst auf unbefristete Zeit verlängern.
Außerdem hat der Arzt ihre Schwangerschaft bestätigt. Sie, die nie Kinder haben wollte! Aber sie ist überglücklich. Der Arzt versichert ihr auch, dass sie keinesfalls zu alt dafür sei.
Vor ihr liegt eine Zukunft, für die es sich zu leben lohnt. Ein zweites Leben. Ungeduldig wartet sie darauf, dass Peter nach Hause kommt.
Wie er wohl auf ihre nächste Überraschung reagieren wird?

Mit Dank an Lynn Arison für die Einführung bei Dominique Janssens, dem Leiter des Institut Van Gogh in Auvers-sur-Oise; an Christiane Landgrebe für ihre langjährige Unterstützung; und an die Leser des Manuskripts von Hotel van Gogh für ihre konstruktiven Hinweise: Adriane Iann, Astrid Frey, Frank Lemke, Annette Lehmann, Susanne Wedewer-Pampus, Marcus Strothotte und meine Mutter Irene Bechtle. An Michael Lehmann für seine unzähligen Freundschaftsdienste . Und meiner Frau Nancy besonderer Dank für ihre Geduld und ihr Vertrauen.